신곡 神曲

신 神
곡 曲

가와무라 겐키 지음 이진아 옮김

소미미디어
Somy Media

목차

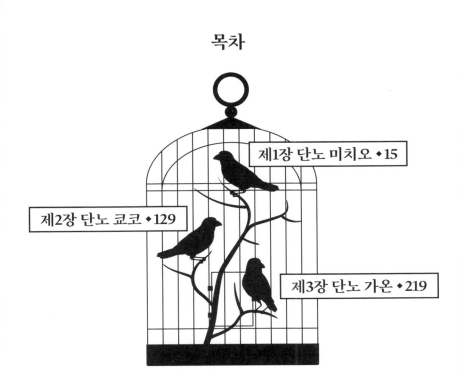

제1장 단노 미치오 ◆15

제2장 단노 쿄코 ◆129

제3장 단노 가온 ◆219

탁한 선 너머에서 선혈이 튀었다.

피로 물든 수렵용 나이프가 강한 햇빛을 받아 번뜩였다. 간선도로를 달리는 자동차, 피를 흘리며 쓰러진 아이들의 모습이 셔터를 누른 것처럼 차례로 망막에 새겨졌다.

도로를 사이에 두고 건너편에 있는 초등학교 교문 앞에서 길게 늘어진 머리카락을 엉망으로 흩뜨린, 온통 검은 옷 일색인 남자가 양손으로 나이프를 쥐고 책가방을 멘 채 이리저리 도망치는 아이들을 쫓는다. 울려 퍼지고 있을 터인 커다란 비명은 시끄럽게 지나치는 자동차의 주행 소리에 묻혀 사라졌다.

신호가 바뀌며 자동차의 움직임이 멈추었다. 조용했다. 트인 시야 앞, 횡단보도 너머에는 노란색 안전모가 여기저기 흩어졌고, 목이며 머리에서 피를 흘리는 아이들이 쓰러져 있었다.

하나, 둘, 셋하고 천천히 그 수를 셌다. 그런 것으로 지금 무엇이 벌어졌는지 이해하려고 했다. 여섯, 일곱, 여덟, 아홉.

한층 자그마한 체구의 아이가 기어가며 신음했다. 몸 아래로 녹아내린 초콜릿 같은 피 웅덩이가 영상을 빨리 감은 것처럼 퍼져갔다. 열, 열하나, 열둘. 피 냄새가 바람을 타고 코에 닿았다. 비릿한 생명의 냄새. 검붉게 물든 셔츠의 가슴 부분에 익숙한 새가 보였다. 노란 카나리아를 본뜬 작은 패치. 여기까지만 데려다주면 돼! 조금 전에 들은 목소리가 귓가에 되살아났다.

검은 옷을 입은 남자가 피가 떨어지는 나이프를 손에 든 채 춤을 추듯이 횡단보도로 나왔다. 남자는 아주 가까운 곳에 있다. 그러나 발이 움직이지 않는다. 무릎부터 아래가 없어지고만 것처럼 전혀 감각이 없었다. 횡단보도에 선 검은 옷의 남자는 이쪽에는 눈길도 주지 않고 아득히 먼 곳을 응시한 채 끊임없이 재잘대는 것처럼 입을 움직이고 있다. 고요함 속에 어디선가 들어본 적 있는 멜로디가 들렸다.

생각하면 먼 고향 하늘
아아 우리 부모님 어찌 지내실까*

스코틀랜드 민요 Comin' thro' the rye(밀밭에서)로, 우리나라에는 '들놀이'라는 번안곡으로 알려진 노래.

횡단보도의 신호가 깜박였다. 초록, 검정, 초록, 검정, 빨강. 리듬에 맞춰 남자가 노래한다. 왠지 그리움이 느껴지는 이 선율은 예전에 살던 단지 앞에 설치된 신호등에서 나오던 것이었다.

저기, 엄마. 전부터 궁금했던 것을 물은 건 마침 지금 아들과 비슷한 나이가 되었을 때였다. 이 노래, 뭐야?

'고향 하늘'이라는 스코틀랜드의 민요야.

저녁놀이 지는 단지의 베란다에서 빨래를 걷던 어머니가 말했다. 언제 묻더라도 대답할 수 있도록 준비했을지도 모른다. 그렇게 생각될 만큼 막힘없는 대답이었다. 그리운 멜로디를 듣고 있으니 그때의 광경이 저절로 떠올랐다.

정신이 드니 눈앞의 도로에서 다시 차들이 오가고 있었다. 검은 옷의 남자는 그 사이로 곡예사라도 되는 양 걸어 다니며 계속 노래했다. 그것은 기묘한 춤과 같았다. 차례로 경적이 울렸다. 비릿한 피 냄새가 난다. 미친놈이라고 외치는 운전자의 욕설이 들렸다.

생각하면 먼 고향 하늘
아아 우리 부모님 어찌 지내실까

검은 옷의 남자는 피투성이가 된 얼굴을 하늘로 향하고, 아이들의 부활을 기도하는 주문처럼 몇 번이고, 몇 번이고 같은 구절을 되풀이했다. 그러나 교문 앞에 쓰러진 피투성이 몸은 누구 하나 움직이지 않고, 생각하면 먼, 고향 하늘.

그 순간 요란한 경적을 울리며 돌진한 트럭이 남자를 들이받았다. 허무할 만큼 가벼운, 도자기가 깨지는 듯한 소리와 함께 노래가 멎었다.

제1장
단노 미치오

1

셔터를 올려 아침 해가 비치자, 지저귐이 한층 더 커졌다. 푸른 하늘에 솜사탕 같은 구름이 프린트된 벽지가 비스듬히 비추는 햇빛에 밝게 비쳤다.

푸른 하늘에 걸린 짙은 갈색의 벽시계는 여덟 시 반을 가리키고 있다. 단노 미치오는 평소처럼 입구 부근의 금화조 새장부터 청소를 시작했다. 밑에 깔린 트레이를 꺼내 모이 부스러기와 대변이 쌓인 신문지를 치우고, 새로운 것으로 깔아준다. 피와 뽕나무 등을 섞은 모이를 넣자 오렌지색 부리가 그것을 쪼는 것을 곁눈질하며 물을 갈았다.

벽을 따라 나란히 놓인 새장이 서른 개쯤 된다. 종별로 나뉜 문조 한 쌍, 어깨를 나란히 붙인 사랑앵무에 가만히 이쪽을 쳐다보는 왕관앵무, 목소리를 떨며 지저귀는 카나리아, 비좁

게 돌아다니는 십자매. 쪼그려 앉아 작업하는 미치오의 머리 위로 작은 새들이 지저귀는 소리가 시끄럽게 날아다닌다.

작업을 마칠 때마다 미치오는 종료 사인으로 소송채를 넣었다. 새장 하나에 걸리는 시간은 5분 정도. 모두 마치는 데 두 시간 반이 걸리므로, 열 시에 매장을 열고 나서도 접객을 하면서 새장도 관리해야 한다. 매미와 경쟁하듯이 지저귀는 새들의 소리를 등지고, 곡물과 깃털 냄새가 뒤섞인 가게 안에서 묵묵히 손을 움직였다.

네 개의 새장에 모이를 갈아주고, 선명한 빨간 부리를 바쁘게 움직이는 핀치의 새장을 맡을 무렵에는 땀이 줄줄 흐르고 있었다. 제법 군살이 붙어버린 허리를 붙잡고 일어나 가게 안쪽에 있는 계산대로 향했다. 계산대 옆에 놓인 물통을 손에 들자, 달그락달그락 얼음 소리가 났다. 뚜껑을 열고 물통에 직접 입을 대고 목을 울리며 보리차를 마셨다. 목에 건 수건으로 이마부터 목덜미까지 대충 땀을 닦으면서 꽤 머리가 길었다는 사실을 깨달았다. 슬슬 잘라야겠다는 혼잣말이 새어 나왔다. 역 앞에 있는 1200엔 이발소에서 바짝 깎아달라고 한 것이 벌써 석 달쯤 전이려나.

삐걱, 목조 주택이 삐걱거리는 소리가 났다. 잠시 뒤, 2층에서 계단을 내려오는 발소리가 들렸다.

"가온, 일어났어?"

미치오는 물통을 내려놓고 계산대 뒤에 있는 가게와 집을 잇는 미닫이문을 열었다. 계단을 내려오는 가는 발목이 보인다.

"……덥네."

막 일어나 잠긴 목소리로 교코가 말했다. 샌들을 신고 가게 안으로 들어온 아내를 맞이하듯이 지저귀는 소리가 더욱 커졌다. 새들이 제각각 소리를 내지만, 그것이 신기하게도 아름다운 조화를 이루었다. 이 가게의 주인이 누구인지 새들은 잘 안다.

"무슨 일이야? 아직 아침인데."

놀란 소리가 나왔다. 미치오는 허둥지둥 에어컨 리모컨을 들어 냉방 스위치를 눌렀다. 아직 미지근한 공기가 에어컨 송풍구에서 뿜어져 나왔다.

"나, 도울게."

"어?"

미치오의 대답을 기다리지 않고 교코는 색문조가 든 새장 청소를 시작했다. 시곗바늘은 아홉 시 오 분을 지나고 있다. 미치오가 옆에 서서 십자매 새장에 손을 대자 교코가 내가 할게, 라고 말했다. 월요일이니 모이 발주도 해야 하잖아.

최근 몇 달 동안 교코는 가게에 나오기는커녕 오전 중에 일어나는 일도 없었다. 당황하면서도 고맙다고 말하고 미치오는 계산대로 들어갔다. 노트북을 켜고 단골 도매 사이트에서 모이를 주문하고, 새로운 새의 입고 정보를 확인했다. 때때로 노트북 화면에서 눈을 들어 아내의 모습을 관찰했다. 천천히, 그러나 정확한 손놀림으로 새 모이를 주고 있다. 어머니의 귀환을 기뻐하듯이 문조들이 교코의 손끝을 쪼고 있었다.

기와지붕을 얹은 오래된 단독주택 1층에 단노 조류원이 있다.

창업은 70년쯤 전이라고 교코의 어머니에게 들었다. 전후 인근 농가에서 키우는 닭의 모이를 취급하는 것으로 시작하여, 그 뒤로 메추라기와 전서구 등을 다루던 시대를 거쳐 지금은 관상용 소조류의 판매를 자잘하게 이어가고 있다.

8년 전, 데릴사위 형태로 교코와 결혼하여 그녀의 가족이 운영하던 이 가게를 물려받았다. 조류원 일을 하기까지 미치오는 직업이 일정하지 않았다.

고등학생 때 듣던 펑크 밴드의 영향으로 시작한 일렉트릭 기타에 빠져, 재수한 끝에 들어간 고향 오사카의 대학에서도 수업에는 거의 출석하지 않고, 동아리에서 밴드를 계속했다. 취업 활동도 하지 않고 동아리의 연장선으로 기타, 보컬과 드럼으로 구성된 3인 밴드를 결성하여 부모의 반대를 무릅쓰고 상경했다. 술집과 편의점 아르바이트를 전전하며 도내 라이브하우스에서 연주하고, 시디를 직접 팔며 돌아다니는 나날을 보냈다.

보컬의 외모가 그럭저럭 괜찮았던 것도 있어서 중견 레코드 회사로부터 계약 제안을 받았으나, 신인 개발부에 맡겨진 뒤로 데뷔 기회를 얻지 못한 채 세월만 흘렀다.

20대 중반에 단골 바에서 일하던 두 살 연하의 여성과 결혼하였으나, 3년도 되지 않아 집을 나가버리고 말았다. 점차 멤버와 사이도 나빠져서 이혼과 거의 동시에 밴드도 해산되었다. 그로부터 몇 개의 인디 밴드를 거쳤으나, 작사도 작곡도 하지 못하는 베이시스트로는 생계를 꾸려가지도 못하고, 음악 스튜디오와 악기 전문점의 계약 사원으로 일하는 생활이 이어졌다.

부모와는 절연 상태였으나, 요코하마에 사는 숙모만은 꾸준히 연락해주었다. 서른 살을 눈앞에 두고 오지랖 넓은 숙모의 강제적인 권유로 맞선을 보게 되었다. 첫 맞선에 떨떠름하게 나갔을 때 만난 사람이 바로 교코였다.

가녀린 몸에 얼굴은 작고 달걀형이다. 속쌍꺼풀 밑에 있는 까만 눈동자는 강한 의지를 느끼게 했다. 생각지도 못한 아름다운 여성의 등장에 미치오는 당황했다. 왜 그녀가 자신 같은 남자와 선을 보게 되었는지 의아했다.

"뒤는 젊은 사람들끼리…… 중개인이 정말 말하네요."

호텔의 티룸에서 일단 인사를 마치고, 둘이 정원을 걸으며 교코에게 말을 걸었다.

"저도…… 살짝 그렇게 생각했어요. 마치 대본 같네요." 교코가 미소를 지으며 맞장구를 쳤다. "요즘 선 자리에서는 그런 말은 안 한다고 들었는데."

"누구에게요?"

"친구에게. 저는 선을 보는 게 처음이라 여러모로 알아보고 왔거든요."

"그 친구, 일본 정원에서 잉어를 보며 터벅터벅 산책하는 일도 없다고 말하지 않던가요? 설마 이렇게 전형적인……."

미치오는 익숙하지 않은 넥타이를 느슨하게 풀며 연못으로 눈길을 보냈다. 그대로 와이셔츠의 첫 번째 단추를 풀려고 하였으나, 빡빡해서 잘되지 않았다.

"하지만 이런 체험을 해본 것만으로도 나온 보람이 있네요."

"아니…… 그거, 저는 아무래도 좋다는 뜻입니까?"

쓴웃음을 짓자 교코가 아, 하고 머리를 숙였다. 목까지 깔끔하게 다듬어진 머리카락을 작고 예쁜 귀에 걸었다.

"미안해요. 그럴 의도는 아니었는데 약간 긴장해서."

조금 빠른 어조로 변명하는 교코의 귀가 점점 빨개졌다. 그 붉은 귀를 보며 그녀를 좋아하게 될지도 모르겠다고 생각했다.

비단잉어가 헤엄치는 연못에 걸린 돌다리 위에서 미치오는 팔리지 않는 밴드를 계속하고 있다는 사실을 밝혔다. 음악을 좋아하는 사람이라면 같이 있어도 즐거울 것 같다고 교코가 말했다. 그녀는 음악대학의 성악과를 졸업하고, 프로 가수를 목표로 했었다고 한다.

"도저히 포기할 수 없어서 혼기도 완전히 놓치고 말았어요."

서로 처지가 비슷한 것을 확인한 교코가 속삭였다. 조용한 목소리로 말해도 그 목소리에는 어딘가 끌리는 부분이 있었다.

"하지만 교코 씨처럼 예쁜 사람이라면, 얼마든지 상대가 있을 텐데."

솔직한 심정을 전하자 교코는 고개를 숙이고 입을 열었다.

"……새는 좋아하세요?"

"갑자기? 어린 시절이지만…… 잉꼬 한 쌍을 키웠습니다. 원래는 개를 키우고 싶었는데 단지에 살아서……. 두 마리 모두 오사카 사투리로 잘 말하곤 했어요."

교코의 갑작스러운 질문에 옛날에 키운 새를 떠올렸다. 잉꼬 한 쌍이 오사카 사투리로 말하면, 마치 코미디 공연이라도 하는 듯했다.

"……조건이 있어요."

조건이라는 말에 미치오는 몸이 조금 굳었다. 무언가 사연이 있는 것일까. 그것이라면 자신도 남에게 불평할 처지는 아니다.

"조류원을 같이 물려받으면 좋겠어요."

"조류원?"

"네. 잉꼬나 문조 같은."

"병아리라든가?"

"병아리는 닭이 되고 말아서 취급하지 않지만요."

교코가 웃으며 새가 날갯짓하는 것처럼 손을 흔들었다. 미치오에게는 조류원이라는 일이 상상되지 않아 잠시 엉뚱한 대화가 이어졌다.

"솔직히 지금은 노래하는 것에 지쳐서. 당분간 가족과 새들 사이에서 느긋하게 살 수 있는 환경이라면 좋겠거든요."

결혼은 할 마음이 없었을 터인데 신기하게도 그녀의 기분이 공감되었다. 밴드를 계속하는 데도 지쳤고, 좁은 아파트 생활에도 질렸다. 그저 재능의 한계를 인정하지 못했을 뿐이다.

"그리고 보니…… 또 다른 친구에게 들은 적 있어요."

멀리서 중개인이 두 사람을 부르는 소리가 들리자 교코가 말했다.

"뭔데요?"

"선을 볼 때, 둘이서 돌다리를 건너면 결혼한다고."

"교코 씨, 그런 걸 믿는 타입이에요?"

"글쎄요……. 하지만 믿고 싶은 기분이에요."

반년 뒤에 미치오는 교코와 결혼하여 조류원 2층에서 생활을 시작했다. 교코의 아버지는 이미 사망하였고, 혼자 가게를 꾸려나가던 어머니는 건강이 별로 좋지 않았다. 그 어머니도 가게를 양도하고 3년 뒤에 타계했다.

결혼 인사를 하러 갔을 때, 장모는 가게를 닫아도 괜찮다고 했다. 시기적으로도 점차 쇠퇴하는 조류원을 이어가는 것은 권하지 않는다고. 실제로 조류원의 수입은 악기 전문점의 계약직원으로 일하던 시절과 그리 다를 바 없었다. 집세는 들지 않지만, 결코 풍족하다고는 말할 수 없는 삶이었다.

그래도 교코는 이 일을 고집했다. 처음에는 허세라고 생각했으나, 둘이서 조류원을 운영하다 보니 그녀가 정말로 새를 사랑하는 것을 알게 되었다. 교코는 매일 새장에 있는 새들에게 일일이 말을 걸고, 때로는 함께 콧노래를 부르고, 구매자가 오면 미소를 지으면서도 어쩐지 아쉬워하며 배웅했다.

그 모습을 보며 미치오는 더욱 교코에게 이끌렸다. 아내로서도, 아이의 어머니로서도 과분한 여성과 결혼했다고 생각했다.

"뭘 보고 있어?"

아내의 목소리에 정신이 들었다. 노트북에서 고개를 들자, 왕관앵무를 손에 올린 교코가 이쪽을 보고 있었다.

"아까부터 계속 히죽거리던데."

"어? 진짜로?"

허를 찔려 놀란 목소리로 물었다. 진짜로? 5년이나 팔리지 않은 왕관앵무가 따라 했다. 오래 지내면서 미치오의 말을 완전히 익히고 말았다.

"뭘 보고 있어?"

교코가 거듭 물었다.

"……물구나무를 선 고양이 동영상이야."

체념하고 정답을 밝혔다. 몇 달 만에 새를 돌보는 아내의 모습을 계산대에서 가만히 관찰하였으나, 점점 직시할 수 없어서 동영상 사이트를 보고 있었다.

모니터 안에서는 하얀 고양이가 꼬리를 쭉 뻗고 물구나무 자세로 걸어가고 있다. 스마트폰으로 촬영한 영상이 크게 흔들리면서 우스꽝스러운 모습에 참지 못하고 웃음을 터뜨리는 주인의 목소리가 담겨 있다.

　뭐야 그게? 쓴웃음을 지으며 교코가 손에 올려두었던 왕관앵무를 도로 새장에 넣었다. 또 거짓말한다.

　"아니, 진짜라니까."

　"믿을 수 없어."

　"자, 이거 봐."

　노트북 화면을 교코 쪽으로 돌렸으나, 아내는 그것을 무시하고 다음 새장을 청소했다. 벨기에에서 들여온 희귀한 핀치가 날카로운 소리로 울었다. 호응하듯이 다른 새들이 새장 안에서 파닥거린다.

　"그거 말고도 많아."

　"어떤 게 있는데?"

　"피아노를 치는 강아지도 있고, 또 노래하는 기린도 있고."

　"어차피 그런 건 CG 같은 거로 만드는 거지? 전에도 비누로 몸을 씻는 쥐가 있다면서 호들갑을 떨었지만, 그것도 가짜였잖아."

　"그건 가짜였지만, 진짜도 있다니까 그러네."

미치오가 다시 클릭하자, 다양한 색의 작은 새들이 앞다투어 지저귀었다. 스페인, 오스트레일리아, 멕시코에 페루. 교코는 여러 나라의 새를 들여오는 것을 좋아했다.

이 작은 가게에 온갖 나라의 숨결이 들어오는 기분이 들어. 외국에서 새가 올 때마다 아내는 말했다. 수입한 새는 운송과 검역 비용이 들기 때문에 가격이 비싸서 5만 엔이 넘는 것도 있다. 교외의 작은 동네에 이렇게 비싼 새가 팔릴 리가 없다며 처음에는 당황하기도 했다. 하지만 지금은 희귀한 새를 찾아 멀리서 단노 조류원을 찾는 손님도 많아졌다.

"그런 동영상을 어디서 찾는 거야?"

교코가 핀치의 새장에 소송채를 넣고, 아르헨티나에서 온 퀘이커앵무의 새장을 열었다. 어느새 손놀림이 예전 페이스로 돌아간 듯이 보였다. 아내가 어린 시절부터 이 가게를 도왔다고 말한 기억이 떠올랐다.

"연달아 나오거든. 알고리즘이 너 이거 좋아하지? 하면서 추천해줘. 봐, 말이 눈물을 흘리는 영상도 나오잖아."

웃으면서 교코에게 보여주었지만, 그녀는 손에 올린 퀘이커앵무의 이마를 쓰다듬으며 이쪽을 보려고도 하지 않았다. 못 믿겠지? 회색이 섞인 푸른 깃털로 뒤덮인 새에게 말을 건다.

"가온은 왜 안 내려와?"

미치오는 화제를 바꾸어야겠다고 판단하고 다른 것을 물었다.

"아직 자는 거 아닐까?"

단노 조류원의 2층에는 부부 침실과 아이 방, 부엌과 좁은 거실이 거의 정사각형 공간에 꽉꽉 들어차 있다.

"가온, 아침밥 안 먹으려나?"

교코는 대답하지 않는다. 손에 올린 퀘이커앵무가 날아올라 좁은 가게를 파닥파닥 날아다녔다.

"가온, 내려와!"

미치오가 크게 불렀다.

"아침밥 차릴 거야! 교코는? 뭐 먹을래?"

시선을 보내자 교코는 카나리아 새장 앞에 쪼그려 앉아 있었다. 날아다니던 퀘이커앵무가 교코의 발밑으로 돌아갔다.

"왜 그러고 있어?"

불길한 예감이 들어 미치오는 계산대 앞에 놔둔 스툴에서 일어났다. 교코의 옆에 쪼그려 앉아 새장 안을 들여다보자, 레몬색 새가 모이통 뒤에 쓰러져 움직이지 않고 있었다.

"아이쿠, 죽었네."

생각 없이 입을 놀린 뒤에야 그것이 특별한 새임을 깨달았다.

"그것뿐이야?"

교코가 떨리는 목소리로 물었다.

어, 아니, 미치오가 말을 얼버무리자, 교코가 이어서 말했다.

"이 애, 삐삐잖아."

"맞아, 삐삐야."

"……물 제대로 갈아줬어?"

"당연하지……."

"모이는?"

"물론…… 줬고."

"니제르 씨앗 넣었어?"

"……안 까먹고 잘했어."

스페인에서 온 희귀한 카나리아는 레몬을 연상케 하는 선명한 노란색을 띠고 있었다. 가녀린 목을 떨어 플루트 같은 소리로 울었다. 판매용인 것을 알면서도 아들 가나타가 몰래 '삐삐'라고 이름을 붙이고 귀여워했다. 혹시 반년 동안 살 사람이 나타나지 않으면, 직접 키워도 된다고 약속했었다. 그 후로 이 카나리아를 돌보는 일은 가나타가 담당하게 되었다.

"불쌍해."

한숨을 쉬며 중얼거리고는 창문에 맺힌 빗물처럼 눈물이 교코의 볼을 따라 흘러내렸다. 동시에 가온이 계단을 내려오는 소리가 들렸다.

"……가온, 빵 구워줄까? 달걀은 프라이? 삶은 거? 어느 쪽으로 할래?"

계단 끝에 있을 터인 딸에게 조금 큰 소리로 묻자, 마침 유튜브에서 다음 영상으로 넘어갔는지 노트북으로 목가적인 컨트리 뮤직이 흘러나왔다. 서둘러 계산대로 돌아가 화면을 확인하자, 밴조 연주 소리에 맞춰 목장에서 양들이 춤추고 있었다.

"나라면…… 당신처럼 죽는 걸 보고만 있지 않았을 거야."

굳어서 움직이지 않게 된 카나리아를 새장에서 꺼내며 교코가 나직하게 말했다.

"미안해……. 내가 정성껏 돌보겠다고 약속했는데. 하지만 삐삐는 원래 몸도 약했던 것 같고……."

당황하여 마우스를 움직였지만, 잘못 조작하여 컨트리 뮤직의 소리가 더욱 커졌다. 갑작스러운 큰 소리에 놀랐는지 새들이 일제히 조용해졌다.

"당신에게 맡기지 말았어야 했는데."

미치오가 간신히 동영상을 정지시키고 노트북 화면에서 시선을 들자, 레몬색을 가슴에 품은 아내가 신음하듯이 말했다. 무언가 말을 해야겠다고 조급하게 굴면 굴수록 말을 이을 수가 없다. 카나리아를 쥔 교코의 가녀린 손이 잘게 떨리고 있었다.

"38도. 고작 38도의 열이었는데 왜 하필 당신에게 맡겼을까. 입학하고 나서 매일같이 내가 바래다줬는데. 어째서 하필 그날만. 가나타, 울고 있었지? 괴로워했지? 당신이 구해주기를 바랐겠지? 나라면 차에 부딪히더라도, 치이더라도 길을 건너서 구했을 거야. 얼굴을 베이든, 배를 찔리든 그 남자를 죽여서라도 가나타를 지켰을 거야. 당신은 뭘 했어? 그때 뭐 하고 있었어? 멍하니 신호등 앞에 서서. 그렇게 자기 목숨이 아까웠어? 당신이 그러고도 아빠야?"

계단을 내려오던 가온의 발소리가 멎었다. 오면 안 돼, 그렇게 말하고 싶었으나 제대로 나오지 않았다. 교코의 목소리가 딸의 귀에 들리지 않기만 바랐다.

그날, 컨디션이 안 좋은 교코 대신 미치오가 가나타를 데리고 등교했다.

준비하는 데 시간이 걸려 집에서 나가는 것이 늦어졌다. 지각이야, 지각. 가나타의 손을 잡고 학교로 달려갔다. 교문을 눈앞에 두고 횡단보도의 신호가 깜박이기 시작했다. 아빠, 여기까지만 데려다주면 돼! 신호가 빨강으로 바뀌기 직전, 가나타가 속도를 올려 길을 건넜다.

그 직후, 자동차가 기세 좋게 간선도로를 달리기 시작했다. 횡단보도 너머에 있는 아들에게 손을 흔드는데, 검은 옷을 입은 남자가 옆에서 달려 나와 가나타와 부딪쳤다.

처음에는 무슨 일이 일어났는지 몰랐다. 남자는 쓰러진 가나타의 몸에서 피가 묻은 수렵용 나이프를 뽑고는 등교하는 아이들을 차례로 찔렀다. 가나타를 포함하여 사망자가 네 명, 중상자가 여덟 명으로, 피해자는 모두 초등학생이었다.

"실컷 살인해놓고 죽을 때, 그 남자는 어땠어?"

교코의 어조가 강해졌다.

"화냈어? 무서워했어? 어차피 웃고 있었겠지?"

노래하고 있었다는 말은 할 수 없었다. 말하면 아내는 무너지고 말 것이다. 스코틀랜드 민요 '고향 하늘'. 지금도 멜로디가 생생하게 떠오른다.

그때 그는 확실히 노래하고 있었다. 그리고 미치오는 그 선율에 그리움을 느꼈다.

"당신은 전혀 울지도 않네."

교코가 이쪽을 노려보는 것이 느껴졌으나, 시선을 마주칠 수 없었다.

미치오는 그저 그녀의 가슴에 안긴 레몬색을 바라보았다. 생명을 잃고도 그 색은 여전히 선명했다.

"당신이 그런 사람인 거, 알고 있었어. 나만 이렇게 슬퍼하고. 바보 같아. 가나타가 불쌍해."

사건이 일어난 후부터 교코는 몸져누웠고, 가온은 중학교에 가지 않게 되었다. 미치오는 장례식을 마칠 때까지는 눈물로 베개를 적셨으나, 그 뒤에는 가게를 열고 새들을 돌보기 시작했다. 그것은 생활을 지키기 위한 행동이라기보다는 오히려 제정신을 유지하기 위한 것이었다. 눈앞의 일에 몰두하지 않으면, 금방 그날 맡은 피 냄새며 남자가 흥얼거리던 멜로디가 생생하게 나타났다.

어째서 당신은 괴로운 일에서 도망치려고 해? 교코는 몇 번이고 미치오를 탓했다. 미치오가 평소와 다름없이 지내는 것처럼 보이는 것을 용납할 수 없었던 모양이다. 확실히 교코와 같은 수준으로 슬프냐고 묻는다면, 자신의 감정이 어느 정도인지 헤아리기 어려웠다.

그러나 미치오 역시 새를 돌보며 가나타의 목소리가 떠올라 웅크린 채 움직일 수 없는 때가 있었다. 새의 지저귐처럼 섬세한 목소리는 어머니를 닮았고, 항상 떨리곤 했다.

무차별 살인을 저지른 남자에 대해서는 얼마간 이름을 숨긴 형태로 보도되었다. 피해자 유족인 미치오의 가족에게도 정보는 거의 알려지지 않았다. 하지만 인터넷에는 순식간에 이름과 주소, 학력과 가족 구성까지 밝혀졌다.

남자의 이름은 가도쿠라 쇼헤이. 마흔여덟 살, 독신으로 사건 현장에서 두 역 정도 떨어진 언덕 위의 주택에서 나이 든 부모님과 살고 있었다.

20년 가까이 자신의 2층 방에서 틀어박힌 채 생활하였고, 최근 몇 년은 부모님과 대화조차 나누지 않았다고 한다. 경찰 조사가 들어가자, 그의 방 벽은 새까맣게 칠해져 있었다. 고사양 데스크톱 컴퓨터와 모니터 3대 외에는 아무것도 놓여 있지 않았고, 컴퓨터의 데이터도 모두 삭제되어 있었다.

귀청이 찢어질 듯한 새소리에 정신이 들었다.

단노 조류원에서 가장 몸이 큰 모란앵무가 울고 있었다. 녹색 깃털로 뒤덮인 두꺼운 목을 떨며 계속 절규한다.

"……소리가 들리지 않아."

카나리아를 안은 채 교코가 중얼거렸다.

"……뭐? 무슨 소리야, 교코. 지금도 엄청나게 크게 울고 있잖아."

화제가 바뀐 것에 안도하며 미치오는 입꼬리를 올리고 일부러 밝게 대꾸했다.

"그런 게 아니야. 음정을 모르겠어. 멜로디가 없어. 모두 그냥 소리의 나열이야."

미치오가 말을 잃고 시선을 이리저리 돌리는 사이, 계산대 뒤에 있는 미닫이문을 잡은 가온의 손이 보였다. 그 가녀린 손이 떨리는 바람에 문이 덜컹덜컹 소리를 내고 있다.

　동생의 주검을 본 가온은 작은 어린이용 관을 붙잡고 몸에서 수분을 모두 내보내는 것이 아닐까 싶을 만큼 눈물을 흘렸다. 그리고 화장되어 가루가 된 유골을 보고 나서는 거의 말을 하지 않게 되었다. 매일 눈물을 흘리는 교코의 곁에서 언제나 조용히 있을 뿐이었다.

　가온, 이름을 불렀다. 딸은 문에서 얼굴을 내밀고, 제지하는 듯한 눈으로 미치오를 보았다. 그 눈에서는 당장이라도 눈물이 흐를 것 같았다. 떨리는 손으로 입을 막고, 흐느껴 울지 않도록 애쓰고 있었다. 지금 대화를 들은 것을 엄마가 알아서는 안 된다. 아무 말도 하지 마, 가온이 눈으로 호소했다.

　배가 뜨겁고, 심장이 죄이는 것 같았다.

　그 열의 정체가 무엇인가 생각해보았으나, 적절한 말을 찾지 못했다. 그저 그것이 이미 어디에도 향할 수가 없는 것이라는 것만은 확실히 알 수 있었다.

2

"여러분, 마실 것은 뭐로 하시겠습니까?"

"저는 칼피스요."

"전 우롱차."

"아, 저도."

"두유 주문할게요."

"그런 게 있던가?"

"선생님은 또 농담만 하시네."

"진짜 있어요. 여기 쓰여 있잖아요, 메뉴에. 아이스 두유라고."

미치오는 어두운 실내에서 눈을 부릅뜨고 메뉴를 읽었다.

아이스커피, 아이스티, 아이스밀크에 이어 그것을 발견했다.

"진짜네…… 쓰여 있어. 이런 게 있다고?"

"좋아하시잖아요, 두유."

"단노 씨, 결정하셨어요?"

"저기…… 여러분 술은 안 드시네요."

"아, 저희는 신경 쓰지 말고 드세요."

"네, 그럼요, 그럼요."

"그럼 생맥주로."

"마실 거면 저도!"

"마셔도 되나요? 에비사와 선생님. 고사노 씨의 축하 모임
이니까요."

"괜찮지 않을까요?"

에비사와 사토시가 듬성해진 흰머리를 매만지며 눈웃음을
치자, 문 앞에 서 있던 구사카 마코토가 그럼 주문할게요, 하
고 수화기를 들어 주문했다.

봉사활동으로 이 모임을 돕는 마코토는 전에 미치오와 같은
나이라고 들었다. 눈길을 끄는 예쁘장한 얼굴이지만, 화장을
거의 하지 않은 탓도 있는지 입가의 주름이 눈에 띄어 그녀를
원래 나이보다 더 많아 보이게 했다.

"여러분, 노래방에서 자주 모입니까?"

미치오는 옆에 앉은 고사노 료헤이에게 물었다. 뼈가 두드
러져 창백하고 가는 팔이 늘어진 폴로 셔츠 소매로 엿보인다.

앙상하게 마른 몸 때문에 폴로 셔츠의 어깨가 내려가 있다.

"자주는 아니고요. 가끔 회의실이 아닌 곳에서 모일 때만요."

흘러내린 은테 안경을 올리며 고사노가 대답하자, 미야지 요코가 덧붙여서 말했다.

"남에게 들려주고 싶지 않은 이야기를 할 때는 노래방이 좋거든요. 방음도 되고."

요코가 통통한 손으로 땀에 젖은 원피스의 목덜미를 닦았다. 담배 연기에 찌든 실내의 에어컨은 누렇게 바래어 미지근한 바람만 내보낼 뿐이다.

"이봐, 선생!"

안쪽 자리에서 가쓰다 마사키의 목소리가 들렸다.

"왜 그러시죠?"

칙칙한 금색 변호사 배지가 달린 모스그린 재킷을 벗으며 에비사와가 물었다.

"뭐 먹어도 돼?"

계속 시끄러운 해체 현장에서 일했더니 이런 말투를 쓰게 되었거든. 딱히 화가 난 것은 아니니까, 처음 가쓰다와 만났을 때 들은 말을 떠올렸다. 탱크 톱을 입어 드러난 팔은 두껍고 햇볕에 그을렸다.

"아, 저도 음식 주문해도 될까요?"

요코가 작게 손을 들었다.

"그럼요, 그럼요. 여러분도 드시고 싶은 거 시키세요."

"그럼…… 나는 피자랑 치킨 가라아게!"

"채소 스틱도 추가해주세요."

"트러플 포테이토가 있어……. 노래방인데."

미치오가 메뉴를 읽고 있자, 채소 스틱에 이어 밤 파르페를 마코토에게 주문한 요코가 웃으며 말했다.

"요즘 노래방은 음식 종류가 많더라고요."

"그러게요. 노래방은 평소에 오질 않으니……."

"단노 씨, 밴드 하셨다면서요? 노래 잘하시는 거 아니에요?"

"아, 저는 베이스였거든요. 잘하진 않아요."

"베이스는 노래를 안 해요?"

"아아, 우우 같은 코러스 정도만 했어요. 뭐, 아무튼 노래방에 간다고 해서 가슴이 철렁했는데 노래하지 않아도 되면 안심……."

미치오가 말을 마치기 전에 문이 벌컥 열리더니, 음료가 올라간 쟁반을 든 종업원이 들어왔다. 주문하기 전부터 준비되어 있던 것 같은 속도로 운반된 생맥주잔이 눈앞에 놓였다.

"그럼 여러분 시작할까요?"

두유가 찰랑찰랑 담긴 잔을 든 에비사와가 일어나자, 맥주 잔을 든 가쓰다가 건배사를 외쳤다.

"고사노 료헤이 씨의 승소, 그리고 간노 노보루의 사형 확정을 축하하며! 건배!"

미치오가 '바람의 모임'이라 불리는 범죄 피해자 유족의 모임에 참여한 것은 세 번째다.

갈 곳을 잃은 감정을 토해낼 곳을 찾아다니다 인터넷 게시판에서 이 모임의 존재를 알게 되었다. 게시판에는 일찍이 인권파로 사형 제도 폐지 운동을 하던 변호사 에비사와 사토시가 자신의 딸이 스토커에게 살해당한 것을 계기로 범죄 피해자 측을 지원하는 쪽으로 전향하여, 사적으로 모임을 만들었다고 쓰여 있었다.

현재의 사법제도는 범죄 피해자에게 너무나 불리하다. 안이한 사형 폐지론에 강력히 항의한다-. 격한 어조로 말하는 인터뷰 기사를 읽고 모임에 나간 미치오는 실제로 에비사와를 만나고 맥이 빠졌다. 미치오가 만난 사람은 온화한 미소를 지으며 그를 맞이하는 초로의 남성이었다. 옷깃에 빛나는 천칭이 그려진 배지가 없다면, 변호사라고는 생각할 수 없을 만큼 패기가 없었다. 하지만 그의 평온함은 모든 감정을 버린 단념을 수반한 듯 보였다.

"고사노 씨 축하해! 사형이 확정되다니 잘됐어!"

가쓰다가 우악스럽게 고사노의 처진 어깨를 안았다. 손에 든 맥주잔은 벌써 석 잔째다. 우롱차를 홀짝이는 고사노는 여전히 고개를 들지 않았다.

"뭐야, 더 기뻐하라고! 나는 재판을 너무 오래 끌어서…… 아아! 안 되겠어!"

"……무슨 일이 있으세요?"

다 마신 술잔을 테이블에 난폭하게 내려놓은 가쓰다에게 요코가 물었다.

"……이혼이야, 젠장."

헉, 요코가 놀라며 마요네즈를 찍은 셀러리를 손에 든 채 이리저리 눈을 굴렸다.

"다들 정말 미안해. 그만큼 같이 의논해줬는데…… 면목 없어!"

가쓰다가 투박한 두 손을 얼굴 앞으로 모았다. 무언가를 때린 흔적인지 손가락의 세 번째 관절에 상처가 나 하얗게 변색되어 있다. 옛날에는 다혈질이었거든, 그가 종종 웃으며 말했었다.

아니에요, 사과하지 마세요. 가쓰다 씨도 항상 제 이야기를 들어주셨잖아요. 저도 가쓰다 씨에게 늘 기운을 얻었는걸요. 맞아요, 앞으로도 같이 힘내요!

모두 입을 모아 가쓰다를 격려했다. 미치오는 어색한 분위기에 어쩔 줄을 모르고 감자튀김을 입에 넣으며 중얼거렸다.

"근데 가쓰다 씨 의외로……."

미치오의 말에 가쓰다가 무쌍꺼풀에 눈두덩이가 두툼한 눈으로 이쪽을 바라보았다.

"울적하지 않은 것 같다고?"

"말하기는 좀 그렇지만……."

분위기를 풀기 위해 억지로 미소를 지었지만, 가쓰다의 표정은 점점 굳어갔다.

"밝고 신나게 생각 없이 살 것 같아? 엉?"

미치오가 부주의한 발언을 후회할 틈도 없이 가쓰다의 굵은 목소리가 울렸다.

노래방이 조용해졌다. 감자로 가득한 입속이 점점 말라갔다. 맥주로 넘기려고 했지만, 잔은 이미 비어 있었다.

"가쓰다 씨, 용서해줘……."

미치오가 간신히 낸 사죄의 말이 간드러진 목소리에 묻혔다. 아이돌 그룹이 신곡을 홍보하는 영상이 화면에 비쳤다.

그럼 들어주세요! 여섯 명이 나란히 외치자, 너무 가공되어 더는 누구의 목소리인지 모를 노랫소리가 좁은 노래방에 흐르기 시작했다.

"가쓰다 씨!"

노래방 리모컨을 쳐든 거대한 몸이 미치오에게 달려들려는 순간, 두 사람 사이에 있던 마코토가 일어나 뒤에 있는 수화기를 들었다.

"마실 것 좀 주문할까요?"

다른 사람 것도 같이 주문해줘요, 에비사와가 바로 말을 이었다. 팽팽하게 당겨졌던 실이 끊긴 것처럼 가쓰다가 표면이 찢어진 소파에 털썩 앉았다.

"바보처럼 밝게 굴지 않으면 버틸 수가 없다고……."

대답할 말도 없어서 미치오는 두세 번 고개를 연거푸 끄덕였다. 완전히 식은 땀이 등을 타고 흘렀다. 잠시 뒤, 미안해 단노 씨에게 화풀이해서, 라고 중얼거리는 소리가 들렸다.

"가쓰다 씨의 마음, 이해가 가요." 요코가 잔 바닥에 조금 남은 맥주를 흔들며 말했다. "저도 남편과 싸움만 해서 앞으로 어떻게 하면 좋을지……."

"그야 15년이잖아? 반쯤 재미로 사람을 죽여놓고, 징역 15년. 그걸 어떻게 참으란 거야? 하지만 마누라는 항소는 그만두자고…… 이제 힘들다고. 아, 이제 전 마누라인가…….”

문득 카나리아를 품에 안고 눈물을 흘리던 교코의 모습이 머릿속을 스쳤다. 그 뒤, 아내에게 무슨 말을 들었는지 거의 기억나지 않는다. 그저 화사한 레몬색만이 선명하게 떠올랐다.

“어째서…… 우리 가족은 엉망진창이 되었는데 살인자는 인권이라는 것에 보호받으며 편하게 사는 걸까…….”

요코가 눈물을 흘렸다. 이 모임에서는 사건이나 가정 상황을 서로 솔직하게 터놓는다. 참가자는 같은 내용을 반복해서 말하고, 그것을 반복해서 듣지만, 그녀는 그때마다 눈물을 흘렸다.

“……죽일 거면 빨리 죽이라고.”

계속 침묵하던 고사노가 입을 열었다.

“사형 판결을 듣고, 그 자식이 웃더라니까요. 판사에게 몇 번이나 주의를 받으면서도 원래 이렇게 태어났다면서. 마지막까지 반성이나 사과하는 말도 없었고. 네 명을 죽였으니 어차피 사형이지? 그럼 빨리 끝내 달라고. 혹시 사회로 나가면 그는 또 사람을 죽일 겁니다. 역시 사형밖에 답이 없어요.”

담담한 어조로 말을 잇는다.

“가쓰다 씨, 포기하지 말고 싸웁시다. 신은 분명 보고 계실 거예요.”

에비사와가 목에 건 십자가를 어루만졌다. 동시에 스피커에서 큰 소리로 명랑한 멜로디가 흘러나오더니, 절규에 가까운 노랫소리가 고막을 때렸다. 미치오가 고개를 들자, 가쓰다가 굵은 손으로 마이크를 거머쥐고 찡그린 얼굴로 외치고 있었다. 해변을 걷는 커플의 영상과 함께 커다란 글씨로 가사가 떴다. 지금 몇 시? 그래 대충. 가쓰다의 절규에 얼굴이 벌게진 요코가 마이크를 들고 가세했다. 둘이서 어깨동무를 하고 몸을 흔들며 노래한다. 지금 몇 시? 잠깐만 기다려.

"고사노 씨! 간노의 사형 확정, 축하해!"

소리치는 가쓰다의 옆에서 요코는 눈가에 고인 눈물을 닦으며 계속 노래했다. 그제야 미소를 지은 고사노가 손뼉을 치며 박자를 맞췄다. 에비사와는 어디서 가져왔는지 손에 든 마라카스를 흔들기 시작했다.

"단노 씨는 별로 말씀이 없으시네요."

갑자기 시작된 열창에 소외된 미치오의 귓가에 베이지색 정장을 입은 마코토가 속삭였다. 나란히 모은 허벅지 위에는 에비사와에게 건네받았을 탬버린이 놓여 있다.

"네?"

"개인적인 얘기를…… 별로 안 하신다고요."

"아, 그게…… 듣는 것만으로도 공부가 돼서요."

"공부?"

"네. 게다가 저는 범인이 알아서 죽어버려서 목을 매달고 싶은 인간도 없고."

미치오의 허탈한 웃음을 지우듯이 가쓰다와 요코의 열창이 이어졌다. 지금 몇 시? 가쓰다가 한 사람씩 마이크를 들이대며 돌아다녔다.

"그랬었죠……. 괜한 말을 해서 죄송해요."

"아닙니다. 뭐, 사실 아내와도 사건에 대해 제대로 얘기하지 않거든요. 그냥 도망치고 있을 뿐일지도 모르지만."

"그렇지 않아요……. 여기에 오신 것만으로도."

하지만 구사카 씨도 분명히 에비사와 선생님이나 우리와 마찬가지일 거야. 처음 모임에 참석한 날, 돌아가는 길에 요코가 귓속말을 했다. 하지만 여러 가지 사정이 있어서 말할 수 없는 것 같아.

"아, 좀 죄송하네요. 저…… 오늘은 완전히 실수만 해대고."

입을 다물고 만 마코토의 옆얼굴을 향해 혼잣말처럼 말을 걸었다.

"저는…… 에비사와 선생님처럼 괜찮은 느낌으로 말할 수 없어서."

"괜찮은 느낌?"

"재치 있는 말도 못 하고, 법적으로 도움이 되는 어드바이스도 못해요. 대신 여러분 곁에서 많은 시간을 보내며 되도록 이야기를 들어드리려고 하거든요. 제가 할 수 있는 건 그 정도니까요."

"그 정도라니……, 다들 그걸 가장 바라지 않나요?"

커다란 합창과 함께 곡이 끝나자 쉬지 않고 피아노 멜로디가 흘러나왔다. 어! '희망의 바퀴 자국'이다! 또 사잔!* 이거 진짜 명곡이잖아! 누가 넣은 거예요? 헉, 선생님? 의외네요! 괜찮아요, 부르세요, 마이크 여기 있어요!

에비사와가 노래를 이상하게 부르자, 모두 웃느라 정신이 없었다. 전혀 음정이 맞지 않아서 염불 같은 노랫소리를 듣는 동안, 미치오는 참지 못하고 웃음을 터뜨렸다. 옆을 보니 마코토가 오늘 처음으로 미소를 짓고 있었다.

"아, 구사카 씨도 웃네."

기쁜 마음에 손가락으로 가리키자, 마코토는 수줍게 손을 젓고는 입을 열었다.

"단노 씨에게 딱 하나 말하고 싶은 게 있어요."

"뭔데요?"

"저도 대학 시절에 밴드를 했거든요."

일본 밴드 '사잔 올 스타즈'.

중간까지 혈관이 통하는 것이다. 그 끝의 흰 부분을 니퍼로 또각 잘랐다.

"모모, 괜찮아? 아프지 않아?"

사야가 묻자, 핑크색 앵무가 불만족스럽게 목을 울렸다. 길게 자란 발톱이 아직 일곱 개나 남았다.

"자, 다음엔 사야가 스스로 해볼래?"

"뭐라고요? 안 돼, 난 못 해."

"그래도 직접 발톱은 깎아줄 수 있어야지."

사야가 단노 조류원에서 이 핑크색 새를 산 지 벌써 2년이 지났다.

당시 그녀는 초등학교 6학년으로, 가온과 같은 반이었다. 2층에 있는 가온의 방에서 놀기도 하며 단노 조류원에 자주 드나드는 동안 1층의 새들에게 푹 빠졌다.

사야는 부모에게 새를 키울 것을 허락받고 두 달 동안 고민하고 고민한 끝에 핑크색이 선명한 주초앵무를 골랐다. 옷을 사든 학용품을 사든 무난한 것만 고르는 가온과는 대조적인 선택이었다.

사야가 조심스럽게 주초앵무의 목을 손가락 사이에 끼웠다. 옆에서 잡는 것으로 가슴을 압박하지 않고 고정할 수 있다. 그러나 괴롭게 보였는지 좀처럼 몸을 단단히 잡지 못했다. 제대로 잡지 않으면 다치게 돼. 니퍼를 손에 든 사야에게 말한 순간, 딱 소리와 함께 새가 놀란 듯 울었다.

발톱 끝에서 피가 배어 나왔다. 괜찮아, 창백하게 질린 사야를 달래고 티슈로 그것을 닦아냈다.

"이럴 때는 아까 준비한 녹말가루를 바르면 돼."

미치오는 미리 작은 그릇에 담아둔 녹말가루를 손으로 집어 피가 나오는 곳에 발랐다. 하얀 가루를 바르자 발톱의 피가 순식간에 보이지 않게 되었다.

"봐, 금방 멎었지? 다음엔 선향으로."

미치오는 녹말가루 그릇 옆에 준비해 둔 선향에 라이터로 불을 붙이고 흔들어 불을 끈 다음, 피가 나온 발톱에 잠깐 대었다가 얼른 뗐다. 녹말가루와 선향, 양쪽을 다 이용하는 것이 선대로부터 전해지는 단노 조류원의 지혈법이다.

"미안해. 조금 더 연습해야겠구나. 조금씩 익숙해지자. 약간 발톱이 약해졌을지도 몰라. 부리도 여기, 갈라진 곳이 있지? 칼슘을 먹여야 해. 굴 껍데기 가루를 모이에 골고루 뿌리면 먹을 거야. 그리고 햇볕도 잘 쬐게 하고."

자신이 동요한 것을 들키지 않도록 빠르게 말했다. 미치오도 이 일을 시작하고 얼마간 새의 발톱을 자르는 일이 도무지 익숙해지지 않았다.

"오늘 가온은요?"

앵무의 피가 멎은 것을 확인하고, 침착함을 되찾은 사야가 계산대 안쪽의 계단으로 시선을 보냈다. 미치오는 계단 위를 향해 크게 외쳤다.

"가온! 사야가 왔어! 모모랑 같이!"

작년, 가온은 동네의 공립 중학교에 들어가고, 사야는 옆 동네에 있는 사립 중학교로 진학했다. 학교는 갈라지고 말았으나, 일요일이 되면 사야는 조류원에 와서 가온과 놀곤 했다. 두 사람은 취미도, 성격도 전혀 달랐지만, 새가 지저귀는 것처럼 얼마든지 계속 대화할 수 있는 듯했다.

하지만 그 사건 이후로 사야가 조류원에 오는 일은 없어졌다. 당분간 조용히 놔두자고 부모에게 들었을지도 모른다. 발톱이 너무 길어서 깨질 것 같다며 오랜만에 모모를 데리고 온 그녀의 표정에서 이곳을 방문할 기회를 엿보고 있었던 것이 느껴졌다. 아저씨, 발톱 잘라줄 수 있어요?

목조 계단에서 삐걱거리는 소리가 나더니, 가온이 내려왔다. 하얀 블라우스에 남색 플레어스커트를 입고 있다. 계단 밑에 있는 신발장에서 밖에 나갈 때 신는 검은색 가죽 펌프스를 꺼낸다.

"왜 그렇게 차려입었어? 결혼식이라도 가?"

"사야……, 왔었구나?"

"가온, 오랜만이야."

미치오의 농담을 무시하고 소녀들의 지저귐이 시작됐다. 반 년만의 대화라 아직 어색하다. 미치오는 쓴웃음을 지으며 니 퍼를 들고 앵무의 나머지 발톱을 깎기 시작했다.

"응. 잠깐 엄마랑."

"어디로?"

가온이 대답하기 전에 교코가 계단을 내려왔다. 짙은 남색 원피스를 입고 검은 하이힐을 손에 든다.

"역시 결혼식이지?"

"무슨 소리야?"

교코가 즐거운 듯 후후후 웃었다. 아내의 웃음소리를 오랜 만에 들었다.

"초대받았거든."

"어디에?"

"합창 연습."

"아주머니, 노래하세요?"

곧바로 사야가 물었다. 그녀는 교코를 좋아했다. 가온의 엄 마는 예쁘고 전혀 혼내지 않아서 좋겠다. 항상 사야는 그렇게 부러워했다.

"노래하고말고. 옛날에는 가수였으니까. 그렇게 안 보이니?"

교코가 마이크를 손에 든 자세를 취했다. 우와! 아주머니 가수예요? 사야가 흥분하여 물었다.

미치오는 어안이 벙벙하여 입이 다물어지지 않았다. 그날, 소리가 들리지 않는다고 고백한 후로 교코는 미치오를 끊임없이 책망했다. 왜 가나타를 죽게 놔두었는가. 내가 가면 그런 일은 없었다. 저주와도 같이 반복되는 말을 버티지 못하고 혼자 바람의 모임에 나가기 시작할 정도였다.

그런데 지금 눈앞에 있는 교코는 지금까지와는 전혀 다른 사람 같았다. 갑작스러운 표변을 어떻게 받아들이면 좋을지 몰라 미치오는 혼란스러웠지만, 솔직하게 기뻐해야 한다고도 생각했다. 분명히 옛날 동창에게라도 권유받았을 것이다. 교코는 조금씩 원래 모습으로 돌아가고 있다. 다정하고, 온화하고, 때로는 농담을 섞어 말하는 예전의 모습으로.

"미치오, 가온과 나갈 건데 괜찮지?"

"물론이지."

"고마워. 저녁에는 돌아올 테니까."

교코의 어조에서 가시는 느껴지지 않는다.

"사야, 또 놀러 와."

교코의 뒤를 따라가며, 가온이 아쉬운 듯 말했다.

"응. 가온, 다음에 놀자."

사야는 특기인 윙크로 대답했다. 가온은 아무리 연습해도 잘하지 못했다.

"교코, 잘 다녀와!"

음악이 그녀를 구해줄지도 모른다. 입구의 유리문까지 두 사람을 배웅하고, 늦여름의 밝은 햇빛 속으로 나가는 뒷모습을 향해 외쳤다. 아내는 가나타의 유골과 함께 집으로 돌아온 뒤로 한 번도 밖으로 나가지 않았다.

"가온도!"

손에 이끌려 나가는 가온에게도 말을 걸었으나, 새들이 지저귀는 소리에 묻혔는지 돌아보지 않았다. 아스팔트에서 피어오르는 아지랑이가 걸어가는 두 사람의 뒷모습을 일렁이게 만들었다.

"자, 나머지 발톱도 자를까?"

미치오는 계산대 옆에서 기다리고 있던 사야에게 돌아가, 핑크색 앵무의 발톱을 똑똑 잘랐다. 제대로 잘랐을 터인데 앵무새가 신음하는 듯한 외침이 가게 안에 울렸다.

4

침대로 뛰어들어 몸을 겹치자, 애절한 숨소리가 새어 나왔다.

가는 손가락이 등을 감싸며, 탁류 속에서 유목을 붙잡듯이 손톱을 세웠다. 나, 원해. 타오르는 듯한 뜨거운 숨결이 귓가를 자극하여 땀이 더욱 배어 나왔다. 무심코 몸을 떼자, 불그스름한 빛에 비친 구사카 마코토의 부드러운 몸이 눈에 들어왔다. 평범한 정장에 감추어져 있던 풍만한 가슴이 하얀 블라우스를 밀어 올렸고, 타이트스커트 밑으로 드러난 허벅지가 매끈한 곡선을 그렸다. 미치오가 조심스럽게 가슴을 건드리자, 예쁘장한 얼굴이 일그러지며 애타는 신음소리가 나왔다. 날 안아줘. 땀으로 셔츠가 들러붙은 등에 다시 손톱이 박히며, 마코토의 소리가 더욱 커졌다.

문득 단노 조류원의 벽지가 떠올랐다. 푸른 하늘에 규칙적으로 그려진 솜사탕 같은 구름. 가짜 하늘을 향해 새장 속에서 지저귀는 작은 새들. 눈앞에서 교성을 지르는 마코토의 목소리가 그것과 겹쳐졌다.

"믿을 수 없어."

왕관앵무를 손에 올린 교코가 이쪽을 보고 있었다. 싸늘한 눈길을 보내면서도 입가에는 미소를 짓고 있다. 힉, 퍼뜩 놀라 몸을 뗐다. 이마에서 땀이 분출하여 마코토의 볼로 뚝뚝 떨어졌다. 박동이 빨라지고, 귓가의 혈류가 격하게 고막을 때린다.

공기를 찾아 고개를 들었다. 천장에 달린 거울이 미치오의 얼굴을 비추고 있었다. 수면에서 흉하게 입을 벌린 잉어 같다. 도망치듯이 상반신을 비틀어 원형 침대 위에 벌렁 드러누웠다. 벌어진 셔츠 아래로 군살이 붙은 배를 드러낸 남자가 공허한 눈으로 이쪽을 보고 있다.

"괜찮…… 아요?"

블라우스 옷깃을 정리하며 마코토가 물었다. 이미 평소와 같은 마코토의 목소리로 돌아갔다.

"아, 저기."

미안하다고 사과하는 것도 애매한 기분이 들어 미치오는 입을 다물었다.

몇 시간 전, 에비사와 법률사무소의 회의실에서 바람의 모임의 모임이 끝났다. 피해자 가족이 나간 뒤에도 마코토는 항상 사무실에 남았기에 그녀와 귀갓길이 겹치는 일은 없었다.

그런데 오늘 밤은 에비사와가 회식 일정이 있어서 모임이 끝나자 마코토도 다른 사람들과 함께 사무소에서 나왔다. 가까운 역까지 다 같이 걸어간 뒤, 각자 돌아가게 되었다. 거기서 미치오는 마코토가 역 앞의 로터리에서 출발하는 같은 노선의 버스를 탄다는 것을 알았다.

둘이서 버스 정류장에 서서 시각표를 보았다. 안타깝게도 버스는 막 출발한 참이었다. 토요일 밤이었던 것도 있어서 40분은 기다리지 않으면 안 되었다. 이 마을에서는 매년 버스 운행 수가 줄고 있다.

"형님, 누님! 한잔 어떠십니까? 두 시간 무제한이 2천 엔밖에 안 해요!"

허탈해하던 두 사람을 발견하고 역 앞 술집에서 핫피*를 입은 청년이 다가왔다. 손에는 풍어기를 본뜬 화려한 간판을 들고 있다.

"아니, 버스를 기다려야 해서……."

"하지만 한 시간은 기다려야 하잖아요?"

주로 축제 때 입는 일본의 전통 의상.

"40분."

"누님을 계속 여기 세워두게요?"

"아, 저는 괜찮습니다."

마코토가 이마의 땀을 닦으며 청년을 제지했다. 늦더위가 심한 밤이라 습도가 높아서 베이지색 재킷의 등이 땀으로 젖은 것을 알 수 있었다.

"그럼 한 시간에 천 엔! 어때요? 어차피 기다릴 거면 시원한 가게에서 맥주라도!"

끈질긴 권유에 밀려 술집으로 들어가 순식간에 맥주를 석 잔 마셨다. 무제한이라고 듣고 마음이 대범해졌는지도 모른다. 노래방에서는 전혀 술을 마시지 않았던 마코토도 레몬 사와를 미치오와 같은 수대로 마셨다.

바람의 모임에 대해서는 전혀 꺼내지 않았다. 서로 학창 시절에 따라 하던 밴드 이야기나 좋아하던 아이돌 이야기 등으로 수다를 떠느라 어느새 시간이 지나 있었다.

버스 시간을 신경 쓰지 않은 것은 아니지만, 바로 자리에서 일어날 마음도 들지 않았다. 미치오는 마음이 놓였다. 이런 편안한 대화를 사실은 쭉 바라왔다. 가게 안은 냉방이 되어 있지만, 도저히 시원하다고는 말할 수 없었다. 몇 번이나 마코토에게 재킷을 벗으라고 권했지만, 요즘 살이 쪘다면서 그녀는 목덜미의 땀을 닦으면서도 고개를 가로저었다.

　가게를 나가자, 눈앞에 무지개색 빛에 비친 빌딩이 눈에 들어왔다. 주변 가게의 전등이 사라지고, 어둠 속에서 떠오른 것 같았다. 예정되었던 버스 시간은 벌써 지났다는 것은 두 사람 모두 알고 있었다. 누가 먼저 말을 꺼내는 일도 없이 자연스럽게 그 러브호텔로 들어갔다.

　"너무 많이 마셨네요……."

　천장을 올려다본 채 누워 있던 마코토가 말했다. 미치오에 대한 위로로도, 해버리고 만 것에 대한 변명으로도 들렸다.

　"너무 많이 마셨어요……."

　내밀어준 구원의 손길을 잡기 위해 따라서 말했다. 나란히 천장을 올려다보는 미치오와 마코토의 얼굴을 자주색에서 황록색으로 바뀐 빛이 느릿하게 움직이며 비춰주었다.

　무드등이라니 이게 뭐지? 미치오는 러브호텔에 들어오자마자 민망함을 감추려고 침대 옆에 있는 버튼을 눌렀었다.

　"왠지 디스코장 같네요."

　갑자기 이 상황이 재미있는지 마코토가 웃음을 터뜨렸다.

　"그러게…… 춤이라도 출래요?"

　"단노 씨, 그런 곳에 가세요?"

"가본 적은 없네요, 구사카 씨는?"

"디스코장에서도 춤춘 적 없고, 노래방도 별로 좋아하진 않아요."

미치오는 똑같다며 웃었다. 네, 똑같네요. 마코토도 같이 웃었다.

조명이 황록색에서 오렌지색으로 바뀌며, 하늘을 날아가는 기구가 그려진 벽지를 비췄다. 벗겨지는 중인 그것을 바라보는 동안 미치오는 웃음이 멈추지 않게 되었다.

"단노 씨?"

경련을 일으킨 것처럼 큭큭큭 어깨를 떨며 미치오는 계속해서 웃었다.

"어라? 미안합니다, 왜 이러지?"

웃음과 달리 눈가에 눈물이 고였다.

마코토가 당황한 얼굴로 이쪽을 보았다. 무언가 빗장이 풀린 것만 같았다. 미치오는 심호흡을 반복하여 어떻게든 몸을 진정시켰다. 오른팔을 눈에 대고 코를 훌쩍이며 힘겹게 말했다.

"엉덩이 탐정을…… 불렀습니다."

"엉덩이 탐정?"

"아들이…… 가나타가 좋아하던 텔레비전 만화의 노래인데요. 마지막으로 노래방에 데려갔을 때, 다 같이 불렀어요. 교코와 가온과 가나타 모두 함께. 얼굴이 엉덩이 형태인 탐정의 노래. 엉덩이 엉덩이 엉덩이 엉덩이, 미안하지만 실례 좀 하겠습니다 뿡. 정말 어이가 없어서 다 같이 크게 웃었는데."

"아, 들어본 적 있어요. 인기 많죠?"

"가나타, 신나서 불렀거든요. 엉덩이, 엉덩이 하고. 마지막에 부른 노래가 그런 거였다고요."

쓴웃음과 함께 눈물이 들어갔다. 대신 웃긴 것도, 슬픈 것도 아닌 이상한 감정이 배 속에서 솟구쳤다.

"사건 후에 매일같이 언론에 둘러싸여서 정말 최악이었거든요. 방송국 놈들, 건너편 맨션 주민을 매수라도 했는지 거기 2층에서 이쪽으로 카메라를 들이대고. 빈곤한 조류원만 찍히잖아요. 어쩔 수 없이 셔터도 모두 내리고 안에 틀어박혔지만, 그래도 경찰서라든가 꼭 나가야만 할 때 가끔 집 밖으로 나가면 마이크를 들이대고. 아드님과의 마지막 추억은? 같은 질문이나 하고. 엉덩이 탐정이라는 그런 하찮은 말을 텔레비전에서 말할 수 있겠냐고요. 아아, 점점 생각나네, 열 받게."

마코토는 조용히 듣기만 했다. 대체 어떤 얼굴로 듣고 있을까. 그녀에게 기대는 것이 한심하면서도 미치오는 흘러나오는 말을 멈출 수가 없었다.

"가나타가, 그 아이가 죽은 날. 유해를 좀처럼 집으로 돌려

보내 주지 않았습니다. 병원에서도 한참 동안 기다리게 하더니, 사망 확인을 하고 이번에는 사법 해부를 하겠다면서. 제가 말했거든요? 실컷 베었다고요, 이 이상 칼을 댈 건 없잖아요, 안이 보이잖아요, 라고. 아, 여기 웃어도 되는 부분인데. 하지만 아무도 웃지 않더군요. 법률로 정해졌으니까 해야 한다면서 쓸데없이 진지하게 대답하기나 하고. 할 일이 없으니까 그냥 안뜰에 있는 벤치에 앉아서 그저 태양이 조금씩 떨어지는 걸 봤죠. 거기서 계속 노래했어요. 엉덩이 엉덩이 하고. 완전히 바보 같잖아요? 하지만 그것밖에 부를 수 없더라고요. 엉덩이 엉덩이, 미안하지만 실례 좀 하겠습니다 뿡. 혼자서 몇 번이고, 몇 번이고 불렀는데."

코를 훌쩍이는 소리가 들려 미치오는 고개를 돌려 옆을 보았다. 그 순간 마코토의 눈에서 한줄기 눈물이 흘렀다. 물방울이 볼을 가로질러 베개를 적신다.

"……지금은 제가 울 타이밍 아닌가요?"

"죄송해요……, 저."

"아니, 저야말로 갑자기 미안합니다. 하지만…… 말해서 다행이에요. 이런 장소기는 하지만, 말할 수 있어서 다행이야. 혹시 누군가에게 말하면 그날 일이 바로 떠올라 머리가 이상해질 것 같아서. 하지만 저, 역시 화가 나더군요. 언제나 슬펐어요. 아내도, 딸도 시름에 젖어 있으니 나라도 정신 똑바로 차리자고 필사적으로 버티느라 슬퍼할 틈도 없었는데. 그래서 오늘 말할 수 있어서 다행이에요. 러브호텔 안이지만."

마코토가 눈물로 얼굴을 적시며 오열을 터뜨렸다. 그녀에게도 슬픈 과거가 있었을 것이라고 미치오는 상상했다. 분명히 그녀도 남에게 말할 수 없는 무언가를 담아두고 있다.

"왠지…… 너무 칙칙한 얘기를 해서 미안하네요."

"죄송해요."

"왜 구사카 씨가 사과하는데요?"

"죄송해요, 죄송해요, 저……."

마코토의 사죄는 두 시간의 휴식 시간 종료를 알리는 알람에 의해 중단되었다. 마코토의 울음소리와 겹친 요란한 호출 소리를 들으며 미치오는 천장을 올려다보았다.

무드등은 오렌지색에서 자주색으로 바뀌어 두 사람의 얼굴을 물들였다. 그날, 그 안뜰에서 본 태양처럼 조금씩 변하는 빛을 미치오는 그저 가만히 지켜보았다.

러브호텔에서 허둥지둥 나온 뒤, 미치오와 마코토는 주위를 신경 쓰며 서둘러 버스 정류장으로 갔다.

다행히 역 앞의 가게는 대부분 문을 닫아서 버스 정류장까지 가는 길에는 통행인이 거의 없었다. 시선 끝에 그것이 마지막 버스임을 알리는 빨간 램프가 들어와 있었다.

마코토가 달려갔다. 허를 찔린 미치오도 뒤를 따랐다. 샤워한 지 얼마 안 되는 젖은 머리가 흔들리는 것이 보였다.

빨간 램프에 비친 제일 뒷자리에 두 사람은 조금 사이를 두고 앉았다. 그 외에는 한 초로의 남성 승객이 무슨 까닭인지 자리에 앉지 않고 운전석 옆에서 손잡이를 잡은 채 서 있을 뿐이었다.

버스가 출발하자, 마코토에게 엔진 소리에 묻힐 듯한 작은 목소리로 이비인후과 앞 정류장에서 내린다고 말했다. 저는 거기서 세 정거장 앞에 있는 아파트에 열아홉 살이 된 아들과 둘이 살고 있어요, 마코토가 속삭였다. 대화는 그것뿐으로, 침묵하는 두 사람과 초로의 남성을 태운 버스는 암흑 속을 달려 나갔다.

이비인후과 앞에서 내려 돌아보자, 마코토가 가만히 앞을 바라보고 있었다. 그 공허한 검은 눈동자를 빨간 램프가 비추고 있다. 미안함을 감추며 미치오는 손을 흔들었으나, 마코토가 보기 전에 버스가 떠나버렸다. 디젤 엔진에서 뿜어져 나오는 그을린 기름 냄새만이 그 자리에 남았다.

버스 정류장에서 차도를 따라 5분쯤 걷자 낡은 단노 조류원의 간판이 보였다. 인접한 작은 전파상, 오래된 전통 과자가게, 맞은편 세탁소의 불이 모두 꺼져 있는 와중에 조류원만은 불이 켜져 있었다.

희미하게 노랫소리가 들려왔다. 곧 날짜가 바뀌려고 하는 이 시간에 여성들의 합창이 조용한 마을로 새어 나왔다.

가게 앞에 세워진 두 대의 자전거를 곁눈질하며 가게로 들어가자, 낯선 여성 두 사람이 교코와 소리를 맞추고 있었다. 나이는 아내보다 조금 위일까. 한 손에 악보를 들고 세 사람은 입을 모아 들어본 적 없는 찬송가 같은 것을 부르고 있다. 심야의 합창이 울리는 어두침침한 공간에 새들은 침묵하고 있었다. 새장에 둘러싸여 똑바로 서서 교코는 황홀한 표정으로 노래하느라 미치오가 들어온 것도 눈치채지 못했다.

"무슨 일이야? 이런 시간에."

미치오가 말을 걸자, 노래가 뚝 멎었다.

"밖에까지 들리더라."

자신이 한 일은 모른 척하며 의심하는 어조로 말했다.

"아, 어서 와. 이쪽은 합창단의 신도 씨와 이가라시 씨야."

교코는 미안한 기색도 없이 양옆에 있던 두 여성을 소개했다. 상복처럼 검은 정장을 입은 신도와 이가라시가 짠 것처럼 완전히 똑같은 몸짓으로 머리를 숙였다.

"노래 연습을 같이 해주셨어."

"근데 벌써 열두 신데?"

"아, 벌써 그런 시간이야? 너무 집중해서 하느라."

미소 짓는 교코의 표정은 너무나도 밝았다. 미치오는 책망하는 말을 삼켰다. 소리가 들리지 않는다고 했던 그녀가 멜로디를 되찾은 것은 기뻐할 일이다.

"노래하다 보면 시간이 순식간에 지나고 말아."

어느새 신도와 이가라시는 악보를 가방에 넣고, 빠르게 돌아갈 준비를 끝내고 있었다. 그녀들의 동작 하나하나가 모두 정해진 작업처럼 소리가 없거니와 기척도 없었다. 그대로 목소리를 내지 않고 미치오에게 인사하고 가게를 나가더니, 자전거를 타고 어둠 속으로 사라졌다.

"……이런 시간까지 부르면 이웃에게 피해를 주지 않겠어?"

두 대의 자전거가 보이지 않게 된 것을 확인하고, 미치오는 셔터를 내렸다.

"앞으로는 조심할게. 하지만 너무 즐거워서."

아직 합창의 여운이 남아 있는지, 악보를 옆구리에 낀 교코가 노래하듯이 대답했다. 악보 표지에 '영원의 소리'라는 글자가 보였다. 기독교 계열의 합창단일까?

"가온은?"

"아까까지 같이 노래했어. 지금은 자겠지만."

미치오는 계산대 안쪽의 문을 열고 밑창이 닳은 가죽 신발을 벗고 계단을 올라갔다. 한 걸음 내디딜 때마다 오래된 나무 계단이 삐걱거렸다. 2층으로 올라가 거실로 들어가서 왼쪽에 있는 아이의 방을 들여다보자, 가온이 침대에 앉아 혼자 책을 읽고 있었다. 아직 안 잤어? 라고 묻자, 힐끗 이쪽을 보더니 대답하지 않고 책으로 시선을 되돌렸다.

아이의 방에는 가온이 가나타와 함께 쓰던 이층침대가 아직 남아 있다. 상단에는 가나타의 유골이 놓여 있다. 사십구재는 오래전에 지났으나, 교코는 무덤에 묻으려고 하지 않았다.

이 이층침대를 샀을 때, 꼭 위층을 쓰고 싶다고 고집한 동생에게 가온이 양보했었다. 가온은 아래층이라면 스탠드 조명을 켜고 책을 읽어도 괜찮을 거라고 말했다. 그리고 이 집에서는 가나타가 대장이니까.

새삼 둘러보자 가온도 크면서 남매의 물건이 넘쳐 아이 방이 매우 좁아진 것이 느껴졌다. 교코는 아직 가나타의 장난감과 책, 옷을 정리하지 못했다. 침대 옆의 벽 쪽에 놓인 가나타의 업라이트 피아노도 그대로다.

문득 사건 전에 2층의 리모델링 계획을 세우던 것이 떠올렸다. 아이 방을 나누어 각자 공부용 책상을 놔주자고 아내와 의논했었다.

"교코, 그러고 보니 전에 말했던 2층 리모델링 얘기 말인데."

미치오는 아이 방에서 나와 소리도 없이 계단을 올라온 아내에게 말했다.

"응."

"저금하고 여기 급부금이 있으면, 생각해봐도 괜찮지 않을까? 우리 침실은 조금 좁아질지도 모르지만."

가나타의 것을 처분할 수 없다면, 적어도 가온의 방을 만들어주고 싶다. 그러나 교코는 그 말에 대답하지 않고, 거실을 지나 안쪽 침실로 들어갔다.

여기 통장이 있었지? 서랍장을 열고 찾기 시작한 미치오에게 교코는 모른다고 말했다. 그리고 오늘은 이만 자자고 속삭이더니 전등을 껐다.

미치오는 어쩔 수 없이 통장 찾기를 포기하고, 계단 옆에 있는 세면대 앞에서 이를 닦았다. 거울 앞에 놓인 플라스틱 컵에는 아직 가나타의 작은 칫솔이 꽂혀 있다. 칫솔 자루에 붙은 엉덩이 탐정 스티커가 눈에 들어와 이를 닦던 손이 굳었다. 미치오는 작은 칫솔을 가만히 응시했다. 어두워진 방에서 가온이 책 페이지를 넘기는 소리만이 들려왔다.

5

포도, 복숭아, 오렌지에 자몽. 오래 쓴 탓에 닳아버린 목제 접이식 테이블 위에 여러 가지 색깔의 과일주스 캔이 놓였다.

"좋아하는 걸 고르세요. 남이 선물해준 것으로 대접하는 주제에 죄송하지만."

"아, 아닙니다, 잘 먹겠습니다."

미치오는 머리를 숙이고 하나를 집었다.

"포도를 고르시네요?"

거봉이 그려진 캔을 고른 미치오를 보며 마코토가 물었다.

"네? 이상해요? 기왕 여러 가지가 있으니 평소에 안 마시는 걸 마셔보려고."

"그럼 저도."

마코토는 복숭아주스 캔을 집어 뚜껑을 따고 입을 댔다.

미치오는 그녀와 눈을 마주치지 못하고, 포도주스를 마시면서 그녀의 뒤에 있는 커다란 책장으로 시선을 보냈다. 소설과 시집, 눈에 띄는 두꺼운 육법전서에 섞여 범죄 피해자 가족이 쓴 책과 임상 심리사가 쓴 저서 등이 꽂혀 있다. 책과 책 사이에는 액자에 든 단체 사진이 몇 개나 장식되어 있다. 에비사와를 중심으로 가쓰다나 고사노 등 익숙한 얼굴이 보인다.

"그런데 단노 씨, 갑자기 무슨 일이세요?"

"이거 정말 죄송합니다, 시간을 뺏게 돼서."

"아니에요. 이게 제 일인걸요."

마코토가 웃으며 이쪽을 보았다. 무엇에 대한 사과인지 모를 만큼 아까부터 몇 번이나 머리를 숙여댔다.

러브호텔에서 연락처를 교환하였으나, 마코토와 연락하는 일은 없었다. 3주일 만에 메시지를 보내 에비사와 선생님에게 의논하고 싶은 일이 있다고 하자, 원하는 날짜와 시간만 확인하는 답장이 돌아왔다. 미치오가 조류원의 정기 휴일인 화요일을 지정하자, 15분 뒤에 메시지가 왔다. 그럼 화요일 낮 세 시에 사무실에서 기다리고 있겠습니다.

"이거 참, 미안하네! 재판 협의가 늦게 끝나서."

응접실 문이 벌컥 열리더니, 에비사와가 들어왔다. 곧바로 마코토의 시선이 미치오에게서 떨어졌다. 달려오느라 땀범벅이야, 혼잣말을 하며 에비사와가 겉옷을 벗고 의자에 걸쳤다. 미치오는 그가 이 모스그린 정장을 입은 모습밖에 본 적이 없다. 같은 것을 몇 벌이나 갖고 있는 걸까? 다만 오늘도 변함없이 비뚤어진 옷깃에서 변호사 배지를 발견하고 그럴 가능성은 없겠다고 생각했다.

에비사와는 나머지 두 가지 중, 오렌지주스를 골라 집었다. 뚜껑을 따고 목을 울리며 마시고는 미치오를 본론으로 이끌었다.

"그런데 무슨 일이 있었습니까? 단노 씨."

"그게 어디부터 말하면 좋을지……."

말을 얼버무리며 미치오는 일의 경위를 말하기 시작했다.

되도록 냉정하게 시간 순서대로 전하기 위해 머릿속을 정리해왔다고 생각했다. 그런데 입을 열자마자 제대로 말할 수 없었다. 중간에 몇 번이나 에비사와의 질문에 답하면서 30분에 걸쳐 간신히 전모를 전할 수 있었다.

그 토요일 밤, 예금통장을 찾는 것은 포기했다. 다음 날, 그다음 날도 찾았지만 보이지 않았다. 은행에 가서 다시 만들겠다고 교코에게 말하자, 그녀는 예금통장을 자신의 가방에서 꺼냈다.

불길한 예감이 들었다. 아내의 손에서 통장을 빼앗아 안을 확인한 미치오는 맥이 빠졌다. 조금씩 모아왔을 터인 돈이 모두 인출되어 있었다. 거기에는 가나타에 대한 위로금과 범죄 피해자 가족에게 주는 급부금도 포함되어 있었다. 여기에 있던 돈은 어디 갔어? 미치오가 따지자, 교코는 합창단에 기부했다고 대답했다.

"기부로 운영한다고 들어서 조금이라도 도움이 되고 싶어서."

"기부라니⋯⋯, 우리 집에 그런 여유가 어디 있어? 그건 부자나 하는 짓이잖아."

"하지만 중요한 일이야."

"돈은 돌려받을 수 없을까? 어려우면 같이 가줄게."

"아니, 미치오."

"왜?"

"당신도 언젠가 알게 돼. 이건 매우 신성한 일이야."

에비사와는 이마의 땀을 구겨진 손수건으로 닦고 미치오에게 물었다.

"얼마나 날렸습니까?"

"3백만입니다. 통장을 보니 그대로 인출되었더군요. 그 외에도 돈을 더 뜯겼을지도 모르지만, 거기까지는 모르겠어요.

딸도 같이 합창단이라는 곳에 데려갔더라고요. 대체 무슨 짓을 당했는지…… 아아, 기분 나빠!"

"단노 씨, 일단 냉정해지죠. 잠깐 정리해봅시다."

에비사와가 낮은 목소리로 느긋하게 타일렀다. 어조는 평소의 익살스러운 것과는 완전히 다르게 침착하고 냉정했다. 그 옆에서 마코토는 노트북 키보드를 두드렸다. 아까와는 전혀 다른 사람처럼 무표정하게 담담히 기록을 남긴다.

"크게 보도된 사건이 일어난 뒤에는 유족의 집에 그런 패거리가 찾아오는 일이 종종 있습니다. 기도하게 해달라면서 오는 신부라든가, 액막이를 해주겠다는 신주라든가, 우리 절에서 당분간 경문을 베끼며 마음을 달래자고 하는 주지 같은. 누가 됐든 '가짜'입니다만."

가짜, 무심코 입 밖으로 나왔다. 신부, 신주와 주지를 빙자하는 그런 부류의 사람이 있는 것은 상상되었지만, 우리 집에 올 줄은 생각도 못 했다. 자신들에게는 이 이상 빼앗길 것이 없을 터였다.

"여러분을 돕고 싶다, 의지가 되고 싶다고 말하며 다가오는 거죠. 뭐, 이쪽에서 보면 약한 부분을 파고드는 것일 뿐이지만, 성가신 점은."

거기까지 말하고 에비사와는 캔을 기울여 남은 주스를 모두 마셨다. 이제 거의 남지 않아서 후루룩거리는 소리가 좁은 응접실에 울렸다.

"그런 패거리는 순수하다는 것입니다."

"순수?"

"진심으로 남을 돕고, 구하고 싶다고 생각해요. 그러니 성가시죠. 약해진 사람은 그 순수함에 감동하게 됩니다."

원래 교코는 조심성이 많은 성격이었다. 수상한 자라면 내쫓았을 것이다. 그런데 왜?

문득 합창하던 교코의 얼굴이 떠올랐다. 한없이 밝게 웃는 얼굴. 그녀는 음악에 매달린 것이다. 설령 그것이 수상한 것이라고 해도 교코에게는 동아줄로 보였을지도 모른다.

"지하철 사린 사건이 일어난 뒤로 일본에서는 이제 사이비 종교 같은 것은 성립하지 않게 되었어요. 대신 점이나 스피리추얼 세미나처럼 작은 커뮤니티가 신흥 종교화되는 케이스가 많아요. 많은 금액을 이미 기부한 상태라고 하였으니, 사모님은 세뇌되었을 가능성이 있습니다. 어쩌면 따님도."

하지만 대체 어느새. 미치오는 기억을 되짚었다. 통장을 보면 교코는 적어도 한 달 전에 빠져들었을 가능성이 크다. 어째서 아내의 변화를 알아차리지 못했을까. 자신이 노래방에 가서 술을 마시고, 마코토와 러브호텔에 있는 동안 아내와 딸이 조금씩 좀먹히고 있었다.

"빨리 어떻게든 해야겠어요. 선생님이라면 할 수 있겠죠? 교코와 가온을 억지로라도 병원이든 경찰이든 어디로든 끌고 가주세요."

"단노 씨, 조급해지면 안 됩니다."

에비사와가 엄격한 어조로 미치오를 제지했다. 마코토가 컴퓨터에서 시선을 들었다. 그녀의 눈동자가 흔들리는 것을 알 수 있었다. 자세히 보니 키보드 위에 놓인 손도 잘게 떨리고 있다.

"혹시 사모님이 세뇌당했다면, 그것을 풀기에는 시간이 걸려요. 특효약이나 비법 같은 건 없거든요. 가족인 단노 씨가 시간을 들여 똑바로 마주할 수밖에 없습니다."

에비사와의 말에 마코토의 타이핑 소리가 이어졌다. 수상한 합창단에 가족을 빼앗기려는 비참한 남자와의 대화를 기록해 나간다.

그 불규칙적인 타이핑 소리가 미치오를 초조하게 했다. 목이 바짝 말라 유일하게 남아 있던 자몽주스 캔으로 손을 뻗었다. 거칠게 뚜껑을 따고 내용물을 단숨에 들이켰다. 완전히 미지근해진 주스의 산미가 코를 찌르고, 질척거리는 씁쓸함만이 혀에 남았다.

"단노 씨, 기다려요."

역 앞 정류장에서 마침 도착한 버스에 올라타려는 순간, 뒤에서 부르는 소리가 들렸다.

돌아보자 마코토가 있었다. 달려왔는지 숨을 헐떡이고 있다. 미치오는 계단에서 발을 떼고, 버스를 타려는 승객의 흐름에 역행하여 그녀에게 다가갔다.

"잠시 이야기할 수 있을까요?"

어깨를 들썩이며 마코토가 속삭임과 동시에 부저가 울리며 버스의 접이식 문이 거칠게 닫혔다.

가면서 이야기할까요, 그녀가 제안하여 두 사람은 선로를 따라 난 길을 걸어 집으로 가기로 했다. 서늘한 저녁 공기가 가을이 오는 것을 알렸다.

"……엎친 데 덮친 격이란 이런 거구나."

고가 밑의 어두운 길을 걸으며 미치오는 혼잣말처럼 말했다.

잠시 걷다 보니 그 러브호텔이 보였다. 오늘도 무지개색 조명에 비쳐 밤하늘에 홀로 떠 있다. 건너편에 있었을 터인 술집은 경영이 잘되지 않았는지 인테리어는 그대로 두고 간판만 바꾸어 닭꼬치 가게가 되어 있었다. 핫피를 입고 호객을 하던 청년의 모습은 그곳에 없다.

"교코가 이상해지니 안달이 나서. 묘한 의사가 쓴 책이라든가, 세뇌에서 벗어나기 위한 안내서 같은 걸 사들였어요. 그런 걸 읽는다고 해서 해결될 일이 아닌데. 아주 헛돈을 날렸어요."

"……지푸라기라도 잡고 싶은 심정은 알겠어요."

"정말 비싼 지푸라기네."

미치오의 자학을 비웃는 것처럼 전철이 고가를 지나가며 굉음을 퍼부어댔다. 그 소리에 미치오는 깨달았다. 이곳은 그 남자가 걷던 길이라는 것을.

사건 후에 범인의 정보를 모으던 때의 일이다. 무차별 살인을 저지른 날, 가도쿠라 쇼헤이의 행동에 대해서 자세히 쓰인 주간지를 발견했다.

가도쿠라는 사들인 수렵용 나이프 4개를 백팩에 넣고, 고지대에 있는 집에서 언덕길을 내려와 역으로 향했다. 전철을 타고 다음 역에서 하차한 뒤, 잠시 선로를 따라 난 길을 걸어 사건 현장의 바로 옆에 있는 편의점 화장실로 향했다. 그리고 화장실 칸에 들어가 가방에서 수렵용 나이프를 꺼내 그것을 양손에 쥐고 수백 미터 앞에 있는 초등학교 교문을 향해 달려갔다.

그때 가도쿠라도 이 전철이 지나가는 소리를 들었을 것으로 생각하니 기분이 나빠졌다. 조금이라도 이곳에서 멀어지고 싶어서 오른쪽으로 꺾어 큰길로 향했다.

"구사카 씨도…… 여러 가지가 있었죠?"

멀리 보이는 주유소 불빛을 바라보며 물었다. 마코토는 아무 대답도 하지 않고 가만히 뒤를 따라왔다.

"하지만 지금 이렇게 우리를 도와주는 일을 하고. 정말 대단해요. 나 같은 건 맨날 우물쭈물하니까 이런 꼴이 되어서……."

"아니에요."

뒤에서 마코토의 갈라진 목소리가 귀에 닿았다.

"아니라니?"

"단노 씨, 제가 왜 피해자 유족의 모임에서 봉사활동을 시작했다고 생각하시죠?"

"수수께끼인가? 답이 뭐려나……."

미치오는 딴청을 피우며 말을 돌렸다. 아마 마코토도 자신과 같거나 그에 준하는 비극이 일어났다고 생각해왔다.

"단노 씨의 예상은 아마 틀렸을 거예요."

마코토의 갑작스러운 질문에 답을 떠올리지 못한 채 큰길로 나갔다. 주유소의 눈부신 빛이 인접한 중고 자동차 판매점을 비추고 있다. 각각 값이 매겨진 자동차가 어둠 속에 줄줄이 세워져 있다.

"저희 아들은 어린 시절부터 활발하고, 공부는 잘하지 못했지만 명랑해서 반의 인기인이었어요. 중학교에서도 그것은 변함이 없다고 생각했습니다."

갑자기 시작된 마코토의 아들 이야기에 어떻게 반응하면 좋을지 몰라서, 미치오는 그저 가만히 그녀의 옆을 걸었다. 마코토는 무표정한 얼굴로 입만 움직였다.

"아들이 다른 친구를 괴롭히고 있다고 중학교 담임 선생님에게 연락이 왔을 때는 놀랐어요. 장난스러운 면은 있어도 타인을 괴롭힐 만한 아이는 아니었어요. 방과 후, 학교 응접실에서 아들, 담임 선생님과 함께 괴롭힘을 당했다는 동급생과 그 부모님을 만났습니다. 그 학생의 팔은 검붉게 부어 있었는데 아들에게 맞은 흔적이라고 그쪽 어머니가 말하더군요. 아들과 친구 몇 명이 주도한 괴롭힘은 SNS 그룹에서 그 아이 하나만 제외하는 것부터 시작해 반 친구들을 끌어들여 같이 무시하고, 보상금이라는 명목으로 한 금전 요구, 마지막에는 일상적인 폭행까지 이루어졌다고 해요."

차가운 밤바람이 불어왔다.

어깨를 움츠리는 미치오의 옆에서 마코토는 담담히 말을 이었다. 오렌지색의 거대한 간판이 하늘을 뒤덮었다. 양식, 일식, 중식. 길을 따라 너무 밝은 패밀리 레스토랑의 간판이 연속으로 늘어서서 원색 빛으로 길을 비추고 있다. 하지만 음식 냄새는 전혀 나지 않고, 오가는 자동차의 배기가스 냄새만이 코를 찔렀다.

"아들은 그 자리에서 울면서 참회했습니다. 엄청난 짓을 저지르고 말았다. 이제 다시는 하지 않겠다, 후회한다. 아들의 그런 모습을 보는 것은 처음이었기에 저는 크게 동요했어요. 남편이 단신 부임으로 집에 없는 바람에 여러모로 벅찬 상태였다고 해도, 어째서 알아차리지 못했을까. 아들에게도, 괴롭힘을 당한 아이에게도 미안한 마음으로 가득했습니다. 아들이 눈물을 흘리며 반성하는 말을 했기 때문인가, 그 이상 크게 번지지 않고 마무리되었어요. 그 뒤로 아들은 마음을 바꾼 것처럼 보였습니다. 집에 일찍 돌아오게 되었고, 저와의 대화도 늘어났어요. 공부에 대한 고민, 친구와의 놀이, 때로는 연애 상담까지 무엇이든 터놓았지요. 아들과의 유대는 전보다 강해졌어요."

"그런 일이 있었군요……. 구사카 씨, 많이 노력했네요. 나는 그런 건 전혀 못 하니까……."

가온이 초등학생 때, 사이가 좋았을 터인 친구에게 따돌려지고 무시당한 적이 있었다. 미치오는 전혀 알아차리지 못했으나, 태도가 이상한 것을 눈치챈 교코가 가온을 추궁하여 딸은 그 사실을 고백했다.

다들 공원에 있을까? 교코는 당장 가온에게 물었다. 그리고 당황하기만 하던 미치오를 두고 뛰쳐나갔다. 아내가 돌아오기를 기다리는 동안, 딸과 무슨 말을 하면 좋을지 몰라 미치오는 조용히 새장 청소를 계속했다. 가온은 계산대 앞에 앉아서 저물어가는 거리를 가만히 바라보았다.

완전히 어두워질 무렵, 교코가 돌아왔다. 어디 갔었어? 미치오가 곧바로 묻자, 공원에서 아이들과 놀고 왔어. 술래잡기했는데 잡힌 사람이 술래가 되어 쫓는 거. 너무 뛰어다녀서 힘이 하나도 없어, 하면서 땀이 난 이마를 닦으며 웃었다. 그리고 불안하게 바라보던 가온의 손을 잡고 이제 괜찮을 거라고 전했다.

다음 날부터 따돌리지 않고 아무 일도 없었던 것처럼 가온은 친구들과 놀게 되었다. 귀가하자마자 교코에게 달려간 가온은 고맙다면서 눈물을 흘렸다. 당연하잖아, 나는 가온의 엄마니까. 교코는 가온의 머리를 힘차게 쓰다듬고는 꼭 안아주었다.

교코는 사려 깊으면서도 미지의 것에 뛰어드는 것처럼 살았다. 너무 가까웠기에 접촉하기 어려웠던 가온과 미치오의 관계를 이어준 것이 교코였다. 그 경첩 같은 것이 풀어진 느낌이 들어 미치오는 불안해졌다.

미치오와 마코토는 어두컴컴한 길을 서로 약간 떨어져서 걸었다. 그 거리가 다시 가까워지는 일은 없는 듯 보였다. 길을 따라 세워진 지방 신용금고 입구에 안내문이 붙어 있었는데, 지난달로 영업을 마쳤다고 쓰여 있었다. 그 옆의 자전거 가게도 망해서 코인 주차장이 되어 있었다. 버스를 타고 지나갈 때는 몰랐으나, 이 마을은 조금씩 다른 것으로 뒤바뀌고 있다. 길 앞에는 분명히 단노 조류원이 있을 터였으나, 이 세상의 연장선상에 그것이 아직 존재하는지 믿을 수 없게 되었다.

"그 아이가 건물에서 뛰어내려 자살했다고 들은 건 반년 뒤의 일이었어요."

상상과는 다른 이야기의 흐름에 미치오는 숨을 죽였다. 과적재한 대형 트럭이 먼지를 일으키며 옆을 지나쳐 달려갔다. 미치오의 말을 기다리지 않고 마코토는 말을 이었다.

"처음에는 이해가 되지 않았어요. 아들에게 물어도, 아무 표정도 없이 고개를 숙이기만 했어요. 집에도 경찰이 와서 괴롭힘이 계속 이어졌다는 것이 밝혀졌습니다. 게다가 폭력은 더욱 음습해졌어요. 반 아이들에게 강제로 입을 다물고 있게 하고, 반에서는 계속 무시하면서 소년은 얼굴 대신 배를 맞고, 등을 조각칼로 찔리고, 여학생 앞에서 자위행위를 강요당했다고 해요. 그리고 그 모든 것을 주도한 사람은 제 아들이었습니다."

오래된 이비인후과 건물이 눈에 들어왔다. 미치오는 이미 정류장 세 개만큼 걸어온 것을 깨달았다. 조금 더 걸으면 단노 조류원이 보일 것이다. 가온은 여전히 그 이층침대에서 책을 읽고 있을까? 어서 집에 돌아가 딸의 얼굴을 봐야겠다. 그런 초조함에 시달렸다.

"아들은 가정재판소로 송치되어 보호관찰 처분을 받았습니다만, 죄는 묻지 않았습니다. 하지만 아직 어리기에 그랬을 뿐이므로, 그 아이가 저지른 죄가 용서받았다는 것이 저를 계속 괴롭혔어요. 몇 년이 지나 처분이 끝난 뒤에 저는 이혼한 뒤, 아들을 데리고 이 마을로 왔어요. 그 뒤로 아들은 사람이 달라진 것처럼 저와 말하지 않게 되었고, 매일 자기 방에 틀어박혀 있어요. 이제 저에게는 아들을 믿을 힘이 없습니다. 저 악마가 언제 무슨 짓을 저지를지 모른다. 항상 그렇게 두려워하며 살아왔어요."

검은 옷을 입은 남자의 노랫소리가 귓가에 재생되었다. 스코틀랜드의 민요 '고향 하늘'. 벽이 새까맣게 칠해진 방에서 가도쿠라 쇼헤이가 노래하는 모습을 상상했다.

"바람의 모임 봉사활동은 구청에서 우연히 본 팸플릿을 통해 알게 되었어요. 드디어 속죄할 곳을 찾아냈다고 생각해서, 도와드리기로 했어요. 하지만 용서받을 수 없는 죄를 또 지은 것뿐일지도 몰라요."

문득 등에 손톱이 박혔을 때의 고통을 떠올렸다. 러브호텔의 자주색 빛 속에서 마코토는 애절하게 신음을 흘렸다. 그것은 찰나의 황홀함이었을까. 아니면 지옥에서 구원을 바라는 울부짖음이었을까.

어느새 옆에서 마코토가 멈춰서 한 곳을 응시하고 있었다. 그녀의 시선 끝을 따라가자, 그곳에는 낯익은 조류원의 간판이 있었다. 어느덧 가게 앞에 도착한 것이다.

"단노 씨는 앞으로 어떻게 하실 거예요?"

마코토는 문조 그림이 그려진 간판을 지그시 바라보며 물었다.

그것은 터무니없는 질문으로 보였다.

"그때 말씀을 듣고 나서 저도 말해야겠다고 생각했어요. 앞으로 단노 씨 같은 분의 많은 수가 어떻게 되는지 아시나요?"

대답하지 않는 미치오에게 마코토가 재차 물었다. 집의 불은 모두 꺼진 채로 조용하다. 이 안에서 아내는 지금, 무엇을 하고 있을까.

"마지막까지 수수께끼?"

미치오는 쓴웃음으로 얼버무리려고 하는데 어두운 조류원에서 희미하게 노랫소리가 들려왔다. 비브라토를 넣은 교코의 노랫소리가 미치오의 귀에 닿았다. 이마에 맺힌 식은땀을 코트 소매로 몇 번이나 닦았다. 눈앞에 있는 마코토에게는 들리지 않는지, 갑자기 안절부절못하는 미치오를 멍하니 바라보고 있다. 이것은 환청인가. 자신도 미치고 만 것인가.

"그럼 대답은 다음 주에 듣죠."

엉뚱한 말을 남기고 미치오는 한 손을 들어 인사한 뒤, 길 앞에 있는 문으로 향했다. 문 앞에서 돌아보자, 마코토가 이쪽을 가만히 쳐다보고 있었다. 죄의 고백을 마친 그녀의 눈은 공허하기는 했지만, 어딘가 맑게 보였다. 그 시선에서 도망쳐 문을 열고 안으로 들어갔다. 집에서는 소리 하나 나지 않고, 교코의 노랫소리도 들리지 않았다.

나는 앞으로 어떻게 될까? 마코토의 질문이 신경 쓰이지만, 대답을 듣는 일은 이루어지지 않을 것이라고 그때 미치오는 생각했다.

6

증기기관차의 앞을 가로질러 거미집처럼 격자 형태의 외벽으로 둘러싸인 빌딩으로 향했다. 미치오는 곁눈질로 역 앞 광장에 놓인 낡은 증기기관차를 보았다. 그것은 생각보다 훨씬 아담했다.

종종 텔레비전 와이드 쇼에서 취객이 저 증기기관차 앞에서 인터뷰에 응하곤 했다. 항상 그들이 말하는 것은 정치에 대한 불신이나, 경기에 대한 불만, 연예인의 스캔들에 대한 유감 표명이었다. 아마 몇 년 전 영상을 다시 내보내도 알아차리지 못할 것이다. 그만큼 그들은 비슷한 정장 차림에 벌겋게 물든 얼굴로 카메라를 향해 비슷한 말을 내뱉는다. 인간이 달라지지 않는 것일까, 아니면 언론이 원하는 말이 늘 같은 것일까. 아마 그 모두일 것이라고 낡은 기관차가 말하는 듯 보였다.

거미집 안으로 들어가자 닭꼬치, 곱창전골, 라멘과 카레 가게가 잡다하게 늘어섰고, 각 주방에서 나오는 연기가 뒤섞여 미치오의 코를 자극했다.

평일 낮인데도 가게마다 어느 정도 손님이 있었는데 선 채로 맥주나 청주를 마시고 있었다. 마굴에 헤매어 들어온 기분이 들어 스마트폰 지도로 목적지를 확인했다. 2층 가장 안쪽이 표시되었다. 교코, 이쪽이야. 가만히 뒤를 따라온 아내를 데리고 상품권 거래소와 자라 식품점 사이에 끼어 있는 에스컬레이터로 발을 들였다.

2층으로 올라가자 마작 게임장, 오락실, 중고 카메라 가게와 낚시용품점이 완만한 커브를 그리는 통로를 따라 빼곡하게 들어차 있었다. 그 통일성 없는 모습에 또 목적지를 잃을 것 같아 미치오는 다시 스마트폰을 확인했다. 나아가는 방향은 틀리지 않을 터였다.

"오빠, 언니, 마사지."

어색한 일본어로 말을 걸어와, 빛나는 화면에서 고개를 들었다. 미니스커트에 샌들을 신은 아시아인 여성이 마사지 가게 앞에 놓인 스툴에 앉아 이쪽을 보고 있었다. 한 시간, 2천 엔, 서비스.

대만, 한국, 태국, 인도네시아 등 다양한 양식의 마사지 가게가 줄줄이 있다. 어느 가게나 안쪽이 어두워서 알전구에 비친 침대가 늘어선 것만이 보였다. 정체, 지압, 발 마사지, 머리 마사지, 싸게 해줄게, 서비스. 차례차례 일본어 단어만 연발되는 동안 현실감이 사라졌다. 가게 안쪽의 어두운 곳에서 누군가 담배를 피우는 모양이다. 타는 듯한 냄새가 코를 찌른다.

　과연 이런 곳에 목적지가 있을까. 홈페이지에서 본 그곳은 최신 기기에 둘러싸인 청결한 공간이었다. 그러나 이제 와서 돌아갈 수도 없다. 달리 의지할 곳도 없기 때문이다. 이마에 땀을 흘리며 걷는 미치오의 뒤에서 태연한 얼굴로 교코가 따라오고 있다. 어쩐지 지금 상황을 즐기고 있는 듯하다.

　성인용 비디오 판매점에서 모퉁이를 돌아가자, 한방약과 약초주를 파는 가게가 늘어서 있었다. 인삼이 가게 앞에 달려 있고, 병 속에 담가진 살무사와 전갈, 벌에 애벌레까지 눈에 들어온다. 그 한구석에 새하얀 공간이 보였다. 짙은 갈색의 점포가 늘어선 가운데, 그곳만 새하얀 벽으로 뒤덮여 있었다. 설치된 하얀 문에는 작게 '마인드풀니스 조합 약국'이라고 쓰여 있다.

　미치오는 스마트폰 지도를 손가락으로 확대하여 이곳이 목적지임을 확인했다. 문고리를 돌려 안으로 들어가려고 하였으나 잠겨 있다. 이상하다, 분명히 예약 메일을 보내서 접수

되었다는 내용의 답장을 받았는데.

몇 번이나 문을 밀고 당겨보았으나, 문은 닫힌 채였다. 그러자 뒤에 있던 교코가 앞으로 슥 나와 문 옆에 있던 카메라가 달린 인터폰 버튼을 눌렀다. 새하얗게 칠해졌기에 미치오는 그것을 발견하지 못했다. 딩동 하고 큰 소리가 울리자, 몇 초 뒤에 들어오라는 남자의 목소리가 들렸다.

삐릭 하는 소리와 함께 잠금이 해제되고 문이 열렸다. 안으로 들어간 미치오는 눈을 가늘게 떴다. 옆에서 교코도 금기를 목격한 것처럼 오른손으로 시야를 가렸다. 정사각형 방은 천장만이 아니라 벽과 바닥에도 길고 가는 형광등이 몇십 개나 박혀서 흰 벽지를 환하게 비추고 있었다. 멸균실처럼 아무것도 없는 공간에 형광등이 지지직거리는 소리만 들린다.

빛에 눈이 익숙해질 즈음, 하얀 염화 비닐 시트로 구분된 안쪽 방에서 바닥에 끌릴 만큼 긴 흰색 가운을 입은 남자가 나타났다.

"단노 씨죠?"

미치오와 비슷한 나이로 보이는 그 남자의 머리는 마치 그리스도의 성상처럼 완만하게 곱슬거린다. 홈페이지에서 본 사진보다 머리가 훨씬 길어서 허리 부근까지 내려온다.

"네. 이쪽이 아내인 교코입니다."

"미노리카와 류토입니다. 어서 오시죠."

미노리카와는 미치오가 아닌 교코에게 인사하고는 안쪽 방으로 두 사람을 안내했다. 그곳은 앞선 방보다 한층 더 넓은 하얀 상자 같은 공간으로, 벽 한 면이 온통 서랍장으로 가득했다.

"자, 이쪽에 앉으십시오."

방 가운데 있는 하얀 소파에 미치오와 교코를 앉히고, 미노리카와는 그 맞은편의 역시 하얀 사무용 의자에 앉았다.

그의 뒤에는 데스크톱 컴퓨터와 거대한 모니터가 다섯 대나 나란히 설치되어 있다. 각 화면에 알파벳과 도형으로 벌집 형태에 그려진 복잡한 구조식이 몇 개나 표시되어 있다.

"바로 묻겠습니다만, 이곳에 오기 전에 다른 카운슬링을 받으셨습니까?"

"변호사 선생님에게 소개받은 임상 심리사에게 상담하러 갔었습니다."

"그 외에는."

"저희 같은 케이스를 많이 보신 신부님과 신사의 궁사님에게도 말씀을 들으러 갔지만……."

"효과는 어땠습니까?"

대답하기 어려워 미치오는 옆에 앉은 교코를 보았다. 그녀의 시선은 모니터 안에 있는 벌집에 똑바로 고정되어 있다.

지금 무엇이 불만입니까? 무엇을 할 때 행복합니까? 에비사와에게 소개받아 찾아간 임상 심리사가 묻자 교코는 대답했다.

"노래할 때, 저는 신성해질 수 있어요."

임상 심리사는 교코의 병리를 파악하기 위해 다양한 질문을 하였으나, 아내가 제대로 대답하지 않아서 미치오가 기대한 성과는 얻지 못했다.

그 뒤에도 사이비 종교에서 벗어나는 것을 돕는 교회와 신사를 아내와 방문했다. 어떤 장소든 교코는 거부하지 않고 따라왔다. 신부의 설교와 궁사의 액막이를 받으면서도 그녀는 '영원의 소리'라 불리는 합창단에 계속 나갔다. 매주 화요일과 일요일에 즐거운 듯 노래하며 돌아오는 아내를 미치오는 책망할 수가 없었다. 가온의 일도 걱정되었으나, 아내에게서 억지로 노래를 빼앗고 옛날처럼 다시 집에만 틀어박히는 일은 피하고 싶었다.

그러나 이대로 놔둘 수도 없다. 지푸라기라도 잡는 심정으로 인터넷을 검색하다 사이비 종교로부터 '탈세뇌'를 내세운 미노리카와 류토라는 약학자의 존재에 도달했다. 미노리카와는 다양한 사이비 종교 신자들의 세뇌를 풀고, 탈퇴시켰다고 한다.

그가 운영하는 '마인드풀니스 조합 약국'의 홈페이지에는 린치 살인사건을 일으킨 사이비 교단과 항아리나 인감 등을 팔아 거금을 착취하는 신흥 종교 등에서 탈퇴에 성공한 전 신자들의 후기가 게재되어 있었다. 모두 미노리카와가 얼마나 뛰어난 멘토인지 뜨겁게 설명하는 내용이었다.

카운슬링 및 탈세뇌 효과가 있다는 보조제 처방이 세트로 1회에 15만 엔. 암 치료를 내세운 수상한 물과 한방 같은 것과 비슷하게 보이지만, 가능성이 조금이라도 있다면 그것에 걸고 싶었다.

"시간을 너무 낭비하신 모양이군요."

미노리카와가 교코로부터 미치오에게 시선을 옮기며 말했다. 그럴지도 모르겠네요, 미치오는 길게 자란 머리를 긁적였다. 자신의 비굴한 모습을 아내는 지금 어떻게 보고 있을까. 똑바로 앞을 향하는 아내의 눈에서는 감정을 읽을 수 없었다.

"사이비 종교에서 탈퇴를 돕는 신부나 승려도 여럿 있는 모양입니다만, 안타깝게도 그들에게는 아무런 힘이 없습니다. 왜 그런지 아십니까?"

"어…… 뭘까요?"

"예전에 저는 독실한 기독교 신자였습니다. 그 뒤, 불교도가 되어 승려로서 깊은 산 속에 있는 절에서 수행하던 시절도 있습니다. 그러나 거기서 깨달은 것은 전통 종교의 태만이었습니다."

"태만……이라니."

"대부분의 일본인에게 신사에서 참배하는 날은 새해 첫날뿐. 승려를 부르는 때는 오봉과 장례식뿐. 크리스마스도, 미사도 흔적만 남았죠. 하지만 그것은 당연한 일입니다. 그리스도나 고타마 싯다르타의 등장으로부터 이미 2천 년이 지나고 있어요. 아무리 제자들이 현명하고 뛰어나더라도 그리스도나 붓다에게는 도저히 미치지 못하죠. 미칠 리도 없고요. 희석된 교의에는 이미 사람을 구할 힘이 없습니다."

미치오가 교회에 발을 들인 건 몇 년 만이었을까. 빨강, 파랑, 노랑, 초록에 보라. 사이비 탈퇴를 내세우는 교회 바닥에는 스테인드글라스를 투과한 컬러풀한 빛이 흩어져 있었다. 십자가를 손에 든 노령의 신부가 성경 구절을 몇 가지 읽고, 목제 벤치에 앉은 교코에게 진정한 신의 소리를 들으십시오, 라며 설교했다. 가온은 왠지 겁에 질린 얼굴로 엄마 곁에서 그 손을 쥐었다. 교코는 그런 딸의 손을 마주 잡아주며 미소를 띤 얼굴로 신부의 이야기를 들었다.

"20년 전, 전통 종교의 무력함을 깨달은 저는 미국으로 건너가 철학과 약학을 배우고, 베트남 전쟁 귀환병의 PTSD 치료에 이용된 심리학적 메소드를 조합하여 인간의 정신과 육체의 안정, 그리고 행복에 실효성이 있는 프로그램을 보조제라는 형태로 만드는 데 성공했습니다."

"저기…… 그래서 어떻게 하면 세뇌에서 풀리는 겁니까?"

유창하게 나오는 미노리카와의 말 사이에 끼어들어서 물었다.

"좋은 질문입니다. 애초에 세뇌라는 것은 현실과는 다른 가상 세계에 임장감을 주어 고정하는 작업입니다. 사이비 종교가 쓰는 수법은 주로 신비체험이라는 것인데 말하자면 그냥 뇌 신경의 장난질입니다. 널려 있는 가짜 최면술사라도 할 수 있는 변성 의식체험에 불과합니다."

갑자기 노랫소리가 들려왔다.

억양이 없는 미노리카와의 목소리에 비브라토가 들어간 여성의 목소리가 겹쳤다. 미치오가 놀라 시선을 옮기자, 옆에서 교코가 노래하고 있었다. 맑은 목소리로 흥얼거리는 멜로디는 그날 밤 조류원에서 합창하던 것이었다. 가사는 제대로 알아들을 수 없다. 옆에서 들릴 터인데 아득히 먼 곳에서 울리는 듯 느껴졌다. 적어도 자신만은 제정신을 유지해야겠다며 미치오는 땀이 밴 손을 꽉 쥐었다.

미노리카와가 노래하는 교코를 지그시 바라보더니, 다시 입을 열었다.

"사이비나 스피리추얼 단체는 기존 교의를 이용하여 세뇌합니다. 즉 '신의 가르침'을 알고리즘화하여 세뇌 수법을 만들어내죠. 하지만 잘 생각해보십시오. 교의를 알고리즘화할 수 있다면, 그것을 응용하여 세뇌를 푸는 것도 가능할 겁니다. 저는 과학적인 근거를 바탕으로 보조제 처방을 하여 세뇌될 때와 같은 체험을 하게 하고 의식의 깊은 곳에 개입하여 치료합니다."

"하지만…… 순순히 복용하진 않겠지요."

"끈기 있게 설득하십시오. 반드시 효과가 있습니다. 저는 이 보조제로 세뇌당한 사이비 종교 신자를 몇 사람이나 구했습니다."

미노리카와가 책상으로 다가가 키보드를 두드리기 시작했다. 모니터에 비친 수십 개의 구조식이 해제되고 다시 재구축되었다. 교코는 노래하며 곤충이 이합집산하는 듯한 식의 움직임을 안구만으로 좇았다.

"사모님의 경우에는 의식 밑에 박힌 트리거가 음악일 가능성이 크므로, 이쪽도 음악적인 구조식을 지닌 성분을 조합하여 처방하겠습니다. 강렬한 카타르시스와 함께 의식을 중화하여 세뇌 프로그램을 무효화합니다."

미노리카와가 엔터키를 강하게 치자, 화면 위에 떠다니던 도형이 고정되었다. 눈 결정을 본뜬 아름다운 형상의 구조식 위에 '#28'이라고 표시되어 있다.

28, 완전수로군. 미노리카와는 모니터를 향해 중얼거리고 의자에서 일어나, 수많은 서랍장이 설치된 벽 앞으로 향했다. 그중에서 하나를 골라 손을 대고, 다홍색 캡슐을 꺼냈다. 그 모습은 연초에 신사에서 운세를 점치는 제비뽑기와 같아서 왠지 아이러니했다.

"먹어보시겠습니까?"

미노리카와의 목소리가 하얀 방에 울리자, 타이밍을 노린 듯이 흰 가운을 입은 키가 큰 여성이 물이 든 컵을 가져왔다. 지금까지 대체 어디에 숨어 있었을까. 미치오가 의아하게 여기는 동안 여성은 컵을 미노리카와에게 건네고, 발소리도 없이 떠났다.

미노리카와는 컵과 함께 캡슐을 교코 앞에 내밀었다. 아내는 받아들었으나, 여전히 알 수 없는 노래를 흥얼거리고 있다.

"교코, 부탁이야."

아내의 어깨에 손을 올리고 애원했다. 다른 수단이 없다. 이 미친 상태로부터 한시라도 빨리 빠져나가야 한다. 이젠 막다른 곳에 이르렀다. 목을 떨며 읊조리는 교코와 눈이 마주쳤다. 그것은 이미 미치오가 아는 아내가 아니었다.

교코의 검은 눈동자가 새처럼 생생하게 빛나고 있다. 하지만 거기서 의지를 느끼지 못했다. 그저 목소리만은 변함없이 아름답게 새하얀 방에 울려 퍼졌다.

교코가 컵을 든 손이 떨리는 바람에 물이 하얀 리놀륨 바닥으로 주르륵 흘렀다. 이젠 틀렸나, 미치오가 포기하려던 순간, 노래가 멎었다.

갑자기 교코가 다홍색 캡슐을 입에 넣고는 물과 함께 단숨에 들이켰다.

7

교코가 슈퍼마켓의 비닐봉지를 들고, 해가 저물어가는 거리를 경쾌한 발걸음으로 걸어간다. 식자재로 부푼 봉지를 양손에 든 미치오는 그 뒤를 쫓았다. 단노 조류원이 보이기 시작했다. 교코는 몸을 기울여 가게 옆 골목으로 들어가 안쪽에 있는 옆문을 열었다.

"다녀왔어!"

2층에 있는 가온을 향해 크게 외쳤다. 새소리가 들릴 뿐, 계단 위에서는 대답이 없다. 아마 평소처럼 침대에 앉아 정신없이 책을 읽고 있을 것이다. 가온, 거기 있지? 교코가 시멘트 바닥에 비닐봉지를 놓고 딸을 부르며 계단 위로 올라갔다. 그 발걸음이 가볍다. 미치오는 무거운 봉지를 손에 든 채, 발을 비틀어 가죽 신발을 벗고 현관으로 올라갔다. 몸을 숙여 교코가 내려놓은 봉지도 들고, 계단을 올랐다.

부엌에서 장을 본 우유와 달걀을 꺼내 냉장고에 넣고 있는데, 교코가 가온의 손을 잡고 나왔다.

"아, 배고파!"

교코는 숨을 내쉬고, 빵빵하게 부푼 비닐봉지에서 채소와 고기를 꺼냈다.

"어? 엄마가 밥하게?"

가온이 놀란 소리를 냈다. 놀랐을 때의 목소리가 왠지 미치오와 닮아 얼빠지게 들렸다.

"응, 오랜만에 만두가 먹고 싶어졌거든. 가온, 만드는 거 도와줘."

아연실색한 가온을 무시하고, 교코가 양배추를 다지기 시작했다.

아내가 부엌에 서는 것이 얼마 만일까? 사건 전에는 아내가 매일 그곳에 있었으나, 지금은 미치오가 간단한 식사를 만들거나, 슈퍼마켓이나 편의점에서 산 음식으로 해결하는 일이 대부분이었다.

"미치오, 멍하게 있을 거면 다진 고기, 양념장과 섞어둬."

"그거 어떻게 했더라?"

"잊어버렸어? 그만큼 알려줬는데."

"미안해."

"그럼 가온, 아빠에게 알려줘."

교코의 말에 가온은 부엌으로 들어가 찬장을 열었다. 술, 맛술, 간장, 치킨 스톡, 참기름을 척척 꺼내고, 작은 그릇에 넣어 섞었다. 가온은 그 분량도 빠짐없이 기억하고 있어서 손놀림에 망설임이 없다.

"아빠, 다진 고기와 섞어줘. 나는 생강을 갈 테니까."

양념장을 모두 섞은 가온이 비닐봉지를 들여다보며 말했다. 생강을 꺼내 껍질을 벗기고, 강판에 갈기 시작했다. 미치오는 손을 씻은 다음, 팩에 든 다진 고기를 스테인리스 볼로 옮겨 가온이 만든 양념장을 첨가한 뒤 오른손을 집어넣었다. 차가운 다진 고기가 손가락에 엉겨 붙으며 질척거리는 소리를 냈다.

가나타가 이 집에 있던 시절, 정기 휴일 밤에는 종종 다 같이 만두를 빚곤 했다. 다진 돼지고기에 양배추와 부추, 생강과 마늘, 그리고 특별하게 표고를 다져 넣은 소를 얇은 피로 감싼다. 교코는 소를 둥근 피에 평평하게 담고, 하나, 둘, 셋, 넷 리드미컬하게 주름을 잡아 만들었다. 가나타도 따라 했다. 그는 어머니를 닮아 리듬감이 좋아서 손재주도 좋았다. 미치오와 가온은 아무리 해도 예쁘게 빚지 못했다. 키친타올 위로 가지런하지 않은 만두가 줄줄이 놓였다. 완성된 만두를 보면

한눈에 누가 무엇을 만들었는지 알 수 있을 정도였다.

"음, 맛있는 냄새!"

교코의 환성에 정신이 들었다.

뜨거운 프라이팬 위로 만두가 원형으로 놓였다. 치익치익 기름이 튀는 소리가 나며, 고기와 마늘이 구워지는 고소한 냄새가 부엌에 감돌았다.

"아, 출출해지는데!"

"나도."

"그러게."

교코가 프라이팬에 물을 붓고 뚜껑을 닫았다. 만두가 구워질 때까지의 시간을 이용해 분담하여 먹을 준비를 했다. 역할 분담은 이미 정해져 있다.

가온이 테이블을 정리하고, 행주로 깨끗하게 닦는다. 교코는 밥솥으로 지은 밥을 밥그릇에 담는다. 미치오는 컵에 보리차를 따르고, 이어서 젓가락을 놓는다. 그것은 일찍이 가나타의 역할이었다. 아빠, 엄마, 누나, 그리고 자신. 각자 색깔로 나누어진 젓가락을 정해진 자리에 나란히 놓는 것이 가나타의 방식이었다.

"뒤집는다!"

교코의 기합과 함께 커다란 접시 위로 프라이팬에서 반대로 뒤집힌 만두를 올렸다. 갈색으로 구워진 만두가 원형 타일처럼 주르륵 담긴다.

"우와, 맛있겠는데."

"뜨거울 때 얼른 먹자."

각자 젓가락을 뻗어 초간장을 듬뿍 찍고 입에 넣었다. 얇은 만두피가 찢어지며 육즙이 흘러나왔다. 다진 고기의 맛에 마늘과 부추의 향, 포인트로 넣은 표고의 채즙과 식감이 입에서 서로 어우러졌다.

"맛있어."

의도하지 않게 목소리가 겹치며, 교코와 가온은 눈을 마주치고 웃었다. 두 사람이 서로 웃는 모습이 자연스럽게 보인다. 많이 먹어, 가온에게 권유하며 교코도 다음 만두로 젓가락을 뻗었다.

보조제의 효과는 바로 나타났다.

미노리카와가 처방한 캡슐을 복용한 뒤, 교코는 더 이상 노래하지 않게 되었다. 거의 없는 것이나 마찬가지인 미치오의 비상금에서 15만 엔을 지급하여 한 달 분의 보조제를 구입하고, 매일 아침과 밤에 두 번 복용시켰다. 아내는 딱히 저항하는 일도 없이 다홍색 캡슐을 먹었다. 점차 그 눈에 인간다움이 돌아왔다.

복용을 시작한 지 일주일 뒤의 정기 휴일에 갑자기 교코가 슈퍼에 가지 않겠냐고 제안했다. 미치오는 당황하면서도 가온에게 새를 돌볼 것을 부탁하고, 아내와 가까운 가게로 나갔다.

미치오가 카트를 밀며 교코와 나란히 걸었다. 역시 만두가 좋을까. 돼지고기 생강구이나 함박스테이크도 좋겠네. 차례차례 식자재를 카트에 넣는 아내에게서는 활기가 넘쳤다.

생물을 다루기 때문에 긴 휴가를 내지 못하고, 여행을 가는 일도 불가능했다. 대신 정기 휴일에는 가게를 일찍 정리하고 가족끼리 슈퍼로 나가는 일이 많았다.

좋아하는 건 마음대로 골라도 돼. 아, 한 사람당 세 개씩이야. 교코는 가온과 가나타에게 말했다. 조류원의 수입은 그리 많지 않았으나, 정기 휴일만은 가족이 각자 좋아하는 것을 골라 사기로 했다. 그것은 교코가 정한 일종의 게임 같은 것이었다.

미치오는 맥주를, 교코는 조금 비싼 과일을, 가나타는 장난감이 든 과자를 샀다. 평소에는 사양하곤 하던 가온도 그날만은 좋아하는 스위스제 초콜릿을 골라 소소한 사치를 즐겼다.

저 아이들은 언제까지 고민하려나? 교코는 열심히 과자 진열대를 살피는 아이들의 모습을 보며 미소를 짓고 있었다.

지금 아내를 보고 있으면, 가나타가 있던 시절로 되돌아간 듯했다.

"맥주 마신다?"

맛있게 만두를 먹는 교코를 보는 동안 행복해진 마음으로 냉장고에서 맥주를 꺼내 캔에 그대로 입을 댔다. 크아아, 하는 소리가 절로 나왔다. 아까 산 값싼 할인상품이었으나, 이렇게 맛있는 맥주는 오랜만이었다.

15만 엔을 낸 보람이 있었다. 반신반의였으나, 사이비 신자를 여럿 구했다는 미노리카와의 홍보는 거짓이 아니었다. 장황한 설교를 해대던 신부나 궁사보다 과학적 근거에 따른 치료가 아내에게는 필요했다.

"이거 참, 그 긴 머리 선생님 대단한데."

무심코 진심이 입을 뚫고 나왔다. 교코는 미치오를 힐끗 보았으나, 아무 말도 하지 않았다. 대신 가온에게 "간장 더 따라 줄까?" 하고 물었다.

욕실에서 나와 목덜미가 늘어난 트레이닝복으로 갈아입고, 미치오는 아이 방에 있는 가온에게 말을 걸었다.

"너무 어두운 곳에서 읽으면 눈 나빠져."

가온은 젖은 머리를 수건으로 닦으며 이층침대의 아래쪽에 앉아 책을 읽고 있다.

"응, 이제 잘 거야."

드물게 가온으로부터 대답이 돌아왔다. 그녀도 오늘 저녁은 분명히 기뻤을 것이다. 뿌듯한 마음에 미치오는 거듭 말을 걸었다.

"엄마, 건강해졌지?"

"아빠가 뭔가 한 거야?"

"너무 걱정하지 않아도 돼. 보조제니까."

"그렇구나……."

딸을 안심시키기 위해 웃는 얼굴로 말했으나, 가온의 표정은 여전히 흐렸다.

"왜 그래?"

"아니…… 왠지 엄마, 깊어진 느낌이 들어서."

"깊어졌다고? 무슨 뜻이야?"

대답하지 않고 미치오에게 수건을 건넨 뒤, 가온은 침대에 누워 이불로 들어갔다. 그래도 오랜만에 딸과 제대로 대화한 것에 들뜬 마음으로 미치오는 불을 껐다. 그럼, 잘자.

"아빠."

미치오가 문을 닫으려는 순간, 어둠 속에서 가온의 목소리가 들렸다.

"응?"

"엄마를 제대로 봐줘."

의미심장한 말에 뭐라고 대답해야 할지 몰라서 미치오는 그저 고개를 끄덕이고 침대를 보았다. 위쪽이 공백이 된 침대 옆의 벽에 업라이트 피아노가 놓여 있다. 가나타와 교코는 종종 이 피아노를 함께 치며 노래하곤 했다. 겹쳐진 종소리 같은 목소리가 두 사람이 틀림없는 모자임을 증명하는 것처럼 단노 조류원에 울려 퍼졌다.

그때 남겨진 가온이 어떤 표정을 지었던가. 기억을 되짚어 보려고 했지만, 졸음이 그것을 막았다.

부부 침실로 들어가자 교코는 이미 더블베드에 누워 있었다. 오랜만에 장을 본 다음 요리까지 하고, 저녁을 먹으며 쉬지 않고 말하느라 피곤해서 잠든 모양이다. 미치오는 발소리를 죽이고 침대로 다가갔다.

요 며칠 싸늘한 밤이 이어졌다. 미치오는 서둘러 이불로 들어가 숨을 내뱉었다. 아까 마신 맥주의 여운이 아직 몸에 남아 있다. 기분이 들떠 혼자 네 캔이나 비우고 말았다.

자는 줄 알았던 교코가 미치오의 품으로 들어왔다.

"안 잤어?"

"조용히 해봐."

속삭이는 목소리로 귓가를 간질이고는 교코의 손이 하복부를 향해 다가왔다. 미치오의 그것이 금세 커지기 시작했다.

"교코⋯⋯."

"만져줘."

교코의 유혹에 미치오는 손을 뻗어 그녀의 가슴을 어루만졌다. 약간 풍만해진 유방을 손으로 감싸 주무르자, 교코가 아아 하는 신음을 흘렸다. 이불 속에서 서로 잠옷을 벗고 알몸이 되었다.

"들어와."

교코가 미치오의 귓불에 입을 맞추고 속삭였다.

미치오는 서툴게 교코의 위로 올라가 허리를 눌렀다. 단단해진 것을 그녀의 안에 넣으려고 하였으나 잘되지 않았다. 교코의 성기가 젖지 않았다.

"어서."

"하지만 아직 힘들겠어."

"침으로 적셔."

교코가 입술을 떨었다.

미치오는 서둘러 손가락을 핥아 그대로 그녀의 성기를 건드렸다. 기분 좋아, 교코가 교성을 지르며 허리를 천천히 움직였다. 순식간에 손가락이 그녀의 안에서 축축해졌다.

"얼른…… 와."

교코는 미치오의 목에 팔을 감고 입을 가까이하여 혀를 얽었다.

"안 씌웠……."

미치오가 허둥지둥 콘돔을 가지러 일어나려고 하였으나, 교코가 팔에 힘을 주어 붙잡았다.

"필요 없어. 빨리."

교코가 미치오의 성기에 손을 대고, 직접 안으로 이끌었다. 미끈한 감촉과 함께 뜨거워진 그것이 교코의 안으로 들어갔다. 아앗, 하고 작은 비명이 터졌다.

"가온에게 들리겠어."

미치오가 작게 제지했지만 대답하지 않고, 아아 갈 것 같아, 하고 신음했다. 갈 것 같아, 으응, 갈 것 같아. 교코가 신음하며 미치오의 얼굴로 손을 뻗었다. 그리고 미치오의 눈을 똑바로 응시하며 크게 숨을 들이마시고, 읊조리는 듯한 소리를 냈다.

영원의 소리…… 영원의 사랑…… 영원의 생명……

우리가…… 사는 것은 영원……

언제 태어나고 죽더라도…… 당신은 나의 영원……

아내가 무엇을 흥얼거리고 있는지 이해하기까지 시간이 조금 걸렸다.

그것이 미노리카와의 앞에서 불렀던 멜로디임을 깨달았을 때, 몸이 경련하여 미치오는 교코의 안에 사정했다. 쾌감과 공포가 뒤섞이며 신음이 흘렀다. 하반신에서 열이 방출되는 것과 교대하듯이 손끝부터 한기가 엄습했다.

"교코…… 그만해."

미치오는 아내의 안에 넣은 채 말을 걸었으나, 그의 말은 닿지 않았다.

과거…… 현재…… 미래……

시간은…… 인간이…… 결정한 것……

빛…… 대지…… 우주……

영원은…… 신이…… 선사한 것……

아내는 똑바로 누워 미치오의 눈을 바라보며 계속 노래했다. 초점이 미치오의 뒤통수 저 너머에 있는 하늘에 고정된 듯했다.

오한이 온몸으로 퍼지며 몸이 잘게 떨리기 시작했다. 이가 딱딱한 소리를 냈다. 허리를 들어 아내의 안에서 쪼그라든 그것을 빼냈다.

"이렇게 영원님을 향해 노래하면…… 꿈속에서 가나타를 만날 수 있어."

노래를 마치고 황홀한 표정으로 하늘을 올려다보며 교코가 말했다.

"가나타가 영원의 나라에서 나에게 말해. 엄마, 이제야 만났구나."

8

바리캉 소리와 함께 새까맣고 굵은 털 다발이 발밑으로 떨어졌다.

미치오가 손에 든 주간지에서 눈을 들자, 오른쪽 귀 위쪽만 푸릇푸릇하게 두피가 드러나 보인다.

"……잔디 깎는 것 같네."

짧게 깎인 옆머리를 쓰다듬자,

"뭐, 하는 일은 같으니까요."

리젠트 스타일을 한 미용사, 바바가 웃었다. 그는 이마 양쪽으로 머리를 깊숙이 깎아내었고, 눈썹도 극단적으로 가늘다.

"아니, 정원하고 머리를 같이 두면 안 되지."

"하지만 전 괜찮은 정원사가 될 거 같은데요."

미치오가 처음 바바에게 이발을 받았을 때 거울 너머로 그의 이마를 뚫어지게 쳐다보자, 20년쯤 전일까요, 혈기 왕성한 시절에 깎고 뽑아내고 했더니 더는 안 나더라고요, 하며 그는 이마 끝을 문질렀다. 진짜였구나, 잘 만든 가발인 줄 알았어, 미치오가 대답하고 두 사람은 동시에 웃음을 터뜨렸다. 그 후로 이 이발소에 올 때마다 서로 농담을 하는 사이가 되었다. 사건 이후 7개월 만에 재회하였으나, 평소와 다름없이 미치오를 맞아주었다.

"그나저나 단노 씨 그거 알아요? 어제 손님에게 들은 무서운 이야기인데요."

"하지 마. 그런 거 잘 못 듣거든. 귀신이니 유령이니 믿지도 않고."

"아니, 귀신이랑 유령은 같은 거잖아요. 그런 게 아니라 병 얘기예요."

"병이라니?"

"지금 미국에서 사람이 엄청나게 죽는대요. 무슨 인플루엔자로."

"그렇게나?"

"벌써 몇만 명이나 죽었다고 하던데."

바바가 바리캉을 목덜미에서 정수리를 향해 움직였다. 모터 소리가 귓가를 지날 때마다 머리카락 다발이 바닥으로 후드득 떨어졌다. 목덜미까지 길게 자란 머리와 푸릇푸릇한 민머리가 좌우로 나뉘어 마치 다른 사람의 얼굴처럼 보인다.

"무서워라, 그게 뭐야? 신종 바이러스인가? 에볼라라든가 그런 거?"

"에이, 무서운 말씀 하지 마세요."

"그쪽이 먼저 꺼낸 얘기잖아. 아무튼 어떡하지, 우리 새들한테 전염되면."

"인간에게 전염될 걱정부터 하세요, 나 참."

바바가 쓴웃음을 지으며 나머지 왼쪽 절반을 깎기 시작했다. 그 손놀림을 보고 있으니 그는 확실히 괜찮은 정원사가 될 수 있을지도 모르겠다.

아내가 다시 노래한 다음 날, 미치오는 바람의 모임에 참여했다. 에비사와에게 보조제 사기를 당한 것을 의논하려고 하였으나, 아무 말도 하지 못한 채 모임이 끝났다. 마지막으로 에비사와가 덧붙이듯이 마코토가 봉사활동을 그만둔 사실을 모두에게 전했다. 열심히 해주었는데 아쉽네, 하는 미야지 요코의 말만이 미치오의 귀에 남았다.

"그나저나 큰일이네, 내년엔 올림픽도 있잖아?"

"그러게요, 그런 바이러스가 퍼지면 어떻게 될까요?"

"중지되겠지. 도쿄는 물론 전 세계가 난리일 테니까."

"죽을 때는 인류 모두 평등하다는 거네요."

"불길한 소리 좀 하지 마. 그때는 다 같이 기도나 하자고."

미치오가 양쪽 손바닥을 마주 대는 것과 동시에 바리캉의 모터 소리가 멈췄다. 미치오가 거울로 시선을 보내자, 민머리가 된 중년 남자가 이쪽을 보고 있었다.

"······중이 된 것 같네."

"출가라도 하시게요?"

"그럴 리가 없잖아······. 뭐, 하지만 비슷한 걸지도 모르지."

"무슨 말이에요?"

"아내가 시켰거든······. 정화하고 오라고."

미치오의 말을 뒤덮듯이 바바가 케이프에 붙은 자잘한 머리카락을 드라이어로 날려버렸다. 빗자루를 든 직원이 다가와 발밑에 쌓인 머리카락을 쓸어모았다. 일찍이 자신의 일부였던 것이 쓰레기가 되어가는 모습을 응시하며, 마코토의 공허한 눈과 그날의 물음을 떠올렸다.

손가락에 힘을 주어 힘껏 당기자, 녹슨 교문이 삐걱거리는 소리를 내며 열렸다.

교코, 가온에 이어 미치오도 잡초가 난 운동장으로 발을 들였다. 찬 바람이 불어와 요전에 깎은 머리를 싸늘하게 했다.

추워, 중얼거리며 얇은 싸구려 패딩의 모자를 썼다.

"미치오, 닫아야지."

아내의 지시에 미치오는 사람 한 명이 지나갈 수 있을 만큼 만 열린 슬라이드식 문을 밀었다.

저출생으로 옆 마을에 있는 이 초등학교가 폐교된 지 4년이 지났던가. 완전히 녹슬어버린 문이 무거워서 좀처럼 움직이 지 않는다.

"이상하네……. 여는 건 쉽더니 잘 닫히지 않아."

녹슨 철제 격자에서 손을 떼고 손을 펼치자, 손가락이 빨갛 게 더러워져 있었다. 그날의 피 냄새가 다시 떠오른다. 교문 앞에 쓰러진 가나타, 가슴에 달린 카나리아 패치, 녹아내린 초콜릿처럼 퍼지는 피 웅덩이. 끔찍한 기억을 떨쳐내기 위해 다시 격자에 손을 걸고 힘껏 밀었다. 다른 초등학교라고 해 도, 교코는 항상 무슨 기분으로 이 문을 지나다녔을까.

끼익 소리를 내며 갑자기 철문이 움직였다.

미치오가 돌아보자, 가온이 뒤에서 밀어주고 있었다. 부녀 가 힘을 합치자 묵직한 소리와 함께 문이 닫혔다. 어느새 교 코는 검은 롱코트 자락을 휘날리며 운동장 저 끝을 걷고 있었 다. 이미 약속한 시간이 지났다. 폐교된 학교 위로 새파란 겨 울 하늘이 펼쳐졌고, 아내의 시선은 그 푸른 빛에 고정되어 있다.

"가자."

미치오는 남색 더플코트를 입은 가온에게 말을 걸었다.

가온은 조용히 고개를 끄덕이고 교코를 향해 달려갔다. 그 뒤를 종종걸음으로 따라가며, 딸의 키가 제법 자란 것을 깨달았다.

오래된 하얀 건물이 서서히 다가온다. 중앙에 걸린 커다란 시계는 짧은바늘을 잃고서도 계속 움직이고 있다.

입구로 들어가 새로 산 가죽구두를 벗고 발판으로 올라갔다.

초등학생용의 자그마한 신발장에는 이미 열 몇 켤레의 신발로 채워져 있다. 모두 검고, 말끔하게 닦여 있다.

교무실 옆을 지나 계단으로 올라가자, 조금 앞서서 가는 교코의 하얀 양말 바닥이 까맣게 더러워진 것이 보였다. 계단 위에서 희미하게 합창 소리가 들려온다. 익숙한 멜로디다. 매일 아내가 노래하는 곡이었다. 숨이 답답해진 미치오는 패딩을 벗었다. 익숙하지 않은 검은 정장의 단추를 풀고, 어제 균일가매장에서 산 무늬가 없는 검은 넥타이의 매듭에 손가락을 넣어 느슨하게 했다.

영원의 소리에서 무엇이 벌어지고 있는가. 무엇이 아내를 그렇게까지 빠지게 만든 것일까. 알지 않으면 가족을 지킬 수 없다는 생각이 들자, 미치오는 영원의 소리 합창 연습을 견학하기로 했다.

합창에 참여하겠다고 전하자, 교코는 그것이 이미 정해진 일처럼 받아들였다. 이것으로 우리는 '신성 가족'이 될 수 있어, 하며 가온의 어깨를 감쌌다. 가온은 그 말에 맞춰 미소 지었다.

최상층인 3층에 도착했다.

교코가 허밍하며 똑바로 뻗은 흰색 리놀륨 복도를 걸어갔다. 곡에 맞춘 발걸음으로 리드미컬하게 발을 앞으로 움직인다. 미치오와 가온은 교코의 뒤를 따라 노랫소리가 나는 곳으로 다가갔다.

가장 안쪽에 있는 교실로 들어가자, 조금 쿰쿰한 냄새가 났다. 들보에 균열이 간 교실 안에는 남색 원피스나 검은 정장을 입은 열 몇 명의 사람이 반원 형태로 서서 목소리를 맞추고 있었다. 중앙에 혼자 하얀 원피스를 입은 자그마한 백발 여성이 그들을 마주 보고 고음으로 노래를 부르며 양손으로 지휘하고 있다. 합창 중에도 그 목소리는 한층 또렷하게 들려서, 다른 노랫소리에 섞이는 일 없이 미치오의 귀로 들어왔다.

백발 여성은 미치오 가족을 보자 손을 든 상태로 멈췄다. 동시에 노랫소리도 뚝 끊겼다. 합창단 멤버가 이쪽을 돌아보았다. 여성이 7, 남성이 3인 비율로 나이는 교코와 비슷하거나 조금 위가 많은 듯했다. 가온과 또래인 아이도 두 명쯤 있다.

"영원의 소리에 어서 오세요."

노랫소리처럼 또렷한 목소리로 백발 여성이 말했다. 합창단이 박수를 쳤다. 마치 리허설을 한 듯 리듬이 완벽하게 맞는 박수였다. 그것이 자신에게 향한 것임을 깨달은 미치오는 어색하게 머리를 숙였다. 구지 사치코 님, 백발 여성의 이름을 가온이 귓속말했다.

미치오가 옆에 있는 책상에 겉옷을 놓자, 합창단이 만든 반원이 갈라지며 세 명이 들어갈 자리를 만들었다. 미치오와 교코는 가온을 사이에 둔 형태로 자연스럽게 이끌려 반원의 중앙으로 들어갔다.

정면에 선 구지는 미소를 지으며 미치오를 보고 있다. 노령의 야윈 여성이지만, 머리카락, 피부, 옷, 그 모든 것이 새하얘서 몸에서 빛을 발하는 듯했다. 현실감이 없는 요정 같은 구지의 모습에 압도되어 고동이 빨라졌다. 침착해, 괜찮아. 내가 교코와 가온을 지켜야 해. 자신을 격려하며 심호흡을 하는데 구지의 뒤에 있는 칠판이 눈에 들어왔다. 그곳에는 악보가 빼곡하게 쓰여 있었다.

"이것은 신입니다."

악보를 등진 채 구지가 속삭였다.

"이게…… 말인가?"

미간을 찡그리고 오선지에 그려진 음표를 응시했다. 미노리 카와의 컴퓨터 모니터에 비친 구조식이 떠오른다.

"믿을 수 없으십니까?"

구지가 미소를 머금은 채 이쪽을 보고 있었다. 설령 당신이 의심하더라도 내가 먼저 당신을 믿겠다. 그렇게 말하는 듯한 눈이었다.

"네…… 좀처럼 믿기지 않네요."

"무엇을 믿을 수 없을까요?"

"저기…… 뭐라고 해야 할까, 신이나 그런 건 잘 모르겠거든요. 보이지도 않고, 소리도 들리지 않고."

"눈에 보이고, 소리가 들리면 믿기에 충분한가요?"

질문에 미치오는 생각에 잠겼다. 자그마한 노파의 말은 미노리카와와는 비교도 안 될 만큼 강했다. 숙련된 사기꾼일지도 모른다. 하지만 그 말에는 무언가를 완전히 믿어야 얻을 수 있는 강한 의지 같은 것이 있었다.

"단노 씨. 당신은 신을 믿을 수 없는 것이 아니라, 무엇도 믿지 않을 뿐입니다. 인간도, 가족도, 자신조차 믿지 않아요. 불신하기로 정해두고, 무언가를 믿는 사람을 어리석다며 내려다볼 뿐. 그것이 몸을 지키기 위해 가장 좋은 방법이라고 생각하는 것이겠지요."

"저는……."

교코와 가온을 믿는다. 소리 내어 말하고 싶었지만, 이쪽을 응시하는 아내를 똑바로 바라보자 말을 이을 수 없었다. 정말 그럴까? 아내가 믿는 것이 무엇인지도 모른 채, 그렇게 단언할 수 있을까?

"무엇도 믿지 않고 살면서, 당신은 지금 행복합니까?"

구지의 어조는 여전히 자애로웠다. 이런 수상한 것에 속을까 보냐. 그렇게 다짐하면서도 미치오의 가슴은 정을 맞은 것처럼 아팠다.

미치오의 왼손을 잡는 느낌이 들었다. 가온의 작은 손이 잘게 떨리고 있다. 그녀의 시선은 오로지 칠판을 향하고 있다. 거기서 구원을 원하듯이 분필로 쓰인 악보를 지그시 바라본다.

"가온은 믿어?"

어젯밤 영원의 소리에 참여할 것을 교코에게 전한 뒤, 미치오는 아이 방의 문을 두드렸다. 어떻게 해서든 딸에게 묻고 싶은 것이 있었다.

"무엇을?"

이층침대의 아래쪽에서 책을 읽던 가온이 눈을 책에 고정한 채 물었다.

"엄마가 믿는다는 신 말이야."

가온의 답을 기다렸으나, 그녀는 입을 다문 채 책 페이지를 넘겼다.

"가온, 확실히 말해줘. 믿어? 아니면 안 믿어? 수상한 건 알지? 엄마가 말하니까 억지로 따라가는 것뿐이지? 죄책감 같은 거 안 가져도 돼. 그러니까 아빠랑······."

질문을 거듭하는 동안 초조함에 휩싸여 어조가 점점 거칠어졌다. 적어도 딸만은 되돌려야 한다. 미치오의 말이 끊기자 가온은 그제야 책에서 눈을 떼고 이쪽을 보았다.

"나는······ 엄마를 믿어. 그래서 엄마와 같이 있어."

가온은 그 말만 하고는 다시 글자로 눈을 돌려 페이지를 넘겼다.

"그럼 여러분······. 단노 미치오 씨의 행복을 위해 노래합시다."

구지가 발레리나 같은 몸짓으로 양손을 가슴 높이까지 들고, 가녀린 손가락을 살짝 벌렸다.

옆에 선 청년이 악보와 가사가 쓰인 카드를 내밀었다. 보세요, 미소 짓는 얼굴이 너무나 순수하여 그것이 오히려 무서웠다. 미치오는 오른손으로 카드를 받고, 왼손으로 가온의 손을 잡았다.

누군가가 피아노로 첫 부분을 연주하자,

"미치오 씨도 괜찮으시면 목소리를 맞춰 주세요."

구지가 속삭이고는 춤을 추듯이 팔을 흔들었다. 노래하는 사람들이 일제히 숨을 들이마시는 소리가 교실에 울리더니 화음이 만들어졌다.

영원의 소리 영원의 사랑 영원의 생명

우리가 사는 것은 영원

언제 태어나고 죽더라도 당신은 나의 영원

과거 현재 미래

시간은 인간이 결정한 것

빛 대지 우주

영원은 신이 선사한 것

미치오의 옆에서 교코가 맑은 목소리로 노래했다. 그 눈은 젖어 있었지만, 노래하는 입에는 미소가 걸려 있다.

"나, 꿈속에서 가나타와 만났어."

그날 알몸으로 드러누운 채 아내는 반복해서 말했다.

"영원님께 노래하면 가나타를 만날 수 있어. 부탁이야, 믿어줘. 이건 진리야. 거기에는 삶도 죽음도 없어. 과거도 미래도 없어. 우리는 영원으로 이어진 거야……."

교코의 노랫소리가 커졌다. 소리를 만들어내는 아내의 옆에서 가온도 섬세한 소프라노를 더하고 있다. 설령 그것이 속임수라도 아내의 곁으로 가야 하는 것일까.

돌이켜 보면 자신은 오래도록 믿는 것이 없었다. 대체 언제부터 무언가를 믿는 마음을 잃고 말았을까. 아니면 믿어야 하는 것이 주변에서 사라지고 만 것뿐일까.

미치오의 귀에 과거의 노랫소리가 재생되었다.

교코와 함께 축하한 가온의 생일. 미치오가 생일 케이크에 초를 꽂고 테이블로 옮기자, 교코가 생일 축하 노래를 불렀다. 그 아름다운 노랫소리를 듣고 노래하는 옆얼굴을 보며, 교코를 사랑한다고 느꼈다. 미치오는 노래하는 아내가 좋았다. 생일 케이크 위에서 흔들리는 촛불을 바라보며 교코는 노래했고, 가온도 목소리를 맞췄다.

미치오는 떠올렸다.

아내도, 딸도, 아름다운 소리를 지녔던 것을.

　누구를 위해 태어나 죽음으로 되살아나나
　설령 이 몸이 스러지더라도
　영원의 땅에서 우리는 살리

미치오는 눈을 감고 아름다운 하모니에 귀를 기울였다.
　설령 이 세계가 믿기에 부족한 것으로 가득하더라도, 그 아름다움만은 확실한 것이었다. 그것을 놓치고 싶지 않았다.
　어느샌가 눈물이 흐르고 있었다. 미치오는 서둘러 왼손을 주머니에 넣었으나, 손수건을 놓고 온 것을 깨닫고 정장 어깻죽지로 눈가를 닦았다. 그래도 막을 수가 없을 만큼 눈물이 흘러 미치오의 볼을 적셨다.

제2장

단노 교코

1

어린 시절 항상 궁금했던 것이 있어요.

신사에서 사준 부적 안에는 무엇이 들어 있을까. 저 폭신폭신한 천 주머니를 열고 안을 보고 싶었죠. 하지만 어머니에게 그런 짓을 하면 벌을 받는다고 혼나는 바람에. 애써 참았지만, 그날 저는 보고 말았어요. 네? 뭐가 있었냐고요? 꽤 오래 전 일이지만, 지금도 똑똑히 기억나요.

그건 초등학교 3학년 때 일이에요.

겨울방학이 끝나고 개학식 후에 다 같이 모여서 새해 첫날에 받은 부적을 보여주기로 했어요.

건강 기원, 학업 성취, 무병장수, 교통안전.

여러 가지 바람을 담은 부적이 책상 위에 놓였지요. 개중에는 장사 번영과 연애 성취 등 초등학생답지 않은 것도 있어서 분위기가 크게 고조되었지요. 그때 다카시가 갑자기 말을 꺼냈어요.

"열어볼까?"

그 자리에 있던 아이들은 서로 얼굴을 마주 보았습니다.

해서는 안 될 일이라고, 누구나 알고 있는 듯했어요. 다카시, 그러면 안 돼! 저주받는다! 친구들이 입을 모아 만류했지만, 장난꾸러기였던 다카시는 도구 상자에서 가위를 꺼내 부적 끈을 싹둑 잘라버렸어요.

저는 숨을 죽였습니다.

무엇이 나올지 다카시의 손을 뚫어지게 쳐다봤어요. 하면 안 되는 것은 알지만, 어쩐지 신나기도 했습니다.

하지만 빨간 주머니에서 나온 것은 그저 회색 마분지였어요. 무언가 글자가 쓰여 있었지만, 내용은 번져서 읽을 수가 없었습니다.

너무 실망스러웠어요. 신의 정체가 마분지였다니.

마분지에 붓펜으로 글씨를 쓰는 아르바이트 아주머니들의 모습이 머리에 떠올랐습니다. 그것을 천 주머니에 넣는 아주머니들도 있다는 것을 깨닫고 만 거예요.

그래도 저는 부적을 계속 샀습니다.

매년 새해 첫날에 나가 그해의 소원에 맞는 것을 고르고 가방에 달거나 지갑에 넣어 다녔어요. 그리고 다음 해 정월에 부적을 반환하고, 다시 새로운 것을 샀지요.

그러다 문득 생각했습니다.

부적을 쓰레기통에 버릴 수 있는 사람이 있을까? 혹시 그런 짓을 하면, 대체 어떤 기분이 들까?

저는 그렇게 할 자신이 없었어요.

설령 내용물이 마분지더라도, 아르바이트 아주머니가 만든 것일지라도, 쓰레기통에 버리지는 못할 것 같았죠. 그것은 플라스틱 로사리오나 비닐 불상이라도 마찬가지일 거라고 생각했어요.

여전히 많은 사람이 아침 텔레비전 방송에서 내보내는 운세를 신경 쓰고, 기를 받기 위한 장소를 찾고, 근거가 불분명한 미신을 따르고, 비를 부르는 여자라느니 해를 뜨게 하는 남자라느니 하며 소란을 떠는 것처럼 저희는 부적을 버리지 못해요. 그건 대체 왜 그럴까요?

궁금해져서 친해진 사람에게 늘 묻곤 했어요. 부적을 쓰레기통에 버린 적이 있나요? 하고. 어떻게 생각하세요? 없을 거라고 생각하겠죠. 그런데 한 사람, 그런 사람과 만났어요.

구미코 씨는 부적을 사러 다니는 것이 취미라고 했습니다.

두 집 옆에 있는 맨션에 살고, 저보다 세 살 연상인 여성이었어요. 허리 언저리까지 내려오는 긴 머리가 무척 아름다웠죠. 구미코 씨는 우리 조류원에서 사랑앵무를 데려간 뒤로, 가끔 모이나 장난감을 사러 와주었기에 계산대에 있는 저와도 대화하게 되었어요.

"부적을 좋아하시나요?"

가게에 올 때마다 선물이라면서 여러 신사와 절의 부적을 주는 그녀에게 물었습니다. 그래요, 역시 이상하죠? 저도 그렇게 생각하고 물어본 거예요.

구미코 씨는 여행사에서 해외여행 인솔자로 일했는데 업무로든 사생활이든 여행을 갈 때마다 각지의 부적을 사 온다고 대답했어요. 집에 부적용 진열대까지 있다는 그녀에게 다시 질문했습니다.

"그렇게 쌓아두면 효험이 없어지는 거 아니에요?"

어린 시절 어머니에게 부적은 매년 제대로 반환해야 한다는 말을 들었습니다. 하지만 구미코 씨는 그렇게 생각하지 않았어요.

"부적을 1년 만에 돌려줘야 하는 건 신사나 절의 비즈니스 때문이야. 신과 부처님은 그런 치졸한 말은 안 할 거잖아. 그러니까 나는 행운을 쌓아둔 거지."

하지만 어느 날 구미코 씨의 남편이 교통사고로 죽고 말았어요.

자녀도 없이 쭉 둘이서 살아온, 그야말로 잉꼬부부였기에 구미코 씨의 슬픔은 곁에서 보기 힘들 정도였습니다. 그녀는 매일같이 우느라 부은 눈으로 가게에 와서 몇 시간이나 남편과의 추억을 이야기했어요. 일을 할 수 없어 곤란했지만, 너무 안타까워서 저는 가만히 귀를 기울였습니다.

두 달쯤 지난 어느 날. 구미코 씨가 갑자기 머리를 싹둑 자르고 왔어요. 저는 놀랐습니다. 까맣게 빛나는 긴 머리가 그녀의 트레이드 마크였는데. 시원하게 짧아진 머리끝을 만지는데, 어쩐지 후련한 얼굴이었어요.

"부적, 전부 버렸어. 그런 건 아무 의미도 없었으니까."

버렸더니 엄청 개운하더라, 구미코 씨가 말했습니다.

그때 저는 갑자기 떠올렸습니다. 그날 초등학교 교실에서 다카시가 가위로 빨간 주머니를 잘랐을 때. 안에서 나온 마분지의 번진 글씨. 거기에는 대체 무엇이 쓰여 있었을까. 그것이 갑자기 궁금해지기 시작했습니다.

며칠 뒤, 구미코 씨가 다시 조류원을 찾아왔습니다.

그녀는 이사하기로 결정했다는 말을 꺼냈어요. 이사할 곳을 듣고 저는 더욱 놀랐지요. 어딘지 궁금하시죠? 그건 자세히 이야기하고 싶지만, 길어질 것 같으니 다음에 할게요.

2

오늘 사과밭은 한층 더 아름다웠습니다.

여기서 일하기 시작한 지 2주일이 지나 제법 서늘해졌지만, 차가운 공기는 깨끗하고 구름 하나 없는 새파란 가을 하늘이 드넓게 펼쳐져 있어요.

그 푸른 하늘 아래로 영산의 경사면을 따라 짙은 녹색 잎을 드리운 사과나무가 줄줄이 늘어서서, 빨갛고 동그란 열매가 가지를 휘게 할 만큼 풍성하게 열렸어요. 파랑, 초록, 빨강의 선명한 대비가 마치 서양화 같아서 넋을 잃고 멍하니 바라보게 됩니다.

꿔꿔-엉, 하늘에서 날카로운 소리가 들려왔습니다. 올려다보니 무지개색의 커다란 새가 날개로 바람을 타며 날고 있었어요.

"저건 꿩이야."

사과 농장의 사장 이치노혜 씨가 허리를 굽힌 채 하늘을 올려다보며, 쉰 목소리로 알려주었습니다. 저는 항상 새의 이름을 알려주는 쪽이었기에 조금 이상한 기분이 들었어요.

"어-이!"

푸른 하늘에 무지개를 거는 듯이 날아가는 꿩을 부르자, 꿔꿔-엉 하고 다시 소리가 울렸습니다. 넓은 하늘을 날아가는 그 새를 보고 있으니 예전에 조류원에 있던 무지개색 앵무새가 떠올랐어요.

뉴기니에서 바다를 건너 데려온 그 앵무새는 아주 예쁜 무지개색 날개로 뒤덮여 있었습니다. 새장에 넣고 밖에서 보이는 위치에 놓자마자, 무지개색에 이끌린 손님들이 다가올 정도였어요. 모두 예쁘다며 넋을 잃고 앵무새를 바라보았습니다.

그 아이는 사람의 소원을 들어주는 신기한 새였어요.

울라고 말을 걸면 삐삐 아름다운 소리를 내주었죠. 날아보라고 속삭이면 무지개색 날개를 펼치고 날았어요. 다만 12만 엔이라는 높은 가격을 보고, 손님들은 모두 아쉬워하며 돌아갔죠.

그런데 어느 날, 무지개색 앵무새를 사고 싶다는 남자가 나타났습니다.

마치 구직 활동 중인 학생이 입을 법한 얌전한 짙은 남색 정장을 입은 중년 남자였어요. 남자는 가게 문을 닫기 직전에 찾아와 제대로 새를 보지도 않고, 마치 역 앞 매점에서 담배를 사는 듯한 어조로 이거 줘, 라고 말했습니다.

가끔 그런 손님이 나타나곤 해요. 이 사람에게는 팔고 싶지 않다, 건네주면 안 된다고 느끼게 하는 손님이 있거든요. 앵무새도 불안한 듯 목을 울렸습니다.

"지금 이 아이는 아프거든요."

얼른 거짓말을 했습니다.

"그래서 팔 수가 없네요."

그런가, 남자는 무표정하게 중얼거렸어요. 너는 거짓말쟁이구나, 라는 듯한 눈으로 이쪽을 가만히 쳐다보았습니다.

그 시선을 버티지 못하고 죄송하다며 머리를 숙였어요. 머리 위에서 그럼 다음에, 하는 목소리가 들리고 딱딱한 가죽구두가 콘크리트를 밟는 소리가 들리더니 점차 멀어졌어요.

그 남자는 반드시 또 온다.

그러나 그다음 날부터 무지개색 앵무새는 갑자기 모이를 토해내게 되었습니다.

여러 수의사에게 진찰을 받았지만, 도저히 원인을 알아내지 못했어요. 무엇을 먹이고 마시게 해도 바로 토해내고 말았지요. 체중은 점점 줄어들고, 결국 야위어서 죽고 말았어요.

저는 깊이 후회했습니다.

그 아이는 사람의 소원을 들어주는 새. 제가 한 말 탓에 정말 병에 걸리고 만 거예요. 그 남자를 믿고 팔았다면, 죽는 일은 없었을지도 몰라요. 그 뒤로 제가 무지개색 앵무새를 가게에 두는 일은 없어졌습니다.

하지만 오늘 아침, 무지개색 날개를 펼치고 영산으로 날아가는 꿩을 보고 저는 확신했어요. 그 아이는 '영원'에 있다. 거기서 아름다운 날개를 펄럭이고 있다고. 분명히 영원님이 저희를 다시 만나게 해준 거예요.

꿔꿔-엉, 저의 마음에 응답하듯이 꿩이 울었습니다.

북풍을 타고 멀리 우뚝 선 영산을 향해 날아갔어요. 오늘은 삼각형 모양의 영산이 평소보다 더 선명하고 아름답게 보였습니다.

그곳에 우리의 성스러운 집이 있다. 그곳에는 내가 사랑하는 모든 것이 있다. 그렇게 생각하니 기쁘고 자랑스러워서 눈물이 나왔습니다.

"엄마, 다음은 저쪽이래."

가온의 말에 현실로 돌아왔습니다. 옆 나무에서 사과를 따던 딸이 언덕 위를 가리켰어요. 저는 목에 두른 수건으로 눈물을 닦고, 양손에 낀 고무장갑을 다시 정리한 뒤 수확한 사과를 담은 바구니를 팔에 걸쳤어요.

"이 사과 농장은 2헥타르나 되니 서둘러야 해."

한발 앞서 언덕을 오르던 이치노헤 씨가 말했습니다.

2헥타르가 어느 정도 넓이인지 몰라서 고개를 갸웃하며 가온을 바라보자 2만 제곱미터야, 하고 딸이 알려주었어요. 그것도 좀처럼 상상되지 않았지만, 제가 이해하지 못한 것을 눈치챈 가온이 학교 운동장 다섯 개 크기 정도라고 귓속말을 해주었어요.

정말 다정하고 머리가 좋은 아이예요. 그러니 이 세상의 학교가 맞지 않는 건 어쩔 수 없는 일이죠. 오히려 여기 있는 편이 그 아이에게는 자연스러운 일이에요. 당신이 말한 대로였어요.

저와 가온은 숨을 헐떡이며 언덕을 올라갔습니다. 고무장화 바닥을 통해 풀의 폭신폭신한 감촉이 발로 전해졌어요. 토끼풀이 사과나무 뿌리를 뒤덮도록 바닥에 온통 펼쳐져 있었어요.

힘내, 이치노헤 씨가 위에서 격려해주었어요.

이치노헤 씨는 저보다 띠가 두 바퀴는 돌 만큼 연상인데 아무리 급경사를 올라도 숨 하나 헐떡이지 않아요. 회색 작업복에 어울리지 않는 커다란 목제 로사리오가 목덜미에서 흔들리는 게 눈에 띕니다. 그것을 응시하는 저에게 할머니 대부터 우리는 기독교 신자라며 수줍게 말했습니다. 본토의 북쪽 끝에 있는 이 땅에는 메이지 시대부터 기독교가 널리 포교되어 고령의 기독교 신자도 많다고 들었어요.

네, 물론입니다. 이치노헤 씨나 사과 농장의 직원들에게는 아무 말도 하지 않았습니다. 저희의 관계는 아무도 눈치채지 못했겠죠.

모두 전국 각지에서 찾아온 아르바이트생처럼 행동하고 있습니다. 가온도 건강이 나빠져 공기가 좋은 곳에서 요양하러 왔다고 말했어요.

이치노헤 씨의 사과 농장에는 경사로를 따라 8백 그루 이상의 사과나무가 심겨 있습니다. 그것들 하나하나를 이치노헤 씨를 포함해 고작 네 명의 직원과 저희 다섯 명의 아르바이트생이 작업해야만 해요. 정말 정신이 아득해지는 작업이에요.

가장 많이 심긴 것은 '후지'라는 품종입니다. 빨갛고 달콤해서 씹는 맛이 있는 사과의 왕이죠.

"맛있는 데다 오래 보관할 수 있어서 잘 나가지."

처음 이곳에 온 날, 이치노헤 씨는 방금 딴 후지를 먹게 해 주었어요. 제가 저도 모르게 맛있다고 감탄하자, 이치노헤 씨는 자기 아이를 칭찬받은 것처럼 온 얼굴에 주름이 지도록 웃었어요.

후지 나무들을 지나면, 푸른 사과가 열린 나무들이 보이기 시작합니다.

단맛이 강한 '오린王林'이라는 품종입니다. 그 옆의 나무는 상큼한 신맛이 나는 '시나노골드'가 있고요. 언덕을 더 올라가면, 과즙이 많고 향이 풍부한 '쓰가루', 알이 작고 귀여운 '꽃사과', 반대로 1킬로그램 정도로 커지는 '세카이이치*'가 각각 자기 자리에서 빨갛게 열매를 맺었어요.

지금까지 사과 종류에 대해서는 생각한 적이 없었습니다. 항상 슈퍼나 편의점에서 대충 골라 사서 먹었을 뿐. 그러나 그곳에는 하나하나 개성이 있고, 맛도 형태도 각각 달랐어요. 인간이 그런 것처럼.

네, 모두 맛을 보았어요. 식탐을 부려 부끄러웠어요. 그중에 제가 특히 좋았던 것은 '호쿠토'라는 사과였습니다. 모르시나요? 저도 여기 와서 처음 알았어요. 시장에 나오는 수가 극히 적어서 '환상의 사과'라고 불린다고 해요.

せかいいち. 세계 제일이라는 뜻.

처음 먹었을 때, 몹시 놀랐습니다. 향도, 씹는 맛도 아주 좋아서 씹을 때마다 산미와 달콤함이 절묘하게 뒤섞인 과즙이 입속을 가득 채우더라고요. 맛있어, 맛있어. 도저히 멈출 수 없어서 한 알을 통째로 허겁지겁 먹어버렸어요.

"호쿠토는 최고의 사과야."

정신없이 호쿠토를 입에 넣는 저를 보며 이치노헤 씨가 자랑스럽게 알려주었어요.

"이렇게 맛있는데 왜 많이 재배하지 않으시죠?"

"금방 떨어지거든. 꼭지 부분이 많이 깨지기도 하고, 여길 봐."

이치노헤 씨가 호쿠토의 나무뿌리 쪽을 가리켰습니다. 그곳에는 빨간 열매가 잔뜩 떨어져 있었어요. 나무에 달린 열매 하나하나를 보니, 확실히 꼭지 부분이 깨진 것이 몇 개나 보이더군요.

"키우는 게 너무 어려워서 지금은 만드는 생산자도 아주 적어."

저는 떨어진 호쿠토 열매를 주워 스웨터 소매로 닦았습니다. 불쌍해라. 더는 판매될 일이 없다고 생각하니 사랑스러움이 솟구쳐, 그 빨갛고 동그란 열매에 볼을 문질렀어요.

달콤한 사과 향이 슬쩍 코에 닿았습니다.

어떤 사과보다도 감미로우면서 키우기가 너무 힘들다는 그 사과는 마치 섬세한 아이 같았어요. 운동회나 소풍 전날에는 항상 열이 나거나 배앓이를 하던 가나타가 떠올랐습니다.

그때마다 저는 끙끙 앓는 가나타의 곁을 지키며 누워 있었어요. 작은 몸은 어쩐지 달콤한 냄새가 나서 그것을 느끼는 동안 어느새 저도 가나타와 함께 잠이 들곤 했습니다. 둘이 같이 자고 나면 다음 날 아침에는 어제 일이 마치 거짓말인 것처럼 가나타는 건강해졌죠.

저희는 사과나무 사이를 누비며 언덕을 계속 올랐습니다.

무성한 나뭇잎 안쪽에서 점차 라디오 소리가 들려왔어요. 그 소리가 직원들이 그곳에 있는 것을 알려주었습니다. 항상 지방 라디오를 틀고 작업한다고 해요.

"왜 라디오를 틀어놓죠?"

제가 숨을 헐떡이며 이치노헤 씨에게 묻자,

"시계 대신이야."

그렇게 가르쳐주었어요.

"라디오를 듣고 있으면, 언제 점심을 먹으면 좋은지, 언제 일을 끝내면 좋을지 알 수 있거든."

오늘은 라디오에서 지방 개그맨이 말하는 소리가 들렸어요.

왠지 들어본 듯한 목소리였습니다.

"이 콤비는 우리 동네 출신이야, 도쿄에서도 인기가 있다던데."

제가 귀를 기울이고 있자 트랙터를 운전하며 다가온 젊은 직원 구도 씨가 알려주었어요.

구도 씨는 중학생 때 유명한 불량아였다고 하는데 친척인 이치노헤 씨가 거둬들여 사과 농장에서 일하게 되었다고 해요. 지금은 이곳의 분위기 메이커로 아르바이트생의 지도를 담당하고 있습니다.

"역이 어디임까? 호텔은 어딤까?"

갈색 머리의 구도 씨가 개그맨 흉내를 내며 익살을 떨었어요. 콤비 이름을 듣자, 10년 전에 방송에서 유명했던 연예인이었어요.

아마 외국인에게 도호쿠 사투리를 빠르게 발음해서 길을 물으면 이상하게 통한다는 개그로, 아장아장 걷던 시절의 가나타는 의미는 전혀 모를 텐데 항상 텔레비전 앞에서 웃곤 했어요. 그런 점은 미치오 씨를 닮았는지 그런 개그 방송을 정말 좋아했어요.

요즘 안 보인다 했더니 이런 곳에서 활약하고 있더군요. 가나타의 자지러지는 웃음소리가 떠올라 그 시절이 그리워졌습니다.

언덕 꼭대기 부근에는 모인 직원들 사이에 섞여 야마시타 전도장, 건설팀의 모가미 다쿠미 씨와 '영원의 소리'에 참여한 지 얼마 안 되는 연수생 하세베 신이치 씨가 종이컵을 들고 사과주스를 마시면서 휴식을 취하고 있었어요.

직원분들에게 들키지 않도록 하고 있습니다만, 신앙을 바탕으로 한 영원의 아이들이 얼굴을 마주하면 자연스럽게 미소가 넘쳐요. 저 밑으로 사과밭이 펼쳐지고, 그 앞에 황금색 벼로 뒤덮인 논이 보였습니다. 조금 기울어진 오후 햇살이 눈 덮인 영산을 비추었어요.

"단노 씨, 가온, 수고했어요."

멀끔한 동안인 모가미 씨가 하얀 이를 드러내며 종이컵에 따른 사과주스를 건네주었어요. 너무 목이 말랐던 저와 가온은 순식간에 그것을 모두 마셨습니다. 막 짜낸 과즙의 상큼한 산미가 입속에 퍼지며, 달콤한 향이 코를 자극했어요. 신선한 것을 섭취하는 건 그것만으로도 감사한 일입니다.

"한 잔 더 드시죠."

모가미 씨가 투명한 병에 든 사과주스를 종이컵에 따랐어요. 병을 든 손을 무심코 쳐다봤습니다. 가늘고 긴, 정말 예쁜 손가락이에요.

"조금 휴식을 취하고 나면, 잎을 따기 시작할 것 같아요. 가온, 조금만 더 도와줄 수 있겠어?"

모가미 씨가 무릎을 접고 쪼그려 앉아서 가온의 얼굴을 들여다보았습니다. 팔다리가 늘씬하고 긴 모가미 씨는 가온과 이야기할 때 항상 이렇게 해요. 가온은 수줍은지 모가미 씨와 눈을 마주치지 않고 고개를 끄덕였어요.

이치노헤 사과 농장에서도, 성가당 개축에 나설 때도 모가미 씨는 저희를 지도하며 누구보다도 열심히 일했습니다. 저보다 열 살은 더 어리다는 말을 듣고 놀랐습니다. 어떻게 저렇게 침착할 수 있을까요? 낯을 가리는 가온에게도 종종 말을 걸어주더군요. 무척 꼼꼼하게 일을 알려준 덕분에 가온은 금세 사과 농장의 일을 배울 수 있었습니다.

열매 주변에 돋아난 잎을 따고 사과를 빙 돌려주면, 빨개진 부분이 뒤로 넘어가고 아직 햇볕에 드러나지 않은 하얀 부분이 나타나요. 거기에 햇빛이 닿도록 하면 균등하게 빨간 사과 열매가 되죠. 왠지 제 아이를 품고 있는 기분도 들더군요. 피어난 꽃을 따고, 열린 열매를 따고, 몇 번이나 선별된 끝에 살아남은 열매를 다시 따서 남겨진 것만이 지금 우리 손에 있어요. 인간도 그렇습니다만, 선택받는 것이란 그것만으로도 큰

일이라고 생각합니다.

  아침 아홉 시부터 시작되는 사과 농장에서의 작업은 점심시간을 끼고 저녁까지 이어졌습니다. 북쪽 지방에서는 10월 말이 되면 해가 매우 빨리 져서 다섯 시만 되어도 벌써 주위가 어두워집니다.
  "오늘은 여기서 끝내자고."
  이치노헤 씨가 그렇게 말하면 해산합니다. 오늘은 직원들끼리 사과밭 가운데에 있는 오두막에서 회식을 한다고 해요. 구도 씨가 어제 센죠지키에서 도미를 낚아와 회를 떠 전골을 끓인다나.
  저는 그 오두막이 불편합니다.
  1층 창고에는 트랙터와 사과용 나무 박스 등이 어지럽게 놓여 있고, 2층으로 올라가면 회식을 하거나 아르바이트생이 묵기도 하는 방이 있어요. 곰팡내가 나는 다다미방인데 거기에는 거대한 그리스도 초상과 마리아상이 놓여 있거든요.
  덧문을 닫고 초를 켠 어두침침한 방에서 무릎이 안 좋은 이치노헤 씨의 어머니가 로사리오를 쥐고 온종일 기도를 드려요. 나이는 벌써 아흔이 넘지 않았을까요. 거의 눈이 보이지 않는데 검은자위에 백탁 현상이 나타났어요.

저는 딱 한 번 그녀에게 점심을 가져간 적이 있는데 그 탁한 눈으로 노려보더군요. 가짜 신에게 오래도록 기도를 올린 말로가 저런 모습이라니, 영원님에 대한 신앙을 더욱 강하게 가져야겠다는 생각을 새삼 했습니다.

"맛있는 연어알과 일본주가 있다는데 안 올 텐가?"

구도 씨가 애써 초대하였지만, 정중하게 거절했습니다. 거기서 술을 마시거나 잘 수 있는 사람은 이해가 안 돼요.

모가미 씨가 이치노헤 사과 농장의 으슥한 곳에 흰색 밴을 세워두었어요. 야마시타 전도장, 연수생인 하세베 씨에 이어 저와 가온도 차에 탔습니다.

차는 세 곳의 사과 농장을 거쳐 사이토 부부와 기요미야 부인, 고토 씨 등 각 농장에서 일하는 영원의 아이들을 차례로 태웠습니다. 차 안은 순식간에 빈틈없이 채워졌어요.

수고하셨습니다. 오늘도 신성했지요.

서로 웃으며 격려합니다. 이 땅에 모인 영원의 아이들은 모두 낮에는 사과 농장에서 일하고, 밤에는 성가당의 개축, 나아가 쉬는 날에도 전도 활동에 전념하는 헌신적인 사람들뿐이에요.

영산에 있는 신성한 집에서 공동생활을 하고, 각자 농장이

나 인근 시장에서 싸게 입수한 식자재를 조리하고, 최소한의 생활필수품을 사용하며 검소하게 생활하죠. 평온하게 흘러가는 나날입니다. 저희의 자금은 그 대부분이 성가당의 개축을 위해 쓰이고 있어요. 이 얼마나 기쁜 일인지요.

저희를 태운 흰색 밴은 사과 농장을 빠져나가 벼가 흔들리는 논을 지나치며 30분에 걸쳐 성스러운 집으로 향하였습니다. 연식이 오래된 차의 엔진 소리가 나직하게 울리며, 영산의 정상으로 이어지는 급경사를 올랐습니다.

차로 올라갈 수 있는 건 산의 중턱까지입니다. 산길 앞에 흰색 밴을 세우고, 걸어서 산을 올라야 해요. 이제 아무도 지나다니지 않게 된 길은 초목으로 완전히 뒤덮여서 저희가 걷는 길이 간신히 뚫려 있을 뿐입니다. 혹시 혼자 걷게 된다면 분명히 숲에서 길을 헤매고 말 거예요.

어둡고 구불구불한 산길을 15분쯤 걸어가자, 이윽고 산의 사면을 따라 똑바로 늘어선 도리이*가 보이기 시작합니다. 아마 백 개는 되지 않을까요. 예전에는 붉게 칠해졌을 도리이는 색이 벗겨져 나뭇결이 드러나 있습니다. 개중에는 부러지거나 쓰러진 것도 있어요.

이 영산에는 일찍이 신사가 세워졌고, 그것이 후에 절이 되

신사 입구에 세워진 기둥 문.

었다고 들었습니다. 신불과 산악신앙이 뒤섞인 이 장소도 최근에는 아무도 찾지 않는 폐허가 되었다고 합니다.

도리이를 하나, 그리고 또 하나 지나면서 정상으로 이어지는 돌길을 계속 오르면, 저희의 신성한 집이 모습을 드러냅니다. 안쪽에 있는 성가당에서 아름다운 소리가 흘러나와 저희의 귀까지 들려와요.

소리, 라고 말씀드리는 건 적합하지 않네요.

혹시 신이 노래한다면 이러한 울림이지 않을까요. 그 맑은 음색을 듣고 있으면, 오늘 하루 노동으로 쌓인 피로가 말끔히 사라집니다.

마치 마법처럼 끊이지 않는 '영원의 소리굽쇠'가 이 산의 절에서 발견된 것은 2년 전의 일이라고 들었습니다. 육각형의 수정판 모서리에 소리굽쇠가 달려서, 그것들이 공명하며 계속 울렸다고요. 그 기적을 목격하고 당신은 이곳을 성가당으로 개축하기로 정했다지요.

조금 음악을 배운 몸으로써 오늘은 제가 발견한 것을 말씀드리겠습니다.

영원의 소리굽쇠가 내는 순음, 4096헤르츠라는 주파는 지구의 기본 주파수라고 여겨지는 8헤르츠의 진동을 배가하여 9옥타프를 상승시킨 것입니다. 4096은 약수의 합의, 그리고 또한 약수의 합이 자신의 두 배가 되는 2, 4, 16, 64에 이어 다섯 번째인 초완전수. 이 완전한 울림을 만들어내는 것이 영원님의 뜻이 아니라면 무엇이겠어요.

신성한 영원의 소리굽쇠 소리에 맞춰 저희도 나란히 소리를 냈습니다. 저희 소리의 이정표가 그곳에 있는 거예요.

영원의 소리 영원의 사랑 영원의 생명
우리가 사는 것은 영원
언제 태어나고 죽더라도 당신은 나의 영원

달빛에 비친 도리이를 지나며 함께 노래를 불렀어요. 영원님께 닿도록 커다란 소리로. 제 옆에서 가온이 미소를 짓고 노래하였습니다. 평소에는 얌전하고 소극적인 딸이 노래할 때는 아주 생기가 넘칩니다. 조금이라도 영원님의 곁으로 다가가기 위해 매일 열심히 노래 연습을 하고 있어요. 성가대의 리더로서 그런 딸의 모습이 진심으로 자랑스럽습니다.

과거 현재 미래
시간은 인간이 결정한 것
빛 대지 우주

영원은 신이 선사한 것
누구를 위해 태어나 죽음으로 되살아나나
설령 이 몸이 스러지더라도
영원의 땅에서 우리는 살리

도리이를 하나, 또 하나 지나는 동안 노랫소리가 점점 커졌습니다.

사이토 씨 부부는 손을 잡고 노래하고, 연수생인 하세베 씨가 눈물을 흘리기 시작합니다. 모가미 씨는 그의 등을 살며시 어루만지며 격려하듯이 한층 더 커다란 목소리로 노래했습니다. 함께 노래를 부르니 아아, 우리는 모두 신성 가족이구나 하는 생각이 들었어요. 가나타도 저희와 함께 노래하고 있을 거예요. 그 아이는 음악을 정말 사랑했으니까.

3년 전에 영원님께서 의도한 역병으로 북쪽 지방에서도 선택받지 못한 많은 사람이 목숨을 잃었습니다. 영산 기슭에 사는 사람들 대부분이 여기서 떠났죠. 하지만 세상 사람들에게 버려진 영산의 이 신성함이란. 성스러운 소리가 울리는 이 땅에서 왜 그들은 그 사실을 깨닫지 못했을까요.

영산에 이끌려 도리이 끝에 있는 이 장소를 처음 보았을 때 가슴이 뛰었습니다. 이곳을 성가당으로 개축하여 성가를 바치는 것은 틀림없이 영원님의 곁으로 다가가는 길이라고 생각했거든요.

영산 기슭에 있는 사과밭에서 일하는 것도 영원님의 마음에 흡족할 것이 분명합니다.

오늘 그렇게 확신할 수 있는 일이 있었습니다.

손에 든 이 사과 열매를 만졌을 때, 저는 똑똑히 귀로 들었어요. 빨갛고 탐스러운 열매에서 달콤한 향과 함께 멜로디가 들렸죠. 저는 영원님께 바칠 새로운 곡을 쓸 수 있을 것 같습니다.

혹시 말씀을 내려주신다면, 노래를 만들어 성가대를 통해 전달하고 싶습니다. 지금 당장 답하시지 않아도 괜찮습니다. 말씀을 내려주시기를 성심성의껏 기다리겠습니다.

내일은 사과 농장도 쉬는 날입니다.

건설팀의 모가미 씨를 중심으로 전도팀 이외의 멤버도 함께 성가당의 개축 작업을 진행하려고 해요. 신성한 눈도, 산의 정상 부근에서 이쪽으로 운반할 예정입니다.

그럼 안녕히 주무십시오.

3

이 세상에 무수히 많은 꽃, 그 꽃잎의 수에서 3, 5, 8, 13, 21, 34, 55, 89라는 기묘한 수열을 발견할 수 있습니다.

이것에는 신의 조화가 있는 거예요.

첫 숫자와 두 번째 숫자를 더해보세요. 그러면 세 번째 숫자가 나오죠?

그 뒤로도 마찬가지입니다.

두 번째 숫자와 세 번째 숫자를 더하면 네 번째 숫자가 나오고, 네 번째 숫자와 다섯 번째 숫자를 더하면 여섯 번째 숫자가 됩니다. 모든 꽃은 영원님께서 만들어내신 아름다운 리듬으로 만들어진 것을 알 수 있을 겁니다.

영원님의 위업은 그것만이 아닙니다.

성운의 나선, 태풍의 소용돌이, 고둥의 모양. 이것들이 그리는 나선도 모두 이 숫자의 비율에 따른 거예요. 코끼리의 상아, 산양의 뿔, 새의 발톱부터 우리 인간에게 있는 가마에 이르기까지 모두 같은 리듬의 나선으로 그려졌습니다.

과연 이것들이 우연의 산물이라고 할 수 있을까요?

제가 전하는 것은 오컬트나 영적 체험 같은 이야기가 아니라, 세계가 인지를 뛰어넘은 영원님의 리듬으로 만들어진 것을 드러내는 자연과학적인 사실 중 하나입니다.

저희의 주변에는 신의 조화라고밖에 설명할 수 없는 일로 넘쳐납니다.

최신 연구에서는 우주의 95퍼센트가 미지의 물질과 에너지로 만들어졌다고 증명되었습니다. 저희 인간이 아는 건 고작 5퍼센트뿐입니다.

수학과 과학, 테크놀로지를 연구할수록 인간은 신의 존재를 더욱 강하게 느끼지 않을 수 없죠.

눈에 보이지 않고, 소리도 들리지 않지만, 분명히 그곳에 있는 것. 이 세상에서 사라지고 말았다고 여겨지는 것들도 영원 속에 존재합니다.

세상 사람들은 그것에 눈길을 주고, 귀를 기울이려고 하지 않을 뿐입니다.

인간이 하모니를 기분 좋게 느끼는 까닭은 신이 창조한 우주와 저희에게는 같은 조화의 원리가 내재되어 있기 때문입니다. 인간은 신의 소리를, 음악을 통해서만 감각적으로 느낄 수 있어요.

영원의 소리를 들읍시다.

그 소리가 영원님께서 남기신 유일한 단서. 저희가 노래하는 곡은 영원의 소리를 멜로디에 담아 음악이라는 형태로 드러낸 합창곡입니다.

신의 소리로부터 탄생한 곡을 노래하면, 저희의 의식은 영원에 가까워져요. 그곳에는 삶도 죽음도, 과거도 미래도 초월한 세계가 있습니다.

이처럼 영원의 소리를 신을 대신하여 전도할 때, 저는 몹시 자랑스러운 기분이 듭니다. 음악을 배운 몸으로써 신의 소리를 노래에 실어 한 사람이라도 많은 사람에게 전달해야 한다는 강한 사명감이 들곤 합니다.

가나타를 잃고 얼마간 저는 무엇을 위해 살고 있는지 몰랐습니다. 저렇게 열중하여 배우던 음악도 저를 구해주지 못했어요. 하지만 영원님 덕분에 그 의미를 찾았습니다.

저는 영원님께 구원받았어요. 그래요, 가나타와 함께.

그것은 벌써 10년도 더 된 일이에요. 제가 가나타를 임신했을 때의 일입니다.

가나타는 그때 한 번 죽었습니다.

저의 신비한 체험을 잠시 들어주세요.

그 무렵 저와 미치오 씨는 아이를 원했지만, 좀처럼 잘되지 않았습니다. 한방약을 마시거나, 불임 치료를 반복한 끝에 간신히 가나타가 생겼어요.

그때 겪은 입덧이 정말 힘들었죠. 새를 돌보지도 못하고 저는 두 달쯤 계속 토하기만 했습니다. 그래도 저는 행복했어요. 간신히 아이를 품을 수 있었으니까요.

입덧이 가라앉을 즈음, 저는 정기 검사를 받으러 갔습니다.

저는 초음파 사진으로 제 아이의 모습을 볼 수 있기를 기대하고 있었습니다. 그러나 그날 산부인과의 초음파 사진으로 본 저의 탯줄, 저와 가나타를 이어주는 목숨줄은 전화선처럼 꼬여 있었어요.

숨이 막혔습니다.

의사는 저에게 몇천 명 중 한 사람꼴로 우연히 발생한다는 탯줄 꼬임이라고 알려주었어요.

박동이 약하고, 잠시 경과 관찰, 제왕절개. 의사의 말이 단편적으로 들렸습니다. 이대로 가면 아기는 살 수 없다. 저는 절망에 빠진 채 병원을 뒤로 했습니다.

침대에 누워 신에게 빌듯이 저는 혼자 노래했습니다. 왠지 그때, 신기하게도 들어본 적도 없는 멜로디가 입에서 나왔어요. 나중에 알게 된 일이지만, 그것이야말로 영원님의 선율이었습니다.

저는 그대로 잠이 들어 꿈을 꾸었어요.

배 속에서 아기인 가나타가 빙글빙글 돌며 기분 좋게 노래하고 있었습니다. 가나타는 태어나기 전부터 노래했던 거예요.

저와 가나타는 목소리를 맞췄습니다. 지금껏 들어본 적도 없는 노래를 합창했어요.

며칠 뒤, 기적이 일어났습니다.

초음파 사진을 보니, 강하게 꼬여 있던 탯줄이 풀려 있던 거예요. 가나타의 작은 심장이 리듬을 맞추듯이 힘차게 뛰는 것을 보았을 때, 참지 못한 눈물이 쏟아져 나왔습니다.

아직 제가 영원님을 알기 전부터 저와 아들은 이미 신과 만났던 거예요. 가나타는 태어나면서부터 영원의 아이였을지도 모릅니다.

어린 시절의 가나타는 좀처럼 말을 하지 않는 아이였습니다.

다른 아이들이 활발하게 떠드는 가운데, 그저 가만히 그 모습을 바라보는 아이. 덜렁거리고 물건을 자주 잃어버리며 운동도 잘하는 편이 아니었습니다.

다만 그는 음악에 재능이 있었습니다.

한 살쯤부터 벌써 제가 흥얼거리는 멜로디에 맞춰 노래하는 것을 배웠어요. 놀랍지 않나요? 저도 정말 깜짝 놀랐습니다. 그는 제 멜로디에 맞춰 화음을 넣는 것마저 가능했어요. 세 살이 되자 피아노에 관심을 보였고, 장난감 피아노로 멋진 연주를 해냈습니다.

피아노 학원에 다니기 시작한 가나타는 실력을 쑥쑥 키워나 갔어요. 어머님도 음대를 나오셨으니, 어쩌면 가나타 군은 훌륭한 피아니스트가 될지도 모르겠네요, 라고 피아노 학원 선생님이 말했습니다. 이 아이에게는 천부적인 재능이 있어요. 옛날에 음악의 길을 목표로 삼았지만 포기해야 했던 저는 하늘을 나는 듯한 기분이 되었습니다.

가나타는 그 이상으로 다정함이 넘치는 아이였습니다.

조류원에서 저희의 일을 불평도 하지 않고 도와주었어요. 아침에는 항상 새로 구운 빵을 사러 가주었죠. 청소기를 돌리는 것도, 빨래를 너는 것도, 때로는 식후 설거지까지 도와주는 아이였습니다.

가게의 새가 죽고 말았을 때면 항상 눈물을 흘렸고, 가까운 삼림공원의 나무 사이에 새를 묻어주었어요. 엄마, 내가 죽으면 어떻게 돼? 새를 묻은 뒤에 그 아이가 물었던 것이 생각나네요. 가나타는 어쩌면 자신의 미래를 예감했을지도 모릅니다.

가나타를 잃은 날 아침, 그 아이는 피아노를 연주했습니다.

드물게 아침부터 피아노 앞에 앉아서 멜로디를 만들어냈어요. 이웃에게 피해가 가니까 아침에는 연주하면 안 된다고 평소에 단단히 주의를 주었습니다. 그는 규칙을 잘 지키는 아이인데 그날만은 피아노를 연주했어요.

쇼팽의 '이별의 곡'이었죠. 애절함 속에 희망이 넘치는 멜로디. 제가 아주 좋아하는 곡을 가나타는 연주했습니다. 그것은 그가 보낸 메시지였겠지요.

가나타는 역시 영원님께 선택받은 아이였습니다. 가나타가 살해당하고 제가 비탄에 잠겨 있을 때, 가나타가 영원님과 저를 만나게 해주었습니다.

어떻게 행동했는지도 기억나지 않는 장례식이 끝나고 저는 쭉 2층에서 누워만 지냈어요. 언제나 누군가에게 감시당하는 기분이 들어서 한 걸음도 밖으로 나갈 수가 없었죠. 그러다 저는 밖에 나가기는커녕 일어나는 것조차 벅차게 되어 온종일 침대에 누워 잠만 자게 되었습니다.

미치오 씨는 제대로 말도 걸어주지 않았어요.

저와 같이 있기가 괴로웠겠죠. 하지만 이런 때 곁에 있어 주지 않는다면, 저희는 가족이라고 할 수 있을까요?

저는 고독했습니다.

가온도 저와 말하려고 하지 않고, 대체 무엇을 생각하는지
도 알 수가 없었어요. 사이 좋은 모녀가 되려고 노력했는데
역시 어려운 일이었을까.

나 말고는 아무도 슬퍼하지 않는다. 나만 가나타를 계속 그
리워하고 있다. 이대로 죽어서 가나타의 곁으로 갈 수 있다면
얼마나 행복할지 생각했습니다. 침대에 누우며 혼자 죽는 방
법을 항상 생각했어요.

그런 생각에 사로잡혀 있던 어느 날 밤, 계단 아래에서 새들
이 우는 소리가 들려왔습니다.

누가 찾아온 것일까? 이 시간에는 가게 입구가 닫혀 있을
텐데 그날만은 문이 잠겨 있지 않았어요. 그런 일은 지금까지
한 번도 없었습니다.

미치오 씨와 가온은 그날 밤 어디론가 외출했습니다. 저는
일어날 수가 없어서 아무도 없는 척을 하려고 이불 속으로 파
고들었어요. 그러나 새들의 지저귐이 점점 커져갔습니다. 저
는 결국 체념하고 이불에서 나와 가게로 내려갔어요.

그러자 그곳에는 영원의 아이가 두 명 있었습니다.

네, 전도팀의 신도 씨와 이가라시 씨입니다. 두 분은 영원의
소리에 이끌려 조류원에 찾아왔다고 말했어요.

"아드님을 위해 노래하게 해주세요."

신도 씨가 말했습니다.

저는 긴장했습니다. 갑자기 집에 찾아온 사람들이 가나타를 위해 노래하겠다고 하니까요. 새들은 어느새 조용해져 무슨 일이 일어나고 있는지 가만히 이쪽을 지켜보고 있었습니다.

신도 씨와 이가라시 씨는 속삭이듯이 노래하기 시작했어요.

어디선가 들은 적 있는 멜로디. 두 사람의 합창을 듣는 동안 왠지 마음이 정화되는 느낌이 들었습니다. 죽음을 바라던 마음이 점점 작아진 거예요.

노래를 마치고, 신도 씨가 가사와 악보가 쓰인 카드를 주었습니다. 뒤에는 성가대의 연습 장소와 요일이 기재되어 있었어요. 다음 주, 저는 무언가에 이끌린 듯이 가온을 데리고 그 장소를 찾아 구지 님과 만났습니다.

성가대를 지휘하던 구지 님은 저와 가온을 보더니, 손을 멈추고 친절하게 미소를 지어주셨어요. 그리고 오직 저희를 위해서 시간을 내어 모든 이야기를 들어주셨습니다.

아까 복창했던 영원의 소리의 가르침은 그때 구지 님께서 말씀하신 것입니다. 그 말씀에 저의 마음이 얼마나 구원받았는지요.

"함께 노래하지 않겠어요?"

구지 님께 제안받았지만, 저는 망설여졌어요.

명색이 음악으로 먹고살던 사람으로서 구지 님의 소리가 얼마나 뛰어난 것인지는 바로 알아차렸습니다. 그 소리에는 영원의 소리를 전하는 힘이 솟구치고 있었어요.

나 따위가 노래해도 괜찮을까?

주저하는 동안 다시 합창이 시작되었고, 저는 카드를 들고 조심스럽게 소리를 냈습니다.

사람 앞에서 노래하다니, 몇 년 만의 일일까요. 어느새 저는 노래하며 몸을 떨고, 눈물을 흘렸습니다. 영원님의 말씀, 신의 리듬이 바로 그곳에 있었어요. 이것이 제가 원하던 음악이라고 확신했습니다.

옆에서 노래하던 가온과 눈이 마주쳤습니다. 딸도 저처럼 떨면서 눈물을 흘리고 있었어요. 가온도 그때, 영원의 소리를 접하고 구원받았다고 생각합니다.

"아드님과 영원에서 만날 수 있기를."

떠날 때, 구지 님이 저에게 말을 걸어주셨어요.

말씀대로 그날 밤 저는 가나타와 만났습니다.

그곳은 넓은 사과밭이었습니다.

완만한 언덕을 따라 빨간 열매가 가득 달린 나무들이 자라고, 가지에서 다른 가지로 노란 카나리아들이 이리저리 날아다녔어요.

본 적이 없는 장소지만 어쩐지 그리운 신기한 공간이었습니다. 지금 생각하면 저는 그때 이미, 영원님께 이끌려 이 땅을 찾았다고 생각합니다.

사과나무들 앞에 가나타가 있었습니다.

집게손가락에 카나리아를 올린 가나타가 변함없는 모습으로 이쪽을 보고 있었어요.

"가나타!"

저는 놀라 외치고 얼른 달려갔어요. 너무 다급한 나머지 발이 엉켜 몇 번이나 넘어졌지만, 그래도 발을 앞으로 움직였습니다.

"엄마!"

가나타가 언덕에서 달려 내려오며 저를 불렀습니다. 아아, 이게 얼마 만에 듣는 소리일까. 저는 필사적으로 사과나무들 사이로 뛰어 올라가 가나타의 작은 몸을 힘껏 끌어안았습니다.

지금도 그것이 꿈이라고는 생각할 수 없어요.

끌어안은 가나타의 몸에는 확실히 온기가 있었고, 제가 닦은 그의 눈물로 저의 손가락이 젖었거든요.

"만났어, 이제야 만났어."

떨리는 목소리로 말하고, 몇 번이나 가나타의 볼에 입을 맞췄어요. 어째서? 어째서 나를 두고 가버렸어? 눈물이 멈추지 않고 넘쳐흘렀습니다.

"엄마, 계속 만나고 싶었어."

작은 가나타도 눈물을 흘렸습니다. 반짝반짝 빛나는 보석 같은 눈, 청아하고 아름다운 소리, 모두 빼앗기기 전 그대로 거기 있었습니다.

노란 카나리아들이 드높이 지저귀며 일제히 날아올랐습니다.

눈앞에 있는 사과 열매가 차례로 떨어지고, 가지 끝의 꽃봉오리가 점점 부풀더니 이윽고 하얀 꽃이 피었습니다. 강한 바람이 불자 순식간에 지고, 바람에 날린 무수한 흰 꽃잎이 저희 주위로 날아다녔어요. 어느새 사과나무에는 하얀 열매가 맺히고, 눈 깜짝할 사이에 탐스러운 빨간색이 되었습니다.

그곳에는 마치 모든 시간이 존재하는 듯했어요.

"나, 이만 가야겠어."

가나타가 빨갛게 익은 사과를 따서 한입 베어 물고는 말했습니다.

"왜 가야 해? 이제 겨우 만났는데."

"응, 하지만 가지 않으면 안 되거든."

"안 돼! 가지 마! 계속 여기 있어! 안 그러면 엄마는……."

저는 몸을 웅크리고 아이처럼 울었습니다. 가나타는 저를 안고 머리를 쓰다듬었어요. 정말 다정한 아이죠. 제가 피곤해서 누워 있으면, 항상 가나타가 침대로 와서 저의 머리를 쓰다듬던 기억이 떠올랐습니다.

"나는 여기 있어. 또 만날 수 있을 거야."

저는 눈물을 그칠 수가 없었어요. 가나타, 가나타, 하고 외치며 하염없이 울기만 했습니다. 가나타는 그런 저의 머리를 안고 귓가에 속삭였습니다.

"엄마, 괜찮아. 나는 여기서 태어났으니까."

볼을 타고 미지근한 눈물이 흘러 귀로 들어감과 동시에 저는 눈을 떴습니다.

새들이 계단 아래에서 지저귀는 소리가 들렸어요.

침대에서 일어난 저의 옆에 가나타는 없었지만, 손에는 아직 온기가 남아 있었고, 방에는 사과의 달콤한 향이 감돌고 있었습니다. 그 향이 단순히 꿈이 아니었음을 저에게 알려주었어요.

이것이 제가 체험한 영원의 세계입니다.

영원님께 이끌림을 받아 저는 확실히 보았어요. 그곳에 가나타는 살아 있습니다. 태아일 당시 죽은 그도, 범죄자에게 찔려 목숨을 잃은 그도, 모두 구원받아 그곳에 있습니다.

영원님께 노래하면 언젠가 시간을 뛰어넘은 장소에서 저희는 재회할 수 있어요. 구지 님이 말씀하신 것은 바로 이것이라고, 저는 모두 깨달았습니다.

영원에는 삶도 죽음도, 슬픔도 괴로움도 없습니다. 과거도 미래도 초월한 완전한 조화가 있습니다.

그 조화야말로 신 그 자체. 저희는 소리를 맞추는 것으로 그 일부가 될 수 있습니다.

4

어젯밤에는 정말 무서운 일이 일어났어요.

자, 여기 보세요. 생각만 해도 손의 떨림이 멈추지 않잖아요.

그때 저는 성가당 옆에 있는 성스러운 집에 있었습니다. 본래 신사의 사무실이었던 건물을 리모델링한 성스러운 집에는 네 개의 큰 방이 있는데, 안쪽에 있는 두 개가 남성의 침실과 여성의 침실, 입구 근처의 두 개는 집회장과 식당으로 이용하고 있습니다.

저와 가온이 식당에서 저녁을 먹고 있던 때의 일입니다. 밖에서 쿵 하고 무언가 무거운 것이 떨어지는 소리가 들렸습니다. 그리고 곧이어 짐승이 포효하는 듯한 소리가 들린 거예요.

성스러운 집에 있던 사람들이 이상한 소리에 놀라 저마다 방에서 뛰어나왔습니다. 다 같이 상황을 보러 밖으로 나가자

거구인 하세베 씨가 성가당 앞에 눈을 뒤집고 몸부림치고 있었어요. 성가당 지붕에는 사다리가 걸쳐져 있더군요. 하세베 씨가 지붕을 보수하려다 거기서 떨어진 건가? 커다란 몸의 체중을 모두 지탱해야 했을 발목이 엉뚱한 방향으로 꺾여 있었습니다.

사과 농장의 이치노헤 씨에게 들은 이야기인데 옛날부터 이 땅에는 귀신이 나온다는 말이 전해 내려왔다고 해요.

전후, 이 영산으로 거짓된 신을 숭배하는 종교단체가 몇 번이나 밀고 들어오려고 하였으나, 모두 원인도 모른 채 사라졌다고요. 기슭에 몇 군데나 있는 폐허는 그러한 시설의 흔적이라고 들었습니다. 신성하기에 차원을 뛰어넘어 인간이 아닌 것을 불러들이는 장소일지도 모르죠.

하세베 씨는 고통을 참지 못하고 사냥당한 곰처럼 몸을 비틀면서 신음하였습니다. 끔찍해서 숨이 멎을 것만 같았어요. 어서 도와줘야 하는데. 마음만 다급해져 저희는 그저 멍하니 바라보기만 했습니다.

어째서 갑자기 지붕에서 떨어졌는가. 헤드램프도 제대로 착용했는데. 그것은 부자연스러운 사고로 보였습니다. 기슭 마을에는 성가당의 개축에 반대하는 주민도 있다고 들었습니다. 그중 누군가가 발판을 부순 것일까. 아니면 이곳에 숨어

든 누가 하세베 씨를 떠민 것일까.

귀신이 누군가의 마음에 파고들어 저희의 성스러운 집을 침범하려는 것일지도 몰라요. 어두운 숲에서 이쪽을 향한 시선이 느껴지는 듯하여 몸이 떨렸습니다.

"지금이야말로 우리의 신앙심이 시험받고 있는 것입니다."

목소리를 높인 사람은 모가미 씨였습니다. 하세베 씨를 둘러싼 채, 아무것도 하지 못하고 말문을 잃은 저희를 고무하였어요.

"영원의 아이들끼리 마음을 하나로 모읍시다."

모가미 씨는 타액을 흘리며 괴로워하는 하세베 씨의 발치에 쪼그려 앉아 그 아름다운 손으로 부어오른 오른발을 잡고 영원의 소리굽쇠에 맞춰 목을 떨었습니다.

모가미 씨의 노래를 시작으로 모두의 눈에 빛이 돌아왔어요.

저는 모가미 씨를 따라 손을 겹치고 목소리를 맞췄습니다. 가온과 야마시타 전도장도 그 뒤를 따랐어요. 영원의 아이들이 한 사람, 또 한 사람 손을 겹치고 나란히 소리를 냈습니다. 노랫소리가 점차 커지자, 공포에 사로잡힌 마음이 풀어지는 것이 느껴졌습니다.

그러자 그만큼 괴로워하던 하세베 씨가 편안한 표정이 되어 조용히 잠이 들었어요.

"오늘 밤은 모두 모여 계속 노래하여 주십시오. 영원님께 성가를 전하고, 악을 몰아내는 겁니다. 그리고 밤이 지나면 다시 성가당 개축을 시작합시다. 그때까지 저는 하세베 씨를 마을 병원에 데려가겠습니다."

모가미 씨가 하세베 씨를 업고 저희에게 말했습니다. 혼자 산에서 내려가려는 거예요.

어두운 숲에서 누군가에게 공격받을지도 모릅니다. 저는 모가미 씨를 따라가겠다고 했어요. 모가미 씨는 두세 번 거절하였지만, 제가 너무 끈질기게 매달리자 결국 동행을 허락하였어요.

모가미 씨는 커다란 하세베 씨를 업었으면서도 경쾌한 발걸음으로 도리이가 늘어선 길을 내려갔습니다. 저는 조금 뒤에서 그의 뒤를 종종걸음으로 따라갔어요.

모가미 씨의 듬직한 몸은 가나타와는 다르지만, 옆얼굴은 아들과 닮은 것을 발견했습니다. 청아하고 아름다운 목소리, 일자로 꾹 닫힌 얇은 입술. 긴 속눈썹 밑으로 엿보이는 검은 자위가 큰 눈동자는 항상 어딘가 쓸쓸하고 사색적인 분위기가 감돌았어요. 모가미 씨에게 애착을 느낀 이유를 그때 확실히 알게 되었습니다.

모가미 씨는 요코하마 지부에 있을 때부터 누구보다 일찍

연구회에 와서 매일 아침부터 밤까지 성가 연습에 임했다고 들었어요. 영원의 소리에서의 봉사활동을 무엇보다 우선하기 위해 건설 현장에서 야간 근무를 했다고 합니다. 이곳 북쪽 지역에서도 그 경험을 살려 성가당 개축을 위해 밤늦게까지 일하고, 이른 아침부터 성가를 부르고 있어요.

모가미 씨의 신성함을 인정한 영원님께서 그를 축복한 것을 알 수 있습니다. 가나타가 영원의 아이로 이곳에 있다면, 그처럼 든든함과 섬세함을 겸비한 사람이 되었을까요. 대체 무엇이 그를 이렇게 만들었을까요. 저는 어떻게든 알고 싶어져 옆에서 말을 걸었습니다.

"모가미 씨……."

"단노 씨, 왜 그러시죠? 잠시 쉬었다 갈까요?"

자신보다 무거운 남성을 업고 산길을 내려가는데 모가미 씨는 숨 하나 헐떡이지 않고 대답하더군요.

"아니요, 걸어가면서 말해도 돼요. 그냥 궁금해서."

"뭐가 말이죠?"

"모가미 씨는 어쩌다 영원의 소리에?"

"이유라……."

그렇게 말하며 멈추어 선 모가미 씨의 얇은 입술이 벌어지며 희미하게 웃음소리가 들렸습니다.

"영원의 소리에 있는 것이 너무 자연스러워져서…… 완전히 잊고 있었네요."

"죄송해요, 이런 때에."

제가 머리를 숙이자,

"아닙니다. 생각해보죠."

모가미 씨는 대답하고 다시 언덕을 내려가기 시작했어요. 10분쯤 산길을 내려간 저희는 주차해 둔 흰색 밴에 올라탔습니다.

모가미 씨는 하세베 씨를 뒷좌석에 눕히고, 안전벨트로 몸을 고정했어요. 저는 조수석에 앉아 안전벨트를 매려고 하였으나, 손이 얼어서 좀처럼 잘되지 않았어요. 내려가는 데 집중하느라 걷는 동안에는 알지 못했지만, 북쪽 지방으로 겨울이 다가온 것을 느꼈습니다. 그러자 모가미 씨가 운전석에서 긴 팔을 뻗어 안전벨트를 매주었어요.

기슭까지 언덕길을 끝까지 내려간 흰색 밴이 깜깜한 논두렁 길을 속도를 올리며 달렸습니다. 오래된 엔진이 돌아가는 소리가 차 안에 울렸어요. 서두르기 때문인가 모가미 씨의 운전은 평소보다 거칠게 느껴졌습니다.

"……죽어가는 사람을 구한 적이 있는데요."

물방울이 똑 떨어지듯이 모가미 씨가 중얼거렸습니다.

"네?"

엔진 소리에 묻혀 잘 들리지 않았기에 저는 놀란 소리를 내고 말았어요.

"……중학생 때, 피투성이로 쓰러진 세 명의 고등학생을 발견했습니다. 학교에서 돌아가는 길에 사고를 당한 듯하더군요. 세 사람 모두 엄청난 양의 피를 흘렸고, 의식도 없었습니다. 저는 어떻게 하면 좋을지 몰라서…… 당황하기만 했죠. 그랬더니 머릿속에 목소리가 들렸습니다."

타이어가 모래를 짓밟는 소리가 사라지고, 매끈한 주행 소리로 바뀌었습니다. 논두렁길을 지나 포장된 도로로 들어간 것이겠죠.

"제 머릿속인데 그것은 제 목소리가 아니었습니다. 애초에 목소리가 아니라 무언가의 소리라고나 할까, 아무튼 인간이 사용하는 말로는 표현할 수 없는 무언가랄까. 구하라, 구하라, 구하라, 그 소리가 몇 번이나 저에게 명했어요. 하지만 알 수가 없지 않습니까. 구하라니 대체 어떻게?"

어둠 속에서 헤드라이트의 빛만이 간신히 저희가 가는 길을 비추고 있었어요. 완만하게 구부러진 길을 자동차가 속도를 올려 나아갔어요. 모가미 씨는 더욱 액셀을 밟았습니다. 이만큼 어두운데도 나아가야 할 길을 정확히 알고 있는지 그 운전에는 전혀 망설임이 없었어요.

"그때 손바닥이 따뜻해지더군요. 어린 시절, 어머니가 손을 잡아주던 때와 같은 따스함이었습니다. 저는 무언가에 이끌린 것처럼 가장 근처에 쓰러져 있던 피투성이 고등학생의 가슴 언저리에 손을 얹었죠. 그랬더니 흐르던 피가 끓는 것처럼 부글부글 거품이 일더니, 그 고등학생이 갑자기 눈을 뜨는 게 아니겠어요. 의식이 돌아온 고등학생은 크게 숨을 들이켜고 아이처럼 울부짖기 시작했습니다. 살려주세요, 살려주세요, 살려주세요."

헤드라이트에 비친 사과가 빛나는 것이 보였어요. 어느새 자동차는 사과밭으로 둘러싸인 길을 달리고 있었죠. 그곳은 낮과는 전혀 다른 세계였어요. 그만큼 아름답게 맺힌 사과도 어쩐지 그로테스크하게 보였습니다. 무수한 빨간 눈을 지닌 거대한 요괴가 밤의 숲에서 꿈틀거리는 것만 같았어요.

"그 고등학생은 병원으로 실려가 다행히 목숨을 건졌습니다. 나머지 두 사람은 이미 늦었던 모양이지만…… 저는 죽어가던 그를 구했어요. 하지만 그것은 물론 저의 힘이 아니라."

"영원님, 이었던 것이군요."

저는 그제야 입을 열 수 있었습니다. 맞아요, 모가미 씨가 동의하고 똑바로 앞을 응시한 채 말을 이었습니다.

"그 뒤로 저의 머릿속에서 들린 소리를 쭉 찾아다녔습니다. 그때 손에서 느낀 온기가 잊히지 않았거든요. 제법 다양한 신과 부처를 찾았죠. 신도, 불교, 기독교, 이슬람교, 힌두교, 온갖 새로운 종교와 영적 체험. 어디에도 그 소리는 없었어요."

"하지만 모가미 씨, 당신은 발견한 거고요."

"네. 발견을 허락받았다고 말하는 편이 옳을 겁니다. 영원의 소리에서 처음 노래했을 때, 저는 그 소리를 똑똑히 들었어요. 그것은 분명히 이 세상 어디에도 없는 소리였습니다. 현재도, 과거도, 미래도 아닌 시간을 초월한 장소에서 도달하였죠. 나란히 소리를 내며, 그리운 온기에 감싸이면서 저는 생각했습니다. 아아, 드디어 신과 만났다고."

"모가미 씨는 영원의 소리를 들은 거네요. 구하라는 말로."

저는 모가미 씨의 옆얼굴을 향해 말하고, 뒷좌석에 누운 하세베 씨를 보며 말을 이었습니다.

"정말 신성한 일이에요. 영원님의 예언대로 분명히 모가미 씨는 앞으로도 많은 사람을 구할 거예요. 만약…… 만약 제 아들이 살아 있다면 모가미 씨처럼 신성한, 꺅!"

날카로운 소리가 울리는가 싶더니, 저는 앞으로 강하게 쏠려 대시보드에 머리를 꽝 부딪쳤어요. 순간적으로 눈앞이 캄캄해지더군요.

"죄송합니다, 급브레이크를 밟아서. 괜찮아요?"

모가미 씨가 허둥지둥 저에게 머리를 숙였습니다.

네, 끙끙거리며 대답하고 하세베 씨의 상태를 확인했습니다. 다행히 안전벨트가 제 역할을 다했는지 의식이 있었어요. 고개를 앞으로 돌리자, 앞 유리에 빨간빛이 반사되는 게 보였어요. 작게 혀를 차는 소리가 들려 옆을 보니, 모가미 씨가 원망스럽게 빨간 신호를 올려다보고 있었어요.

"……신호를 못 본 모양입니다."

자동차로 달리다 처음으로 정지 신호에 걸린 듯했어요. 하세베 씨를 위해 빠르게 운전하던 모가미 씨가 뒤늦게 발견한 것이겠죠.

앞 유리로 저 멀리 시선을 보내자, 어둠 속에 창백한 빛이 떠 있었습니다. 저것은 마을의 빛. 저곳에 목적지인 병원이 있어요.

"하세베 씨, 조금만 더 가면 돼요."

자동차가 다시 달리기 시작하자, 저는 뒷좌석으로 말을 걸었습니다.

그 뒤에 말인가요? 하세베 씨를 본 의사가 몹시 놀라더군요.

그렇게 높은 지붕에서 떨어지고 발의 뼈가 부러진 것만으로 끝난 것을 믿을 수 없다고. 고통도 느끼지 않는 것 같은데 대체 어떤 처치를 했습니까? 거듭 그렇게 물어왔어요.

저는 모가미 씨와 눈을 마주치고 미소를 주고받았습니다.

저희는 알고 있었어요.

저희는 또다시 영원님의 기적을 목격한 거예요.

5

이 세상은 악독한 인간들로 가득합니다. 그래도 저희는 인간을 믿어요. 신을 믿는다는 건 인간을 믿는다는 것이니까요.

당신은 예전에 저에게 말씀하셨지요. 가나타는 잔인한 인간에게 살해당했다고. 하지만 저는 영원님을 만날 수 있었다고요. 아들이 저를 진정한 신과 만나게 해준 거예요. 저는 영원을 접하고 가나타와 거기서 재회할 수 있었어요.

그래요, 저희는 어떤 절망이라도 희망으로 바꿀 수 있어요.

선악을 초월한 존재로 나타난 영원님은 악한 인간에게도 문을 열어줍니다. 죄가 많은 인간일수록 진리를 필요로 하죠. 저희는 널리 영원의 소리를 전달하지 않으면 안 돼요.

이리에 슌타로를 처음 보았을 때, 예전의 미치오 씨를 떠올렸습니다. 비굴함과 죄책감이 걸음걸이와 시선, 행동거지 전체에 드러나고 있더군요.

그 시절의 미치오 씨는 악마에 사로잡혀 있었습니다.

위선적인 신부와 궁사에게 저와 가온을 데리고 다녔고, 영원의 소리에서 저희를 떼어내려고 하였어요.

당신은 말씀하셨죠.

남편이 악마의 사자가 되어 당신을 유혹하고 있다. 그러나 굴복해서는 안 된다. 지금이야말로 영원님께 신앙심을 시험받고 있다고.

그러나 미치오 씨는 정말 제정신이 아니었어요. 마지막에는 수상한 약제사에게 끌고 가 약을 먹게 했으니까요. 이것은 저도 무서웠습니다. 이 사람들은 대체 나를 어떻게 하려는 작정일까?

세뇌를 푸는 것이라고, 약제사가 당당하게 설명했습니다. 세뇌? 저는 내심 분노로 몸을 떨었습니다. 영원님의 가르침도, 아름다운 성가도, 가나타가 있는 영원의 세계도 모두 허구라고 말하는 걸까요. 구역질이 치밀었습니다.

머리가 긴 추악한 남자가 눈앞에서 피로하는 지식의 얄팍함이란. 어째서 자신이 아는 세계만으로 모든 것을 깨달은 것처럼 살아갈 수 있는 걸까요. 지혜란 자신이 모르는 세계를 인정하는 것인데.

이 추악한 남자의 헛소리를 뒤집고, 미치오 씨의 눈을 뜨게 해야 한다. 따라서 저는 마치 약물이 통한 것처럼 며칠간 행동하고, 미치오 씨를 향해 성가를 불렀어요.

그때 미치오 씨의 공포에 물든 얼굴을 지금도 잊을 수가 없습니다.

분명히 깊은 신앙이란 부정한 인간에게는 세뇌로 보이겠지요. 영원님의 기적을 하나도 접하지 않고, 이 세상의 지극히 일부만을 보며 그들은 살고 있습니다.

"교코 씨는 저에게 무엇을 묻고 싶습니까?"

나는 무엇을 원하고 있는가? 가나타가 죽고 나서 아니, 혹시 태어났을 때부터 쭉, 그 답을 찾아다녔는지도 모릅니다.

"절대 잃지 않는 것을 찾고 싶습니다."

저는 대답했습니다.

"저는 남편에 대한 사랑을, 딸에 대한 사랑을, 저를 사랑해 주는 가족을 되찾고 싶습니다."

저도 모르게 오열하며 고백하였어요. 당신의 온화한 웃음을 느끼는 동안 얼어붙은 감정이 녹아내리는 것을 알 수 있었어요. 흐느껴 우는 저를 다정하게 안아주고, 당신은 말씀하셨습니다.

"함께 노래합시다. 당신의 바람은 반드시 이루어질 거예요."

저는 미치오 씨를 영원의 소리로 데려오기로 결심했습니다. 가온도 그것을 바라는 것을 알 수 있었거든요.

아무리 고명한 신부나 궁사, 그리고 약물로도 위협하지 못한 저의 신앙심을 직접 확인한 남편은 그제야 눈을 떠주었습니다. 함께 영원의 아이로서 목소리를 맞추게 되었어요.

처음 남편이 성가대에 참가한 날, 그 폐교의 교실에서 저는 너무나 행복했어요.

앞으로 저희는 다시 가족으로 걸어갈 수 있어요. 그렇게 생각하자 눈물이 멈추지 않았습니다. 제 옆에서 미치오 씨도 울었어요. 그날 저희는 다시 가족이 된 겁니다.

죄송해요. 이야기가 너무 옆길로 샜죠.

이리에 슌타로의 이야기로 돌아가겠습니다.

이리에는 지난 주말에 이력서도 무엇도 없이 불쑥 농장에 나타나 고용해 달라고 한 모양이에요. 사과 수확도 한창 바쁠 때라 일손이 부족했기에 이치노헤 씨도 자세히 알아보지 않고 고용해버렸어요. 따라서 이리에 슌타로라는 이름도 진짜인지 아닌지 모릅니다.

이리에는 눈길을 끌 만큼 키가 크지만, 자세가 몹시 구부정하고 말라서 좀 볼품없어요. 나이는 가온보다 조금 위인 정도일까요. 온통 검은 옷을 입고, 길게 자란 앞머리 사이로 어두운 눈이 엿보입니다. 항상 이쪽을 쳐다보는 주제에 결코 눈을 마주치려고 하지 않더군요.

이리에는 사과 농장의 중간에 있는 저 기분 나쁜 오두막 2층에서 숙박하고 있습니다. 며칠 상태를 보고 이치노혜 씨 역시 수상하게 여겼는지, 가족과 학력 등에 대해 물어보았다고 해요. 그러나 이사를 많이 다녔다든가, 여러 가지가 있었다는 등의 말로 얼버무릴 뿐, 아무 말도 하지 않았다고 합니다. 일본 각지를 자전거로 여행하고 있다는 것만 알아낸 모양이지만, 그게 더 꺼림칙하지 않나요? 예전에 엽기적인 소년범죄를 저지르고 일용직 아르바이트를 하며 전국을 떠돌던 남자가 있었는데 주간지에서 본 그 범인의 모습과 어쩐지 비슷한 인상을 받았어요.

이리에는 작업할 때 외에는 항상 문고본 크기의 빨간 수첩에 무언가를 적었습니다.

"뭔가 의미를 잘 이해할 수 없는 말을 쓰던데. 신이나 부처라든가, 죄나 지옥 같은. 엄청 집요하게 파고들어서 기분이 나빠져 바로 돌려줬다니까."

어제 일입니다. 휴식 시간에 직원인 구도 씨가 말을 걸어도 무시하니까, 반쯤 장난으로 수첩을 빼앗았다고 해요. 그랬더니 대화를 완전히 거부하게 되었다고 말했습니다. 분명히 부정한 말이 빼곡하게 쓰여 있겠지요.

네, 말씀하신 대로예요. 저도 그런 자신을 잘 다스려야 한다고 생각하던 참이에요.

신을 믿는다는 건 인간을 믿는다는 것.

영혼이 더럽혀진 인간이야말로 영원의 소리를 전달하지 않으면 안 됩니다. 자숙하는 의미를 담아 오늘 아침, 가온에게도 전했습니다.

야마시타 전도장에게 전부터 가온도 좀 더 전도 활동을 시켜야 한다는 말을 들었거든요. 지금 바쁜 시기인 사과 농장의 사람들 외에는 적극적으로 영원의 소리를 전달해야 한다고.

저는 몹시 부끄러웠습니다. 가온은 노래하는 것에는 열심이지만, 전도 활동에는 소극적이었어요. 모가미 씨처럼 열정적으로 전도하고 신성해지면 좋겠어요. 항상 바라던 일이지만, 그것을 좀처럼 전달하지 못하고 있었습니다.

저는 아무래도 딸을 너무 감싸려는 경향이 있는 것 같아요. 이것은 가온이 신성해지기 위한 시련이라고 생각하고, 농장에서 작업 중에 큰마음을 먹고 이리에에게 보냈습니다. 이리에와 가온은 나이도 비슷하므로, 마음을 열 가능성이 있지 않을까 생각한 거예요.

앞으로 나아가며 가온은 불안한 듯 몇 번이나 이쪽을 돌아보았어요. 하지만 저의 도움이 없는 것을 깨닫자 결국 마음을 굳히고 이리에에게 말을 걸었습니다.

"……안녕하세요."

가온이 말을 걸어도 이리에는 조용히 사과잎을 따기만 하더군요. 입을 꾹 다문 채, 앞머리로 가려진 눈이 마주치는 일도 없습니다. 언제나 멀리서 이쪽을 훔쳐보는 주제에.

"어디서 오셨어요?"

"……어디서 왔냐고?"

"사는 곳이라고 해야 할까요."

"……아키타?"

이리에가 무엇을 대답해도 그것은 질문처럼 들렸습니다. 가온은 굴하지 않고 대화를 이어갔습니다.

"여기서 가깝네요."

"그전에는 야마가타인데?"

딸의 질문이 마음에 들지 않았는지 말할 틈도 없이 이리에가 일방적으로 떠들었습니다.

"그 전에 전에는 후쿠시마고, 그 전에 전에 전에는 니가타, 나가노, 시즈오카?"

사람을 무시하는 말투입니다. 제대로 다른 사람과 대화하지 않았기에 그런 말투로밖에 말하지 못하는 것이겠죠. 저는 옆 나무 뒤에 숨어 사과를 따면서 두 사람의 대화에 귀를 기울였습니다.

"자전거를 타고 전국을 돌아다닌다면서요?"

영원의 소리를 전하기 위해서는 먼저 이쪽에서 상대에게 관심을 보일 것. 저희의 전도 활동의 기본에 따라 딸이 말을 걸었습니다.

"그런데 왜 자전거 여행을?"

"왜 그럴까?"

분명히 자신을 제대로 알지 못하니 대답할 말이 없는 거겠죠. 물고 늘어지는 가온에게 이리에가 퉁명하게 말했습니다.

"너, 노래하는 종교 사람이지?"

"앗……."

"알아. 산에 모여서 노래하잖아?"

가온은 말을 잃었습니다. 이리에는 저희를 알고 있었어요. 그나저나 성스러운 집의 장소며 노래하는 것까지 알고 있을 줄이야. 최근 이곳에 온 남자가 어떻게 그런 것까지? 마음이 불안해졌습니다.

"산에 있는 절을 사들여 리모델링해서 살고 있지?"

"사들였다기보다……."

"바이러스로 많은 사람이 죽어서 이 부근은 이제 아무도 참배하지 않게 된 절이나 신사가 널렸잖아. 애초에 인구에 비해 신사와 불당이 너무 많은 거겠지만. 저 절도 관리할 수 없어서 돈 문제가 생긴 지주가 수백만에 너희에게 팔았다며. 아, 혹시 넌 몰랐어?"

"……어떻게 그런 것을."

온통 검은 옷으로 뒤덮인 허수아비 같은 장신이 햇빛을 가리며 가온에게 그림자를 드리웠습니다. 이리에는 앞머리 사이로 엿보이는 탁한 눈으로 가온을 내려다보며 질문을 거듭하였습니다.

"어떤 신이야?"

어떤, 하고 반복할 뿐, 가온은 바로 대답하지 못했습니다. 지금이야말로 영원님의 가르침을 더럽혀진 영혼에게 전해야 할 때인데.

"그러니까 네가 믿는 신이 누구야?"

"……영원님이에요."

"영원님?"

"저희는 함께 노래하여 영원으로 갈 수 있어요. 그곳은 과거도 미래도, 죽고 만 사람도, 산 사람도 앞으로 태어날 사람도, 모두 함께 그리고 편안하게 살고 있어요."

잎을 따던 이리에의 손이 정지했습니다.

"그건 오차원적인 얘기야?"

"오차원……이요?"

자꾸 질문을 받아 가온은 페이스가 흐트러지고 말았습니다. 저는 초조하였지만, 꾹 참고 계속 사과를 땄어요. 지금은 딸이 시험받고 있는 때니까요.

"뭐, 됐어. 그럼 그 영원님에 대해 묻고 싶은 게 있는데."

"네."

"혹시 네가 신이라면 왜 지금 당장 전쟁이 사라지지 않는 거지?"

흔한 질문이었습니다. 저희가 전도하다 보면 가끔 논쟁을 벌이려는 어리석은 사람이 있어요. 이러한 질문에 대한 대답은 준비되어 있습니다.

"영원님께서 저희를 시험하고 있는 거예요. 신의 진위를 확인할 수 있는 아이들을 고르고 있어요. 영원의 아이 선별이 끝나면 영원님께서 거짓된 신을 모두 없앨 거예요."

흐음, 중얼거리고 이리에는 사과를 집어 빙글 돌렸어요. 빨개진 부분이 뒤로 돌아가며 다시 하얀 부분이 얼굴을 드러냈습니다.

"그럼 미국인이 믿는 신과 이란인이 믿는 신과 인도인이 믿는 신이 있다고 하면, 그들은 모두 가짜고 너의 신만이 진짜라는 뜻?"

"……그래요."

"왜 그렇게 생각해?"

"그건 엄마가."

"엄마가 믿으니까 너도 그냥 믿는 거야?"

지지 마, 저는 속으로 응원했습니다. 딸은 지금 악마의 앞잡이와 싸우고 있어요. 어느새 사과로 가득 차 묵직해진 플라스틱 바구니의 손잡이가 제 팔로 파고들었습니다.

"하지만 너희 어머니처럼 미국인도, 이란인도, 인도인도 진심으로 자신의 신을 믿고 있을 거야. 그래도 그 신은 가짜라고 할 수 있어?"

시끄러워. 당연히 가짜지. 진짜 신이 아니니까 영산의 절은 쓰이지 않게 된 거야. 이 세상은 가짜 신으로 넘쳐나. 그것들은 우리를 구해주지 않아. 사람을 죽인 인간을 벌해주지 않아. 가나타와 나를 만나게 해주지 않아.

"신을 믿는 건 딱히 나쁜 일이 아니야. 돈이나 주식, 국가와 사회 등도 어떤 의미로는 모두 종교니까. 그런 것이 있으니 인간은 살아갈 수 있다고도 생각해. 하지만 자신의 신 이외의 다른 신을 부정하는 건 잘못됐어. 그걸 부정하니까 전쟁이 일어나는 거야. 답이 하나밖에 없다니 역시 이상하다고 생각하지 않아?"

시끄러워, 시끄러워, 시끄러워. 아무것도 모르는 주제에. 영원님의 기적을 본 적도 없는 주제에. 나는 확실하게 영원의 세계를 체험했어. 거기서 가나타와 만났다고. 솟구치는 격정을 입 밖으로 낼 뻔했지만, 애써 참고 가온을 지켜보았습니다. 이런 더러운 악마의 앞잡이에게 지면 안 돼. 하지만 딸은 말을 잃은 채였습니다. 이리에는 입을 거의 벌리지 않고 소곤소곤 말을 이었어요.

"그리고 말이야. 영원히 살 수 있게 되어 슬픔도, 괴로움도 모두 없어지면, 신이 필요할까? 애초에 신이란……."

사과 농장에 찢어지는 듯한 소리가 울려 퍼졌습니다.

바구니에 든 빨간 열매가 경사면을 따라 데굴데굴 굴러떨어졌어요. 가온이 창백한 얼굴로 이쪽을 바라보았습니다. 이리에도 아연실색한 채 시선을 보내고 있었어요.

잠시 뒤, 그 절규의 주인이 자신이라는 것을 저는 깨달았습니다.

6

파푸아뉴기니의 칼루리족 사이에는 사자의 영혼은 새가 된다는 말이 전해집니다.

사자의 영혼을 향해 이곳으로 돌아오라고 새소리를 흉내 내어 부르던 것에서 노래가 만들어졌다고 해요.

노래의 의의가 정말 아름답죠. 그렇게 생각하지 않으세요?

그래서 칼루리 사람들은 사랑하는 사람이 죽었을 때, 새가 지저귀는 듯한 소리를 내며 눈물을 흘려요. 그리고 어느새 그 소리가 노래로 변화하는 거예요.

칼루리의 노래하는 사람은 나무와 새의 이름을 가사에 넣어 이야기로서 노래해요. 그 노래에 마음이 움직여 눈물을 흘린 마을 사람은 횃불을 가까이 대 노래하는 사람에게 화상을 입혀요. 노래가 뛰어난 사람일수록 슬픔을 준 대가로 몸에 화상을 입는 거예요.

음악대학에서 공부할 때, 칼루리의 노래를 처음으로 들었습니다. 저는 그 노랫소리에 강하게 마음을 사로잡혔어요.

우는 것인지, 노래하는 것인지 그 경계를 알 수가 없었어요. 하지만 그런 것이야말로 노래의 본질이 아닐까요. 언젠가 저도 이렇게 노래하면 좋겠다고 강하게 바라왔습니다.

그러나 아쉽게도 저에게는 가수로서 재능이 없었어요.

동급생 중에서도 제 목소리에 또는 노래에 감동을 받은 사람은 없었어요. 대학의 교수님이나 관객의 반응을 보면 그것을 괴로울 만큼 잘 느껴졌어요. 하지만 그만두면 저에게는 아무것도 남지 않을 것 같아서 어떻게든 음악가로 활동을 계속했어요. 그런 때 미치오 씨와 만난 거예요.

조류원을 같이 물려받기를 바란다. 처음 만났을 때, 생각지도 못한 말이 저의 입에서 흘러나왔습니다. 노래 일은 포기하고 앞으로 가족, 새들과 느긋하게 살고 싶다.

그런 말을 꺼낸 자신에게 놀랐습니다. 저의 진심이었는지, 신이 그렇게 말하게 했는지 지금도 모르겠어요.

미치오 씨는 머리를 긁적이며 저에게 말했습니다.

"저도 같이 음악 일을 포기하겠습니다. 그럼 서로 외롭지 않겠죠?"

반년 뒤에 저희는 결혼했어요.

　지금도 미치오 씨가 조류원에 처음 온 날을 떠올립니다. 그가 가게로 발을 들인 순간, 새들이 일제히 울기 시작했어요.

　지금까지 시끄러운 소음으로만 들리던 새들의 소리가 그때 저에게는 음악으로 들렸습니다. 거슬리던 부모님의 조류원이 마치 낙원처럼 느껴졌어요. 저는 세속의 가수로서는 은퇴하고, 조류원의 일을 물려받았습니다.

　그때부터 저는 영원님께 이끌려 노래하는 자로 새로운 길을 걷기 시작했을 거예요. 매일 새들의 지저귐을 들으며 저는 모르는 사이 칼루리의 노래하는 사람처럼 노래와 계속 마주하였어요. 그리고 고귀한 노래를 부르는 당신과 만난 거예요.

　저와 미치오 씨, 그리고 가온은 성가대에서 노래하고, 전도 활동에 임하고, 조류원을 운영하면서 빼놓지 않고 영원님께 기부하였습니다. 그것은 음악대학을 다니던 시절보다도, 음악가로서 작은 콘서트를 열었던 때보다도, 훨씬 충만한 시간이었어요.

　그 와중에 영원님께서 그 역병을 일으켰습니다.

　결국 선별을 시작하신 거예요. 정화되어가는 이 세상에 다시 영원의 소리를 퍼뜨려야 해요. 그때 미치오 씨는 영원님의 소리를 듣고, 어떤 지혜를 부여받았다고 합니다.

미치오 씨는 바로 그 목소리에 따랐습니다.

전국에 있는 방치된 절과 신사를 사들이는 것을 당신에게 제안한 거예요. 그리고 저희에게 맡겨진 그 장소를 영원의 아이들끼리 성가당으로 개축하였습니다.

저는 영원님께서 내려주신 멜로디에 당신의 말씀을 가사로 담아 새로운 합창곡을 만들었습니다. 각지에 세워진 성가당에 사람을 모아 당신의 신성한 지휘 아래 합창하며 영원의 아이를 늘려갔어요.

저희의 합창은 출처가 불명확한 역병에 두려움을 품던 많은 사람을 구원하였습니다. 영원님께서 내려주신 노래는 고립되고 분단된 사람들의 마음을 다시 이어주고, 치유하였어요. 신성한 악보와 가사가 기재된 성가 수첩을 받는 대신 저희는 많은 기부금을 모을 수 있었습니다.

그리고 저희는 결국 신성 가족으로 영원님께 인정받게 되었어요. 저는 동북지부의 성가대장으로, 미치오 씨는 도쿄본부의 성가대장으로 각자 음악을 통해 전도 활동에 힘썼습니다. 이제 영원의 아이는 그 수가 옛날의 네 배로 늘어났어요. 음악에 대한 꿈이 깨졌던 저와 미치오 씨는 영원님의 인도로 다시 음악과 함께 살아갈 기회를 얻었습니다.

오늘 미치오 씨가 여기 성스러운 집에 왔습니다.

석 달 만의 재회였어요. 모가미 씨가 신성 가족이 모였다고 말해주어 무척 자랑스러운 마음이 들었습니다. 미치오 씨는 요즘 제 상태가 이상하다는 소문을 듣고 걱정하여 영산까지 왔지만, 기우였다는 것을 알았겠지요.

곧바로 저와 미치오 씨 둘이서 새로운 곡을 만들었습니다.

그 곡을 지금부터 부르게 해주세요. 영원님과 성가당, 사과 열매와 가나타에게 받은 곡이에요.

영원님께 더욱 다가간, 당신에게 헌상하고 싶습니다.

영원의 소리를 들어라 4096
믿는 신은 하나
과거에도 현재도 미래에도
그곳에는 카나리아 영원의 소리

영원의 길을 걸어라 4096
이제 죽음은 없어
죄도 과오도 두려움도 더러움도
그곳에는 카나리아 영원의 소리

영원의 문을 두드려라 4096

약속된 결실

붉은 열매 달콤한 꿀

그곳에는 카나리아 영원의 소리

구지 님의 말씀, 아름다운 노랫소리를 더는 들을 수 없다고 생각하니 조금 아쉬운 기분이 듭니다.

벌써 한 달이 되었을까요.

성가당 안쪽에 안치된 구지 님의 시신이 산 정상에서 운반해 온 눈 속에서 천천히 스러지는 것을 알 수 있습니다.

하지만 저는 슬프지 않습니다.

영원에서 구지 님은 가나타와 함께 저의 소리를, 저희의 노래를 들어주시겠지요? 그것만으로 충분히 행복합니다.

설령 시신이 없어지더라도 저희는 영원으로 이어져 있으니까요.

7

요 며칠, 계속 눈이 내리고 있어요.

여름이 지나고 이 땅에 온 지 벌써 넉 달. 사과 농장의 일도 이번 주로 끝났습니다. 눈이 본격적으로 내리기 시작하면 아르바이트는 해산된다고 해요.

"눈이 내리는 시기에 사과 농장은 어떻게 되나요?"

매일 출근하던 사과 농장과의 이별이 아쉬워서 저는 이치노헤 씨에게 물었습니다.

"눈이 많이 쌓이면 그 위로 올라가 가지를 잘라야지."

시장에 출하하기 위해 나무 상자에 사과를 담던 이치노헤 씨가 가르쳐 주었습니다.

"겨울 동안 가지치기를 해두는 게 제일 중요하거든."

사과 농가의 실력을 뽐낼 수 있는 것이 가지치기라고 합니다. 어떤 가지를 남기고, 어떤 가지를 자를 것인가. 그 선별에 따라 내년 수확량이 달라진다며 이치노헤 씨는 눈을 마주치지 않고 말했습니다.

요즘 이치노헤 씨와 구도 씨의 태도가 갑자기 달라진 것이 느껴져요. 저희가 영원의 아이라는 것을 어디선가 알아낸 모양입니다. 대화는 쑥 줄었고, 회식에 초대받는 일도 없어졌습니다. 겨울이 끝나더라도 저희가 이곳에서 일하는 일은 더는 없겠지요.

분명히 이리에 슌타로가 저희에 대해 나쁘게 퍼뜨렸을 거예요. 역시 악마의 앞잡이. 저희는 더욱 강한 신앙심으로 시련에 버텨야 할 거예요.

그로부터 이리에가 저에게 다가오는 일은 없었습니다.

반면에 가온과는 종종 이야기하고 있어요. 사과 농장 구석에서 두 사람이 대화하는 모습을 때때로 보곤 하였습니다. 무표정하던 이리에가 웃는 얼굴마저 보이게 되었어요.

가온은 그만큼 더러운 영혼에게도 포기하지 않고 영원의 소리를 전했습니다. 딸의 노력이 이리에의 마음을 정화할지도 몰라요. 그렇게 빌었지만, 저의 어리석은 착각이었던 것이 너무나 수치스러울 따름입니다.

역시 저는 그 아이와는 서로 이해할 수 없어요. 어째서 저에게 상처를 주는 행동을 하는 걸까요.

아까 야마시타 전도장이 도쿄본부로 돌아가라고 하였습니다.

너무 슬프고 한심해서 어떻게 하면 좋을지 모르겠더군요. 하지만 그런 사건이 일어났으니 당연한 일이겠지요.

오늘 아침 성가당 앞에서 기요미야 부인이 피를 흘리며 쓰러진 것이 발견되었습니다.

이른 아침부터 혼자 노래 연습을 하려던 그녀의 머리 위로 망치가 떨어졌다고 해요. 누군가가 지붕을 수리하다 깜박하고 그곳에 놓고 간 것일까요. 또는 반대하는 주민이 괴롭힌 것일까요, 아니면 귀신의 짓일까요. 하세베 씨의 일에 이어 일어난 수상한 사고에 모두 동요하였습니다.

그러나 돌이켜보면 하세베 씨도, 기요미야 부인도 그 무렵 신앙심이 흔들렸다고 생각해요. 전도 활동과 성가당 개축 일에 마음이 담기지 않았다고나 할까, 적극성이 떨어졌거든요. 그 믿음의 빈틈으로 귀신이 들어갔을지도 모릅니다.

영원님께서는 믿는 자에게만 축복을 내려주셔요. 바로 당신이 말씀한 것처럼요.

기요미야 부인은 모가미 씨의 간호를 받아 의식을 되찾았습니다. 다행히 상처는 얕아서 큰일은 일어나지 않았습니다. 안

심한 순간, 영원의 아이가 모여 있던 그 자리에 가온만 보이지 않는 것을 발견하였습니다.

핏기가 가시더군요. 범인이 딸을 끌고 갔을까? 당장 미치오 씨에게 전하고, 둘이서 근방을 찾으러 다녔습니다.

태양이 떴지만, 두꺼운 구름이 빛을 가렸어요. 싸늘한 숲속을 찾으러 다닌 지 두 시간이 지나고, 결국 다른 영원의 아이들에게도 도움을 요청하려는 때에 미치오 씨가 가온을 찾았습니다. 영산의 중턱에 방치된 사과 농장에 있었다고 해요. 딸은 혼자가 아니었습니다.

누구와 있었다고 생각하세요? 생각만 해도 구역질이 나네요.

그곳에 있던 것은 이리에 슌타로였습니다.

미치오 씨에게 연락을 받은 저는 도리이가 늘어선 산길을 내려가 황폐해진 사과 농장으로 달려갔습니다. 오랜 시간 농약에 절어 있던 끝에 버려지고 만 사과나무들은 대체로 말라 있으면서도 아직 습성을 거스르지 못하고 황토색 사과 열매를 가득 매달고 있었습니다. 회색 나무들 사이를 지나 썩어가는 사과 열매를 피하여 저는 가온에게 달려갔어요.

이리에의 모습은 이미 보이지 않았습니다.

미치오 씨가 방치된 농장에 찾아온 것을 보고 도망쳤다고 합니다.

어째서 이리에와? 뭐 하고 있었어? 저는 가온에게 물었지만, 딸은 입을 꾹 다물기만 했습니다.

돌이켜보면 사과 농장이 쉬는 날, 가온은 전도 중에 사라지거나 밤까지 돌아오지 않는 날이 있었습니다. 혹시 이리에의 꼬임에 넘어가 몰래 만나고 있었을지도 모릅니다. 이리에와 딸 사이에 무엇이 있었는지 상상만 해도 소름 끼쳐 몸의 떨림이 멈추지 않았어요.

가온이 품에 안은 빨간 표지가 눈에 들어왔습니다. 틀림없이 이리에가 항상 들고 다니던 수첩이었어요. 순간 머리로 피가 몰려 억지로 그것을 빼앗았습니다.

"엄마, 이러지 마!"

필사적으로 되찾으려는 가온의 손을 뿌리치고, 페이지를 넘겼습니다.

'신과 화해하라' '나무아미타불' '세상의 종말이 가깝다' '신의 숲으로 들어가라' '죄를 뉘우치고 참회하라' '본래무일물' '신은 세상을 심판할 날을 정했다' '선인도 염불하면 극락 왕생할 수 있는데 하물며 악인이랴' '오로지 믿으라' '나는 죽음과 지옥의 열쇠를 지녔다'

수첩에 적힌 거짓된 신의 말이 차례차례 나타났습니다.

'나는 길이라' '지옥은 두 번째 죽음' '대지에 기도를 드려라' '부처를 멀리하는 자는 악의 길로 들어간다' '지옥의 꺼지지 않는 불을 도망쳐라, 그것은 영원한 괴로움' '신은 바람 속에' '아아, 세상아, 세상아, 세상아, 신의 말을 들어라'

이렇게 끔찍하고 부정한 것을! 저는 그것을 한 장씩 찢어버렸습니다.

"안 돼!!!!"

가온은 지금까지 들어본 적 없는 비명을 지르며 저의 손에서 빨간 수첩을 빼앗았습니다. 그대로 진흙 바닥을 기어다니며 거짓된 신의 말을 필사적으로 그러모았습니다.

"가온, 그만둬! 더러운 짓이야! 영원님께서 보시면 어쩌려고 그래!"

가온의 등을 향해 외치자, 딸은 천천히 이쪽을 돌아보고 저를 노려보았습니다. 흐트러진 앞머리 사이로 보이는 눈동자가 이리에처럼 어둡고 탁하더군요.

그 뒤로 제가 가온에게 뭐라고 말했는지는 잘 기억나지 않네요.

내리는 눈과 찢어져 흙투성이가 된 종잇조각. 황토색 사과를 짓밟는 감촉과 그것들이 내뿜는 썩은 냄새가 드문드문 기억날 뿐입니다.

분명히 이리에가 저희 영원의 아이를 위협한 일련의 사건을 일으킨 범인일 거예요. 가온이 그런 마귀와 마음이 통하게 되다니. 이 괴로움을 어떻게 전하면 좋을까요? 딸의 영혼은 완전히 악마에게 더럽혀지고 말았습니다.

그런데 미치오 씨는 아무것도 해주지 않았어요.

오히려 범인은 이리에가 아닐지도 모른다는 말을 하지 뭐예요. 무언가 약점이라도 잡힌 것일까요? 미치오 씨는 방치된 농장에 있던 가온과 이리에를 본 뒤로 태도가 이상해졌습니다.

더 이상 저희는 신성 가족이라고 말할 수 없을지도 모릅니다. 이 성스러운 집에서 쫓겨나는 것도 어쩔 수 없을지도 몰라요.

이곳을 떠나는 것에 미련이라면 많습니다.

하지만 제법 오랜 기간 미치오 씨가 혼자 조류원을 관리해야 했고, 당신의 말씀도 이젠 얻을 수 없게 되었죠. 슬슬 때가 된 것 같아요.

8

　마지막으로 고백하고 싶은 내용이 있습니다. 모가미 씨에 대한 거예요.

　모가미 씨가 웃으면 저도 기뻐요. 모가미 씨가 일하는 모습을 보면 진심으로 응원하고 싶어집니다. 제가 노래하고, 모가미 씨가 목소리를 더하면요. 그러면 가슴이 떨리고 눈물이 흘러요.

　이것은 대체 무슨 감정일까요.

　저는 모가미 씨를 계속 관찰했습니다. 그에게 깃든 그것이 어디에서 왔는지 알고 싶었어요. 때로는 마음이 다른 곳에 가 있는 듯한 태도로 혼자 사색에 잠긴 그를 보는 동안, 점차 모가미 씨의 가슴 깊은 곳에 있는 어둠이 보이기 시작했습니다.

　그리고 그때 깨달았어요. 그것은 일찍이 가나타가 품고 있던 것과 같다는 것을. 가나타도 모가미 씨처럼 아무에게도 말하지 않고 어둠을 품는 아이였거든요.

저는 확신했습니다. 모가미 씨와 가나타는 영원으로 이어져 있어요. 같은 신앙을 지닌 자로서 가나타의 몫까지 모가미 씨가 현세에서 살아주고 있는 거예요.

그 모가미 씨와도 이제 헤어지지 않으면 안 됩니다.

그렇게 생각하니 몸이 찢어지는 것 같았어요. 마치 가나타를 놔두고 이 땅을 떠나는 듯한 기분이었죠. 마지막으로 다시 한번, 모가미 씨와 만나고 싶었어요. 안절부절못하던 저는 어젯밤 성가당을 찾았습니다. 언제나 밤늦게까지 모가미 씨가 혼자 노래하는 것을 알고 있기 때문이에요.

펑펑 눈이 내리는 가운데 저는 성스러운 집에서 나와 성가당으로 향했습니다. 다행히 미치오 씨와 가온에게는 들키지 않고 밖으로 나올 수 있었어요. 굵은 눈이 쏟아지며, 저의 옷이며 머리는 금세 새하얘졌습니다.

신발을 벗고 살며시 성가당으로 들어가자, 바닥이 얼음처럼 차가워서 몸이 떨렸습니다. 밖보다도 성가당 안이 더 춥게 느껴질 정도였어요. 찌르는 듯한 냉기 속에서 유백색 초의 불빛에 비친 모가미 씨의 등이 보였어요.

끊임없이 울리는 영원의 소리굽쇠의 4096헤르츠에 맞춰 모가미 씨가 조용히 노래하고 있었습니다. 음량은 작아도 그 소리는 소리굽쇠와 합쳐져 성가당에 울리며, 저의 귀에 기분 좋게 들려왔습니다. 노래가 끊기는 것을 기다리고 저는 말을 걸었어요.

"저기, 모가미 씨."

부르는 목소리가 떨리는 것 같았어요. 단둘이 대화하는 것은 하세베 씨를 마을 병원까지 데려간 이래 처음이었거든요.

"단노 씨, 잠이 안 오시나요?"

모가미 씨가 이쪽을 돌아보더니, 벽에 기대어놓은 방석을 가져다주었습니다.

"이제 곧 완성되네요……."

저는 몸에 쌓인 눈을 털어내고 그 방석에 앉아 성가당의 천장을 올려다보았습니다. 그곳에는 커다란 육각형 모양 창이 있어요. 성가당의 상징으로 가장 고생한 부분이었죠. 아직 유리를 끼우지 않아서 여기저기 눈이 들어오는 것이 보여요.

그러게요, 모가미 씨가 속삭이는 듯한 목소리로 말했습니다.

"하지만 저는 이곳을 완성하고 싶지 않습니다."

"이유가 뭐죠?"

"저는 언제까지고 이곳에 있고 싶거든요. 이런 신성한 장소는 없으니까."

"저도 이곳을 떠나고 싶지 않아요."

모가미 씨는 동정하는 눈으로 저를 바라보았습니다.

"들었어요. 도쿄본부로 돌아간다고. 아쉽게 되었군요."

네, 무척이나. 저는 고개를 숙이며 대답했습니다. 그리고 뻔히 들여다보이는 말이라고 생각하면서도, 모가미 씨에게 매일 밤 이곳에 있냐고 물었어요.

"네, 저도 좀처럼 잠이 오지 않아서."

"왜요?"

"사과 농장에서 일하다 보면 항상 생각하곤 합니다. 사과나무는 무심하게 생장하여 꽃을 피우고 열매를 맺으며 살아가요. 하늘을 나는 새에게는 고민도 괴로움도 없죠. 왜 인간만이 이렇게 끊임없이 번뇌하지 않으면 안 될까요."

"영원님께 노래하고 기도하면, 모든 고민이 해결돼요."

저는 전도하며 몇 번이나 반복한 말을 입에 담았습니다.

"그게 딱히."

"그런가요? 모가미 씨처럼 신성한 영원의 아이가 기도한다면, 영원님께서 반드시 이루어주실……."

"그렇게 간단한 게 아니야."

모가미 씨가 갑자기 반말로 제 말을 끊었습니다.

"애초에 기도란 무언가를 이루기 위한 것이 아니라고요. 이루어져도, 이루어지지 않아도, 그러지 않고는 참을 수 없으니 기도하는 것이 진정한 기도라고. 아아, 모르시려나? 자신의 힘으로는 어떻게 해결할 수 없는 일이 일어났을 때, 마음 깊은 곳에서 마그마처럼 끓어오르는 것을."

그는 괴로워하고 있어요. 제가 도와줘야 해요. 적절한 말을 찾으며 촛불을 가만히 응시했습니다.

"저라도 괜찮다면…… 당신의 힘이 되어줄게요."

눈앞에서 불꽃이 격하게 흔들리기 시작했어요. 무슨 일이 일어난 걸까. 시선을 들자 모가미 씨가 입을 크게 벌리고 배를 잡고 웃고 있었어요. 그의 입에서 토해지는 숨결이 차례차례 하얗게 되어 가는 것이 보였습니다. 눈앞에서 모가미 씨가 크게 웃고 있을 터인데, 무슨 까닭인지 저에게는 그 소리가 들리지 않고 이명 같은 소리만이 점점 커졌습니다.

"교코 씨, 지진 좋아해요?"

모가미 씨의 기묘한 물음에 간신히 청각이 돌아왔습니다. 제가 대답할 말을 찾지 못하자, 모가미 씨는 혼자 말하기 시작했어요.

"나는 어린 시절부터 지진이 오면 두근거렸거든. 가끔 그럭저럭 흔들릴 때가 있지 않습니까? 아아, 이대로 대지진이 일어나 시시한 것이 모두 부서지면 좋을 텐데. 그야 치사하잖아요?"

"……치사하다고요?"

"돈이 있는 놈은 계속 부자고, 그 인간들이 규칙을 정하고. 돈을 훔쳐도, 사람을 죽여도 태평하게 살잖아. 우리 부모는 쉬는 날도 없이 열심히 공장에서 일하고, 신호 위반조차 한 적 없이 성실하게 살았는데 아무리 일해도 가난하고. 하지만 선거 같은 건 꼭 참여하더라고요? 국민의 의무라나. 이해가 안 돼!"

모가미 씨의 고함이 꽉 막히게도, 선명하게도 들렸습니다. 그가 거칠게 외칠 때마다 촛불이 이리저리 흔들렸어요.

"투표가 제일 멍청한 짓이지만, 시위 같은 것도 바보 같잖아요. 근데 자폭 테러 따위로 죽어버리는 건 더 바보 같고. 그러니까 대지진."

모가미 씨는 유쾌한 듯 바닥을 힘껏 짓밟고, 주먹으로도 쿵쿵 내리쳤습니다. 오래된 판자 바닥이 삐걱거리고 덜컹덜컹 흔들렸어요.

"하지만 대지진은 좀처럼 오질 않잖아요. 가끔 오더라도 규슈나 홋카이도 같은 상관 없는 곳에서만 흔들리고. 거기가 아니라고. 그러다 중학생 때 드디어 관동에도 지진이 왔다! 하고 생각했더니 역시 죽는 건 가난한 사람이더군요. 부자는 다들 살아남다니 진짜 지진도 쓸모가 하나도 없네! 그러면서 또 실망하고."

이제 그만 하세요. 갈라진 목소리가 새어 나왔습니다. 어서 빨리 이곳에서 도망치고 싶었어요. 이 이상 그의 이야기를 들어서는 안 돼요. 하지만 발이 굳어서 움직이지 않았어요. 도움을 요청하듯이 육각형 창문을 올려다보자, 거기서는 눈보라가 일어 하늘을 모두 가리고 있었습니다.

"대지진 다음 날, 당연하게도 중학교 수업이 있었거든요. 내가 살던 곳은 강가의 공장 지대라 하천 부지를 따라 학교에서 돌아가야 하는데 그날도 평소처럼 집 주변은 공장 연기로 뿌옇고. 철이며 종이며 기름이며 쓰레기 같은 아무튼 온갖 게 뒤섞인 연기라 토할 거 같아서. 강도 더럽고 하수구 냄새가 나고, 진짜 완전히 지옥이야. 하지만 강 너머는 엄청 비싸 보이는 타워 맨션이 세워져서 꼭 이쪽을 내려다보는 꼴이었지. 뭐야, 지진이 일어나도 아무것도 달라진 게 없잖아. 그냥 밑도 끝도 없이 짜증만 내면서 하천 부지를 걸어가는데 풀숲에서 세 명의 고등학생이 내 소꿉친구인 사야카를 둘러싸고 있더라. 사야카는 우리 옆집의 제지 공장 아이였는데 옛날부터 가족끼리 아는 사이라. 좀 노는 애긴 했는데 착하고 좋은 아이였다고요. 근데 사야카한테 시비를 거는 고등학생들 교복을 보니 강 너머에 있는 부자 사립 놈들이었고. 사야카에게 너희 집 힘들겠네, 이 돈 줄 테니까 옷 벗어 봐, 하면서 1만 엔 지폐를 살랑살랑 흔들더라. 뒤에 있던 놈은 나이프를 빙글 빙글 돌려댔고."

모가미 씨가 일어나 마치 연극처럼 고등학생들의 어조를 따라 하기 시작했습니다. 차가운 바람이 성가당으로 불어 들어와 모가미 씨가 내뱉는 숨을 더욱 하얗게 만들었습니다.

"알겠어, 알겠어, 벗는 게 싫으면 교복 입은 채로 저기서 대 줘. 뭐? 안 돼? 지진 때문에 아저씨 공장 기계가 망가져서 난 리라고 했잖아. 도산할지도 모른다고. 그러니까 우리는 봉사 활동? 자금 원조? 하는 거잖아? 그럼 2만! 자, 너희도 얼른 돈 꺼내, 같이 내야지! 그럼 가위바위보로 이긴 사람이 풀숲에 서 섹스하기다, 그러더니 사야카가 창백하게 질린 옆에서 고 등학생들이 마음대로 가위바위보를 시작했거든. 그래서 내가 바로 뒤에 있는 것도 몰랐던 모양이야."

안 내면 진다, 가위바위보! 보! 보! 보! 내가 이겼다! 아, 졌 잖아! 젠장 나한테도 대줘! 모가미 씨는 손짓과 몸짓을 동원 하여 혼자 세 사람의 흉내를 냈습니다.

"그럼 이긴 사람은 나야. 부탁해도 돼? 2만으로! 뭐? 안 된 다고? 우와, 쩨쩨하긴. 그럼 괜히 시간 낭비하게 하지 말라고. 그러니까 너희는 언제까지고 가난한 거야! 미안, 미안, 아니야, 아니야, 돌아가지 마, 그럼 입으로 해줘도 되니까, 입으로. 잠깐 입에 쏙 물고 있기만 하면 되니까, 입에 쏙이라고 말할 때 말이야, 거기서 나는 뒤에 있던 놈이 들고 있던 나이프를 빼앗아서 그 녀석의 귀를 쑥 잘라냈거든. 그 부잣집 고등학생이 으악 소리 지른 순간, 이미 피투성이가 되었지! 그리고 시끄러우니까 이번에는 배를 두 번 정도 퍽퍽 찔러서 조용하게 만들었죠. 그랬더니 다른 한 녀석이 뭐라고 외쳐서, 뭐였더라, 아마 경찰이 어쩌고 사형이 어쩌고? 아무튼 그 자식도 시끄러우니까 뺨에 대고 나이프로 쑥 찔렀더니 조용해지더라. 그리고 마지막에는 도망친 나머지 꼬마를 쫓아서 등을 퍽퍽 찔렀단 말씀. 뭐가 봉사활동이야, 죽어버려! 강 너머 타워 맨션을 향해 외쳐줬다고요. 왠지 온몸에서 피비린내가 나서 진짜 기분 나빴지만.”

　숨을 헐떡이며 단숨에 말하던 모가미 씨가 벌떡 일어나 성가당 구석에 쌓아둔 나무 상자로 걸어가 못이 박혀 있던 나무 상자의 뚜껑을 옆에 있던 쇠지레로 부쉈습니다. 그곳에는 아르바이트 보수로 이치노헤 씨가 나누어준 사과가 들어 있었어요. 모가미 씨는 그 사과를 하나 꺼내더니 쇠지레를 던져버리고, 하얀 작업복 소매로 거칠게 닦아 베어 물었습니다.

　육각형 창으로 눈이 불어 들어와 머리 위로 하늘하늘 떨어졌습니다. 저의 몸은 완전히 차가워져 손가락 끝까지 떨렸어요. 눈앞에서 모가미 씨가 목을 축이는 것처럼 사과를 정신없이 먹어댔어요. 그대로 심까지 먹어 치우더니, 한숨을 휴우 내쉬고 이쪽을 바라보았습니다.

"그래서 당연하지만 경찰에 잡혔거든요. 사야카도 너무하더라고요, 구해줬는데 경찰에 신고나 하고. 나도 아, 이거 솔직히 엄청난 사고다, 하고 생각해서 한 사람은 내 손의 신통력으로 살려줬지만, 구급 대원들도 꾸물거리며 오는 바람에 나머지 두 사람은 죽어버렸거든. 난 열네 살이었는데요, 잔인하다면서 소년원에 들어가래. 미친 척하고 도망칠까도 생각했는데요, 뭐 중간에 힘들 것 같아 포기했죠."

모가미 씨의 초점이 맞지 않는 눈을 어디선가 본 적이 있는 기분이 들었습니다. 잠시 뒤, 그것이 가나타를 죽인 검은 옷을 입은 남자의 눈과 같다는 것을 알아차렸어요. 예전에 텔레비전으로 매일 나오던 그 저주스러운 눈.

이명처럼 계속 울리던 영원의 소리굽쇠 소리가 일그러지면서 점차 음악이 되었습니다. 소리굽쇠의 소리가 달라진 것일까, 나의 귀가 이상해진 것일까.

"그런데…… 그때 나는 그게 왜 나쁜지 잘 알지 못했거든요. 부모도 울고 있었으니 큰일이라고 생각한 정도였지. 그야 이대로 가면 아무것도 다를 바 없잖아요? 투표해도, 시위해도, 테러를 일으키더라도. 유일한 동아줄이었던 대지진도 아무것도 바꿔주지 않았어. 그럼 내가 할 수밖에 없지 않습니까. 고작 나비 하나가 날갯짓을 해도 언젠가 태풍이 된다고, 투표하러 갈 때마다 아버지가 말했으니까 나도 그렇게 한 겁니다."

일그러진 소리굽쇠 소리에 맞춰 모가미 씨가 노래하기 시작했습니다. 익숙한 그 멜로디가 귀에 들어오자, 저는 극심한 현기증이 일고 구역질이 났습니다.

스코틀랜드 민요 '고향 하늘'. 일찍이 가나타를 찔러 죽인 남자가 마지막으로 흥얼거리던 노래라며 텔레비전에서 보도되었죠. 그것을 눈앞의 모가미 씨가 부른 거예요.

참지 못하고 성가당 바닥에 토하고 말았어요. 노란색 토사물이 검은 나무 바닥을 적셨어요. 아아, 영원님. 저는 스웨터 소매로 허둥지둥 바닥을 닦았습니다. 그러나 아무리 닦아도 바닥에는 미지근한 점액이 더럽게 퍼져 나갈 뿐이었어요.

"하지만…… 저는 다시 태어났습니다."

조용히 말하는 소리가 들려 제가 바닥에서 시선을 들자, 미소를 지은 모가미 씨가 보였습니다. 다정한 입매는 역시 가나타와 어딘가 닮아 있었어요. 제가 지그시 바라보자, 그 입에서 달콤한 사과 향이 풍겼습니다.

– 엄마, 괜찮아. 나는 여기서 다시 태어났으니까.

그날 신비한 사과밭에 있던 가나타의 말이 떠올랐습니다.

지금 여기서 솔직히 고백하자면, 저는 그날 꿈에서 가나타와 만난 게 전부였어요.

확실히 그곳에 있을 터인, 그 온기는 그로부터 한 번도 느낄 수가 없었어요. 영원에서 만나는 것을 믿고 노래해 왔지만, 아직도 만남을 허락받지 못했어요.

"영원의 소리에 들어와 저는 이제야 믿을 수가 있었습니다. 따라서 영원님을 조금이라도 의심하는 자는 용서할 수 없어요. 하세베나 기요미야 같은 더러운 영혼에게는 영원님께서 벌을 내리십니다. 시위나 테러, 전쟁이 아니더라도 영원님께서 한심한 쓰레기를 제거하고, 신성한 인간만을 선택해줘요. 어서 영원에서 가나타와도 함께 노래하고 싶네요."

저는 감각이 없어진 발로 간신히 일어나 떨면서도 모가미 씨에게 다가갔습니다. 한 걸음, 또 한 걸음, 바닥의 차가움을 확인하며 걸음을 옮겼어요. 그리고 흔들리는 촛불에 비친 모가미 씨의 몸을 힘껏 끌어안았습니다.

"……따뜻해."

저는 모가미 씨의 귓가에 속삭였습니다. 그 온기는 그날, 영원에서 안았던 가나타와 같았어요. 참지 못하고 오열이 터졌습니다.

"있잖아, 가나타, 엄마는 가나타를 만나고 싶어. 같이 밥 먹고, 실컷 놀고, 많이 안아주고, 붙어서 자고 싶어. 우리 가나타, 왜 만나러 와주지 않아? 난 매일 노래하고 있는데. 매일 영원님께 노래하고 있어. 가나타와 같이 노래하려고 아빠와 노래도 많이 만들었어. 그러니까 부탁이야, 한 번이라도 좋으니 만나러 와줘. 어서 같이 노래하자. 안 그러면 엄마는⋯⋯."

애정과 증오가 뒤섞이며 저는 비명을 지르는 것처럼 울었습니다. 옛날에 들은 칼루리의 노래처럼 우는 것인지, 노래하는 것인지 점차 경계를 알 수 없게 되었습니다.

저는 이제야 겨우 진정한 음악인이 되었다고 생각해요.

토사물 범벅이 된 몸으로 모가미 씨에게 매달리며 쭉 동경하던 칼루리의 노래하는 사람처럼 저는 처음으로 가나타를 향해 노래할 수 있었습니다.

제3장

단노 가온

1

골판지 상자의 뚜껑을 열자, 짚에 감싸인 새끼 문조들이 일제히 이쪽을 향해 울었다. 가온은 조심스럽게 손을 뻗어 다섯 마리 중 유일하게 조용히 있는 얼룩무늬 새끼를 손에 올렸다. 곡물처럼 달콤한 냄새. 약간 따뜻한 탁구공처럼 작은 몸이 잘게 떨리고 있다.

이 냄새가 생명의 향, 이 따스함이 생명의 온도, 이 떨림이 살아 있는 것을 증명하는 리듬이라고 생각한다.

세 개의 링이 달린 포육용 스포이트를 플라스틱 용기에 든 먹이에 사그락사그락 꽂았다. 소리에 반응하여 새끼 새가 손바닥에서 입을 크게 벌렸다. 민들레처럼 선명한 노란색이 보인다. 그 노란색 속에 먹이가 담긴 스포이트 끝을 넣고, 주사기처럼 링을 통해 엄지손가락을 밀어 넣었다. 새끼 새가 고개를 상하좌우로 흔들며 먹이를 삼키려고 하였지만, 제대로 되지 않는다. 다시 검은 부리 사이로 물기가 있는 먹이가 줄줄 흘렀다.

"더 깊이 넣어야 해."

뒤에서 미치오의 목소리가 들렸다.

"좀 더 안쪽으로 넣지 않으면, 기관으로 들어가 버려."

가온은 새끼 새의 입을 가만히 응시하고, 노란색 안쪽에 있는 빨간 식도를 향해 스포이트 끝을 밀어 넣었다. 날개로 뒤덮인 목이 꿀렁이며 먹이를 삼키려고 하였지만 역시 잘되지 않았다.

"그럼 안 돼. 가온, 잘 봐둬."

옆에 쪼그려 앉은 미치오가 짚 위에 남은 네 마리를 한꺼번에 들어 손바닥에 올렸다. 스포이트에 먹이를 담고, 경쟁하며 우는 새들의 입에 차례로 밀어 넣었다. 그것은 예전에 텔레비전 다큐멘터리 방송에서 본, 둥지 안에서 어미 새가 새끼 새에게 먹이를 주는 모습을 연상시켰다.

가온의 손바닥에서 얼룩무늬 새가 삑삑 울었다. 더 먹고 싶다고 말하는 듯했다. 예상보다 큰 식욕으로 조르는 바람에 먹이 그릇이 거의 비어 있었다.

"가온."

먹이를 더 만들어와, 미치오가 말을 끝내기 전에 가온은 새끼 새를 짚 위에 살며시 내려놓고, 플라스틱 용기를 손에 들고 일어났다. 그대로 계산대를 지나 안쪽 미닫이문을 열었다.

현관에 있었을 터인 검은색 펌프스는 보이지 않는다. 엄마는 혼자 성가대 연습을 간 모양이다. 오늘도 한마디 말도 없이 혼자 나가버렸다.

삐걱거리는 계단을 올라 2층으로 갔다. 좁은 부엌으로 들어가 전기 주전자로 물을 끓였다. 창밖으로 시선을 옮기자, 봄 햇살이 휘어진 전선을 비추고 있었다. 물이 끓는 동안 좁쌀을 용기에 좌르르 넣었다. 냉장고에서 꺼낸 완두콩 싹을 잘라 절구에 찧는 사이, 딱 하는 소리가 나며 주전자의 빨간 램프가 꺼졌다.

끓인 물을 조금 식혀 좁쌀 위에 붓고, 불순물을 헹궈 물을 버렸다. 좁쌀의 달콤한 향이 싱크대로 퍼졌다. 다시 물을 붓고, 파우더형 먹이를 넣은 뒤, 보조제 가루와 아까 찧은 완두콩 싹을 추가하여 섞었다. 완두콩 싹, 청경채, 소송채. 비타민이 가득한 제철 채소를 넣는 것이 단노 조류원의 방식이야, 미치오가 예전에 즐거워하며 먹이 만드는 법을 알려주었다.

먹이 만들기는 좋아한다. 이 손으로 준 먹이가 생명을 키운다. 새끼 새들은 먹은 만큼 자란다. 절대 배신당하지 않는 작업이다.

"포육용 먹이는 온도가 매우 중요해. 너무 뜨거우면 화상을 입고, 너무 차가우면 아기가 안 먹거나 병에 걸리니까."

미치오에게 배운 대로 온도계의 눈금이 40도까지 내려간 것을 확인하고 계단을 내려갔다.

가게로 돌아가서 가온은 한참 기다리던 새끼 새를 손에 올렸다. 다시 스포이트로 먹이를 주려고 하였지만, 역시 잘되지 않았다.

"안 돼, 안 돼."

미치오가 스포이트 끝으로 좁쌀을 사그락사그락 찌르며 말을 걸어왔다.

"이쪽과 아기의 타이밍을 맞춰야지."

잘 관찰해서 호흡을 맞춰야 해, 라고 말하며 스포이트를 네 마리의 입에 차례로 넣은 미치오는 제멋대로 아무 타이밍에 먹이를 주는 것으로밖에 보이지 않았다.

가온은 가만히 손바닥 위의 얼룩무늬를 응시했다. 스포이트 끝을 부리 끝에 대자, 입을 크게 벌린다. 침착하게, 천천히. 스포이트 끝을 노란색 입속으로 슬쩍 넣은 뒤, 엄지손가락의 힘으로 먹이를 밀어내자 새끼 새는 빠르게 삼켰다.

단노 조류원에서는 부화한 지 얼마 되지 않은 문조를 손에 얹어 키우다 판다.

초반에는 두 시간마다, 이어서 세 시간마다, 다섯 시간마다 성장을 확인하며 먹이를 준다. 수고스러운 작업이지만, 새끼 때부터 손에 올려 먹이를 주면 새는 인간을 부모라고 여기고 무서워하지 않고 손에 올라오게 된다.

"태어나자마자 하지 않으면 부모와 자식이 될 수 없으니까."

아빠는 나에게 그렇게 가르쳐주었다.

그렇다면 나와 엄마는 부모와 자식이 아닐지도 모른다.

엄마는 내가 태어나고 처음으로 일어선 날을 모른다. 처음 걸은 장소도, 처음 한 말도, 유치원 입학식 날에 그네에서 떨어져 울면서 단체 사진을 찍은 것도.

가온은 다섯 살 때, 미치오에게 교코를 소개받았다.

처음 만났을 때, 정말 예쁜 사람이라고 생각했다. 가온과 미치오, 낳아준 어머니와 다르게 피부는 하얗고, 목소리는 아름다웠다. 같이 살기 시작하고 나서도 엄마라고 부르기가 미안하게 느껴졌다. 어떻게 불러야 할지 몰라 고민하던 가온에게 교코는 말했다.

"엄마라고 불러주면 기쁠 텐데."

교코는 조류원에서 태어나고 자란 아이처럼 가온을 대했다.

"새는 기생충이나 바이러스를 갖고 있으니까 죽어버리기도 해. 손님에게는 생물은 반품도, 교환도 해줄 수 없으니 소중하게 여겨주세요, 라고 반드시 전하고 있어."

교코가 처음으로 조류원을 안내해주었을 때 한 말은 어쩐지 자신에게 하는 말처럼 들렸다.

항상 엄마에게 미안하다고 생각했다. 적어도 얌전하게 말을 잘 듣는 착한 아이가 되려고 노력했다. 낳아준 어머니가 사준 분홍색과 하늘색 장난감은 모두 버렸다. 이제 충분히 혜택받고 있으니까 이 이상 무언가를 바라서는 안 된다고 생각했다.

"모이주머니가 빵빵해지면 먹이 주기는 끝이야."

미치오가 부리 밑에 있는 깃털을 헤집어 부풀어 오른 '모이주머니'를 보란 듯이 보여주었다. 새가 음식을 저장하는 장소다.

"식후에는 흥분한 상태니까 안정될 때까지 놀아줘야 해."

미치오가 손바닥에 올린 네 마리를 하나씩 볼며 목, 정수리 등을 두툼한 엄지손가락으로 긁는 것처럼 쓰다듬었다. 귀여워라, 귀여워. 속삭이는 소리가 손님이 없는 가게 안에 울렸다.

"먹이를 주고, 귀엽다고 하면서 쓰다듬으면 사람의 손가락 같은 곳을 깨물지 않아. 손에 익숙한 애교 있는 문조가 되는 거지."

아빠는 나에게 귀엽다고 말한 적이 없고, 머리를 쓰다듬어 준 적도 없다. 무심코 불평할 뻔하였지만, 그런 말을 해도 의미가 없으므로 입을 다물었다.

손바닥에 있는 얼룩무늬 새끼 새는 아직 배가 부르지 않을 텐데 졸린 듯이 눈을 깜박이고 있다. 이 아이는 항상 다른 새끼와 달리 울지 않고, 먹이도 별로 조르지 않는다.

"얌전한 아기네. 뭐, 가끔 이런 아이도 있거든."

미치오의 느긋한 목소리가 귀에 들어왔다.

가온이 단노 조류원에 오고 2년 뒤에 가나타가 태어났다.

엄마에게 안겨 집으로 돌아온 아기를 보고 가슴이 울렁거렸다. 이 아이는 엄마의 손에 올라간 문조가 되는 거다. 그래도 엄마는 차별하지 않고 대해주었다. 강한 결의를 하고 어머니로서 평등해지려고 하는 듯했다.

가나타가 죽은 그날까지는.

"가온……."

가게 밖에서 소리가 들려, 쪼그려 앉아 있던 가온이 시선을 들자 사야가 이쪽으로 손을 흔들고 있었다.

"사야, 오랜만이야."

미소를 지으며 사야를 따라 손을 흔들었다. 작년 여름부터 아오모리에 갔었으니, 사야와 만나는 것은 8개월 만이었다. 지금도 그녀만은 가끔 가게를 들러준다.

"얼른 가자."

날카로운 목소리가 들린 것과 동시에 사야의 손이 강하게 당겨지며 목이 뒤로 휙 기울어졌다. 가온이 놀라 일어나자 사야의 어머니가 끌고 가듯이 그녀를 데려가는 것이 보였다. 어머니의 시선은 앞을 향하면서 절대 이쪽을 보려고 하지 않았다.

가족이 모두 성가대며 전도 활동에 참여하게 되고 나서, 소문이 주변으로 순식간에 퍼졌다. 그곳에 가면 묘한 악보를 강매한다며 이웃 사람들로부터 뒤에서 욕을 먹었고, 조류원의 손님은 격감했다. 지금은 인터넷도 이용하여 희귀한 외국 새와 손에 올라오는 새를 팔면서 간신히 영업을 이어가고 있다.

중학교에서도 고등학교에서도 '수상한 노래하는 애'라고 불리더니, 이제는 가온에게 말을 거는 친구는 거의 없다. 처음에는 힘들어서 혼자 울기도 했지만, 이것은 영원님께서 우리를 선택하기 위한 시험이라며 분발했다. 시기와 질투로 얼룩진 '세상'의 학교보다도 영원의 아이들과 같이 노래하는 쪽이 즐겁다. 우리는 신성 가족이다.

"가온…… 고등학교 졸업하면 어떡할래?"

미치오가 사야의 모습은 전혀 눈에 들어오지 않았던 것처럼 물었다.

"졸업할 수 있을까…… 출석 일수도 채우지 못했고."

아빠에게 맞춰 아무 일도 없었던 것처럼 대답했다.

"열심히 해봐."

"하지만 졸업해도 뭘 하면 좋을지 모르겠어."

"그야 엄마랑 같이 성가대에 들어가야지."

네 마리 새끼 새를 상자로 돌려보내던 미치오가 작업 지시를 내리는 것처럼 말했다. 그것은 엄마가 바라던 길이었다.

"아니면 대학이라든가…… 가볼래?"

미치오가 눈을 맞추지 않고 중얼거렸다.

"……세상의 대학에 가도 별 소용 없잖아."

가온이 영원의 아이로서 정답을 말하자, 그래, 하고 미치오는 자신을 납득시키듯이 고개를 끄덕였다.

"그럼 아빠도 성가대 연습 다녀올게. 가온, 가게 잘 보고 있어."

알겠어, 고개를 끄덕이고 가온은 손바닥에서 잠들고 만 새를 골판지 상자의 깔린 짚에 내려놓았다.

교코는 아오모리에서 돌아온 이후로 성가대 활동에 더욱 열중하고 있다. 아침부터 연습을 나가서 어두워질 때까지 집에 돌아오지 않는다. 가온에게 말을 거는 일은 거의 없어졌다.

분명히 크게 실망했을 것이다.

기도할 일은 없다. 대단한 일은 바라지 않는다. 특별한 소원도 없다. 그저 누군가를 아프게 하지 않고 살아갈 수 있으면 좋겠다. 오직 그것뿐인데.

잠들었을 터인 얼룩무늬 새끼 새가 짚 위에서 갑자기 눈을 떴다.

새까만 눈이 가만히 이쪽을 향하고 있다. 새끼 새의 맑은 눈동자에 비친 나는 대체 어떤 얼굴일까. 그 정체를 확인하기가 무서워서 가온은 골판지 상자의 뚜껑을 살며시 닫았다.

2

어둠 속에서 이리에 슌타로가 가온의 손을 잡았다. 그 기다란 손가락을 감싸듯이 마주 잡았다. 생각해보면 최근 4년간, 남과 피부가 닿는 일이 거의 없이 살아왔다는 것을 깨달았다. 처음 만진 그의 손은 상상했던 것보다 뜨겁고 부드러웠다. 가슴이 답답하고 박동이 빨라졌다. 이것은 죄의 괴로움일까, 아니면 기쁨의 두근거림일까.

슌타로의 손에 이끌려 어두운 통로를 지나자, 탁 트인 전시실에 파도처럼 넘실거리는 목이 긴 거대한 생물이 있었다.

"……크네."

예상을 뛰어넘은 거대함에 감탄사가 나왔다. 몸길이는 30미터가 넘는다고 한다.

"알라모사우루스인가?"

전시용으로 재현된 백악기 시대의 가장 큰 초식 공룡이다. 비슷하게 가늘게 긴 목을 뻗은 슌타로가 공룡의 이름을 알려주었다.

"저쪽에 날고 있는 건?"

가온이 올려다보자,

"익룡. 프테라노돈일지도?"

슌타로가 대답했다. 가르쳐주고 있을 터인데 어미를 올리는 어조가 질문이나 의문처럼 들린다.

"자신 없어요?"

가온이 놀렸다.

"아니, 아마 틀리지는 않았을 거야."

"그럼 저기 빨간 등지느러미가 달린 무서운 건?"

"스피노사우루스?"

슌타로를 지그시 쳐다보자, 겸연쩍음을 감추려는 듯 여드름 흔적이 남은 볼을 긁적거린다.

"저기…… 전부터 생각한 거 물어봐도 될까요?"

"……뭔데?"

"질문하는 것처럼 말하는 거, 언제부터 그랬어요?"

사람을 깔보는 듯한 말투야, 교코는 슌타로에 대해 신경질적으로 반응했다. 분명히 지금까지 다른 사람과 제대로 대화한 적이 없으니까 저렇게 되는 거야. 하지만 가온은 학교나 영원의 소리에 있는 또래 남자아이들보다도 슌타로와 대화할 때가 왠지 편안했다.

슌타로의 시선을 따라 알라모사우루스를 발부터 올려다보았다. 그의 도드라진 울대뼈가 천천히 움직이는 모습에 무심코 눈이 갔다.

"아마…… 중학교 때부턴가? 아아, 생각났다. 그 시절 별명이 '퀴즈군'이었어. 질문만 한다는 건가?"

"이유가 뭐예요? 슌타로 오빠는 여러 가지를 알고, 머리도 좋은데."

"그야…… 답을 말하는 건 위험하지 않아? 누군가를 아프게 할지도 모르잖아."

가온은 동의를 표하는 대신 슌타로의 손가락을 잡은 채였던 손에 조금 힘을 주었다. 이 손을 놓고 싶지 않다고 생각했다.

4월 첫 일요일, 가온은 도서관에서 공부하고 오겠다고 거짓말을 하고 집을 나섰다.

미치오에게는 3학년 때는 제대로 학교에 다녀 졸업하겠다고 전했다. 교코는 여전히 성가대 활동에 빠져 있어서 아침부터 집에 없었다.

오렌지와 블루 전철을 갈아타고 한 시간 반. 지정된 역에서 내려 스마트폰 지도를 들고 고층 빌딩 숲을 잇는 인도교를 걸어가자, 갑자기 시야가 트이며 바다가 보였다. 바다 앞에는 하얀 가마보코*를 세운 듯한 빌딩이 있다.

– 내일, 가마보코 빌딩 아래서.

– 가마보코?

– 아, 오면 알아.

어제 온 메일을 읽었을 때는 혼란스러웠지만, 보면 볼수록 '가마보코'로 보였다. 바닷바람을 정면으로 맞으며 가마보코를 향해 걸어가자, 빌딩 바로 옆에 있는 이벤트 홀 앞에서 새빨간 후드집업을 입은 슌타로가 기다리고 있었다. 인파 속에서 그의 큰 키는 머리 두 개쯤 솟아 있어서 빨강과 더불어 명확한 목적지를 가리키고 있었다.

"길 안 헷갈렸어?"

"안 헷갈렸으니까…… 여기 있겠죠?"

"그야 그런가?"

"그야 그래요."

아오모리에서 마지막으로 만난 날, 가온은 몰래 슌타로와 연락처를 교환했다. 도쿄로 돌아오고 나서도 교코와 미치오

반달 모양으로 만든 어묵의 일종.

에게는 비밀로 하고 매일 메시지를 주고받았다.

– 나도 도쿄로 돌아가.

지난달 슌타로에게 연락이 와서, 가온의 집 근처에 있는 패밀리 레스토랑에서 차를 마셨다. 오랜만의 대면에 긴장했는지 가온도 슌타로도 거의 입을 열지 않았으나, 그 시간은 마음이 편했다. 아무 말 없이 마주 앉은 두 사람의 모습은 주위에서 보기엔 기묘했을지도 모른다. 하지만 가온은 슌타로와의 조용한 시간이 즐거웠다.

다음 주 토요일, 각자의 집 중간 지점에 있는 역 근처의 밥집에서 점심을 먹었다. 그다음 주도 같은 요일, 같은 시간에 같은 가게에서 식사했다. 두 사람이 만나는 것은 오늘로 네 번째다.

– 다음 주, 여기 가고 싶을지도?

슌타로가 그런 내용과 함께 링크를 첨부한 메시지를 보낸 건 밥집에서 식사를 마치고 헤어진 직후였다.

링크를 클릭하자 티라노사우루스가 화면 가득 나타났다.

〈세계 삼대 공룡 박물관 중 하나로 일컬어지는 후쿠이현립 공룡 박물관 컬렉션이 요코하마 땅에 상륙! 이번에 주목해야 할 것은 아시아, 유럽, 아프리카, 남아메리카, 북아메리카의 오대륙에 서식하던 공룡들의 전신 골격과 화석! 공룡에 관한 다양한 전시를 통해 공룡의 생태와 생명의 진

화를 감상합니다!〉

특별히 관심이 있는 것은 아니었으나, 박력 있는 광고 문구에 압도되어 요코하마 이벤트 홀에서 개최되는 공룡 전시 첫날에 둘이 가기로 했다.

오늘 아침 가온은 세 번이나 옷을 갈아입었다. 이것은 데이트일지도 모른다. 그렇게 생각하니 무엇을 입고 가면 좋을지 몰랐다. 원피스, 진, 다시 원피스로 옷을 갈아입고, 최종적으로 하얀 터틀넥 니트에 베이지색 반바지를 조합했다. 거울에 비친 자신은 흥분했는지, 겁에 질렸는지 잘 알 수 없는 표정을 하고 있었다.

"슌타로 오빠는 좋아하나요?"

"뭐가?"

"공룡."

가온은 북아메리카에서 발굴되었다는 트리케라톱스의 전신 화석 표본을 뚫어지게 쳐다보는 슌타로에게 물었다.

"좋아하나?"

의문형 대답에 가온은 다시 질문했다.

"좋아하지도 않는데 공룡 전시를 보러와요?"

"그럼 좋아할지도?"

"어디가 좋은데요?"

도내 대학에 들어갔으나, 좀처럼 적응하지 못한 슌타로는 여름방학이 되자마자 가방을 메고 반년에 걸쳐 아메리카대륙을 횡단했다. 그때 간 곳에서 박물관과 화석 채굴장을 방문했다고 더듬더듬 말했다. 어린 시절부터 공룡은 좋아했지만, 화석을 직접 보고 더욱 관심이 생겼다고 한다.

"그야 이렇게 말도 안 되게 커다란 생물이 우글우글 있었다니 재미있지 않아?"

슌타로가 스테고사우루스에서 안킬로사우루스로 시선을 옮기며 말하자, 가온은 데이노니쿠스의 복제를 보며 중얼거렸다.

"……저는 믿을 수 없어요."

"눈앞에 화석이 있는데?"

"그래도…… 누군가 조작한 것일지도 모르고."

"누가?"

"과학자라든가. 전에 그런 고고학자가 있었던 것 같고."

슌타로가 고개를 갸웃하며 미간을 찡그렸다. 심술궂은 이야기를 해도, 항상 그는 싫어하는 내색 하나 없이 어울려준다. 그의 고민하는 얼굴이 귀여워 보인다. 이 얼굴이 보고 싶어서 일부러 삐딱한 말을 하고 마는 것일지도 모른다.

안킬로사우루스와 오래 노려본 뒤, 슌타로가 그제야 입을 열었다.

"뭐……그럴 가능성도 없지는 않나."

3

노래하기는 좋지만, 전도 활동은 내키지 않았다.

작년 가을, 사과 농장 일을 쉬는 날에 영원의 아이들끼리 마을로 전도 활동을 나가게 되었다. 구역을 분담하여 각자 한 집씩 방문해 성가대 안내가 뒤에 쓰인 악보를 나누어주고 다녔다.

모르는 사람의 집을 방문하려니 우울했다. 대부분이 거슬린다는 듯 가온 일행을 내쫓았다. 실례잖아요, 두 번 다시 오지 마, 기분 나쁘게. 그런 말을 몇 번이나 들었는지. 진리를 들고 갔는데 왜 욕을 먹어야 할까. 엄마는 이것은 영원님께서 내리신 시련이라고 했다. 이것을 극복하면 영원에 갈 수 있다고. 영원의 세계는 분명히 멋진 것이다. 하지만 이 시련이 대체 언제까지 이어질지 생각하면 눈앞이 캄캄하다.

가온은 이치노혜 사과 농장 옆에 있는 작은 마을의 담당이 되었지만, 도저히 벨을 누르고 돌아다닐 마음이 들지 않았다. 도망치듯이 작은 슈퍼마켓으로 들어가 아무 생각 없이 진열대를 구경하고 다녔다. 거기서 컵라면을 사는 슌타로와 만났다.

그런데 어느새 슌타로의 자전거 짐칸에 올라 바람을 맞고 있었다.

어째서 그때 슌타로의 자전거에 탔는지, 그에게 무슨 말로 권유받았는지 잘 기억나지 않는다. 혹시 이런 모습을 엄마에게 들키면 무슨 말을 들을까. 엄마는 슌타로를 싫어한다. 부정한 영혼과 만났다며 규탄할 것이다. 하지만 어느새 그의 뒤에 타고 사과밭을 가로지르는 구불구불한 길을 달리고 있었다. 처음 탄 자전거 뒷좌석에서 쐬는 가을바람이 기분 좋아서 가온은 푸른 하늘을 올려다보았다.

삐걱거리는 브레이크 소리가 울리고, 자전거가 갑자기 멈췄다. 앞으로 쏠린 가온에게 슌타로가 미안하다고 말을 걸었다.

슌타로는 안장에 앉은 채, 롱코트 주머니에서 문고본 크기의 빨간 표지 수첩과 짧아진 연필을 꺼냈다. 그의 시선 끝에는 전봇대에 매달린 간판이 있었다.

'세상의 종말이 가깝다.'

새까만 철제 판에 노란 글자가 쓰여 있었다. 슌타로는 그것을 수첩에 적었다. 북쪽 땅에서는 종종 이런 거짓된 신의 말과 마주친다.

"왜 적는 거예요?"

문득 묻고 말았다. 특이한 짓을 하는 사람이라고 생각했다. 왜 그럴까? 정해진 물음이 되돌아왔다.

이치노헤 사과 농장에서 말을 건 뒤, 슌타로와 가끔 대화하게 되었다. 영원의 소리를 전도한 건 처음뿐이고, 그 뒤로는 서로 별 의미가 없는 이야기만 하였다. 사과잎을 따면서 슌타로는 자전거를 타고 여행한 다양한 마을에 대해서, 가온은 집에서 운영하는 조류원에 대해 이야기했다.

"자전거를 타고 각지를 돌아다니면 말이야, 여러 가지 말을 발견하게 돼. 그리스도나 붓다, 그리고 숲이나 바다에도 신과 부처가 있어서 각자 진리를 말하고 있어. 어쩐지 그걸 모으고 싶을지도?"

"좋은 말이 있던가요?"

"어떻게 생각해?"

슌타로는 수첩에 쓴 말을 보여주었다. 조심스럽게 읽어 보았으나, 그곳에는 자세를 바르게 하고 싶어지는 말이나 마음이 편안해지는 말이 많았다. 그렇게 느끼고 만 자신은 역시 부정한 인간일까?

자전거는 사과밭을 지나 수확을 마친 논두렁을 계속 달렸다. 길이 막히자 슌타로는 오른쪽으로 꺾어 바다를 따라 난 길로 갔다. 그의 허리에 손을 대고, 그 등에 땀이 배는 것을 가만히 쳐다봤다. 슌타로의 몸에서는 새들에게서 나는 곡물 같은 냄새가 났다.

결국 길이 없어지며 막다른 곳에 다다랐다. 눈앞에는 출입금지 간판이 있고, 녹슨 펜스 앞으로 모래사장이 보인다. 자전거에서 내린 슌타로는 길쭉한 몸을 능숙하게 굽혀 펜스에 뚫린 작은 구멍으로 파고들었다. 이대로 따라가도 괜찮을까? 불안해졌지만 발이 멋대로 움직여 슌타로의 뒤를 따라갔다. 가온의 작은 몸은 펜스의 구멍을 어려움 없이 통과할 수 있었다.

해안가로 나가자 풍력발전용의 거대한 풍차가 수십 대 늘어서, 바다로부터 강풍을 맞으며 힘차게 돌아가고 있었다.

"아까 지나온 길 옆에는 화력발전소가 있고, 여기가 풍력발전. 우회해서 더 깊이 들어가면 태양광발전 패널로 가득한 언덕이 있고, 그 앞에는 원자력발전소던가."

북쪽 끝에 버려진 장소에서 가온이 사는 곳까지 전력이 보내진다. 쓸쓸한 해안가에 늘어선 풍차들이 요란한 소리를 내며 열심히 일하고 있었다.

흘러들어온 페트병과 스티로폼, 유리 조각 등의 쓰레기로 넘치는 해안을 따라 잠시 걸었다. 바다에서 차가운 바람이 불어와 슌타로의 코트 자락은 사정없이 펄럭였고, 어깨까지 기른 가온의 머리는 자꾸만 얼굴에 들러붙었다.

거대한 전광게시판이 모래사장에 파묻혀 있었다.

아직 어린 시절, 미치오와 함께 텔레비전에서 본 영화의 마지막 장면을 떠올렸다. 원숭이에게 지배당한 별에서 파도가 치는 와중에 자유의 여신이 파묻혀 있었다. 아아, 이곳은 지구였구나, 하며 인간 남자와 여자가 놀란다. 그것처럼 눈앞에 인간의 소산이 모래에 묻혀 있다.

"뭐예요? 여긴."

가온이 눈을 부릅뜨고 주위를 둘러보자, 무성한 잡초와 모래에 묻혀 가려진 아스팔트 길이 발밑에서 원형으로 퍼져 있었다.

"카레이싱용 서킷의 폐허? 인터넷에 올라와 있어서 한번 와보고 싶었어."

슌타로는 서킷의 코스를 상상하는 것처럼 긴 목을 돌렸다. 금이 간 아스팔트 틈으로 높이 자란 풀이 경쟁하듯이 무성하게 자라서 더는 코스 전체를 둘러볼 수 없다.

이 북쪽 땅에서 카레이싱 대회의 개최를 꿈꾸던 지역 실업가가 5년에 걸쳐 서킷을 만들었다. 아이러니하게도 서킷이 완성된 시기와 동시에 그의 사업이 파산하여 이곳에서 자동차가 달리는 일은 없었다. 버려진 토지는 풍력발전을 위해 팔렸고, 서킷은 순식간에 폐허가 되었다. 슌타로가 보여준 폐허를 소개하는 사이트에는 그런 정보가 쓰여 있었다.

"왜 저를 데리고 온 거예요?"

간신히 확인할 수 있는 레이싱 코스를 따라가며 슌타로와 나란히 걸었다.

"왜 그럴까? 혹시 너도 이런 곳을 더 좋아하지 않을까 생각해서?"

"이런 곳……."

"왜냐하면 너, 사과 농장이 불편하잖아?"

확실히 그곳은 어쩐지 있기 불편했다. 슌타로가 말할 때까지 알아차리지 못했다. 하늘이 파랗고, 녹음이 선명하고, 빨간 열매가 가득한 아름다운 장소. 엄마가 언제나 영원의 아이들에게 둘러싸여 즐거워하고 있으니 멋진 장소라고 믿었다.

"확실히 떠들썩한 장소는 불편해요."

고백하고 가온은 갈라진 아스팔트를 따라 S자 커브를 꺾었다.

"나는 활기찬 사람도 대하기 어려운 편이려나."

슌타로의 입에서 커다란 덧니가 엿보였다. 그는 아이처럼 웃는다.

"젖은 우산, 잉크가 떨어진 펜, 목소리가 큰 학교 선생님. 그리고 운동회 연습, 너무 단 휘핑크림, 옷을 입은 개, 일까나?"

"그게 뭔데요?"

"내가 꺼리는 것?"

아아, 비슷하네요. 가온은 작게 동의하고 말을 이었다.

"젖은 우산도 그렇지만, 유리잔에 맺힌 이슬도 별로예요. 그 이슬 때문에 번진 종이 코스터도. 운동회 연습은 물론이고 문화제 준비도 좋아하지 않고. 그리고 특히 싫은 건 골판지 상자의 테이프를 뜯는 거예요."

"나는 골판지 상자의 테이프도 싫고, 봉투를 여는 것조차 싫어. 블루투스 이어폰은 도무지 신용할 수 없어서 여전히 줄이 달린 걸 쓰고 있고?"

신용할 수 없다니 무심코 웃음이 나왔다.

"하지만 이해돼요. 저도 이어폰은 유선파."

"좋아하는 것보다 싫은 게 같은 쪽이 신용할 수 있으려나" S자를 통과한 슌타로가 직선 코스를 걸으며 말했다. "싫은 건 좀처럼 달라지지 않아. 하지만 좋아하는 것은 금세 바뀌기 때문일지도?"

묻는 것처럼 말하면서도 대답을 알려주는 듯한 슌타로의 말은 가온의 마음을 풀어주었다. 어느새 그 등을 향해 말을 걸고 있었다.

"지금까지 정해진 것을 믿으라는 말을 들어와서 좋아하는 것을 잘 모르게 되었어요. 좋아한다는 마음은 믿는 것에 가까우니까 무서워요."

"그건 나도 이해돼."

슌타로가 처음으로 명확하게 말했다. 그리고 직선 코스 끝에 있는 헤어핀 커브를 돌아 가온과 마주 본다.

"어째서요?"

"알거든."

"알 리가 없잖아요."

"사실 우리 어머니도 좀 특이한 신을 믿었으니까. 나도 어릴 때부터 쭉 그 신을 믿었어."

슌타로의 갑작스러운 고백에 허를 찔렸다. 가슴속을 지키는 숨겨진 자물쇠에 예리한 열쇠를 찔러 넣은 기분이 들었다. 신앙에서 벗어나 사는 길을 지금까지 상상조차 할 수 없었다. 이 사람은 믿던 것을 버리고 어떻게 살아왔을까? 솟구치는 흥미를 억누르지 못하고, 자연스럽게 가족에 대해 슌타로에게 널어놓았다.

아빠가 이혼하고 엄마와 재혼한 것. 그래서 엄마와는 피가 이어지지 않은 것. 남동생 가나타가 태어난 것. 매일같이 싸웠지만, 사이가 좋은 남매였던 것. 그렇게 사랑하던 동생이 무차별 살인마에게 찔려 죽고 만 것도.

이런 것을 누군가에게 밝힌 건 처음이었다. 아무에게도 말하면 안 된다고, 아빠에게도, 엄마에게도 들었으니까. 누군가에게 말해버리면 가족으로 있는다는 약속이 깨지고 만다고 생각했으니까. 옆에서 걷는 슌타로는 그저 조용히 가온의 이야기를 듣고 있다.

"왜 가나타가 아니라 내가 남았을까 생각할 때도 있어요. 하지만 구지 님은 이것은 영원님께서 우리 가족에게 내린 시련이라고 말씀하셨어요. 신의 시련을 극복하면 영원의 세계에서 가나타와 만날 수 있다고."

문득 하늘이 어두워져 가온은 시선을 들었다. 찌르레기 무리가 검은 그림자가 되어 남색 하늘에 펄럭이는 검은 망토처럼 풍차 주위를 날아갔다.

"……영원님을 믿지 않았다면 우리 가족은 끝났을 거예요. 엄마는 살아가지 못했을지도 모르고."

새 무리는 전체가 무언가 의지를 지닌 것처럼 떨어지고는 다시 가까워져 다양한 형태를 만들었다. 그것은 때로는 고래 같기도 했고, 해파리 같기도 했다.

"그러니까 저는 동생이 있는 세계를 믿지 않으면 안 돼요."

크게 회전하며 하늘을 나는 새 무리는 물고기, 그리고 도마뱀으로 모습을 바꾸었고, 이윽고 커다란 새의 형상을 취했다.

"그러지 않으면 가나타를 두 번 죽이고 마는 꼴이 되니까."

가온은 커다란 새로부터 시선을 내리고, 헤어핀 커브 끝에 있는 슌타로를 보았다. 서킷의 코스가 그의 발밑에서 끊겨 있다.

"엄마는 그럴지도 모르지. 하지만…… 너는 무엇을 믿는데?"

말문이 막혀 아스팔트 길이 끊긴 곳을 바라보자, 강한 바람에 이끌려 군청색 바다가 하얀 파도를 일으키고 있었다. 내가 믿는 건 엄마인가, 아빠인가, 아니면 영원님인가.

"……노래하는 것만은 좋아해요."

슌타로의 물음에 혼잣말처럼 대답했지만, 소리는 파도 소리에 밀려 지워졌다. 가온은 하늘을 올려다보았다. 어두워진 보라색이 펼쳐진 그곳에 새의 모습은 더는 보이지 않았다.

4

'신은 진화의 순서에 따라 만물을 창조하고 완성한다.'

공룡 전시장의 중간 지점에 생물의 계통수가 게시되어 있었다. 바다에서 탄생한 생물이 물고기나 양서류, 공룡과 파충류, 포유류 그리고 인간 등으로 복잡하게 가지를 치면서 진화하는 모습이 그려져 있다. 그 옆에는 다윈이 진화론을 제창하고 나서 현재에 이르기까지의 다양한 논의에 대한 해설이 있다. 그곳에 기재된 말 하나를 슌타로는 빨간 수첩에 적고 있다.

"또 시작했네요."

가온은 슌타로의 수첩을 들여다보았다. 빨간색의 새로운 수첩에 '신의 말'이 여럿 쓰여 있다.

"뭐…… 끝이 없겠지?"

도쿄에서 재회했을 때, 사과 농장에서 교코가 수첩을 찢어 버린 것을 전하며 사과했다. 그는 말은 사라져 없어지는 것도 아니고, 저주받는 것도 아니니까 신경 쓰지 않아도 된다고 했다.

"이런 곳에 신의 말이 있나요?"

"이건 유신 진화론에 대한 말일까?"

"뭔가요, 그게?"

"기독교의 사상 중 하나로, 신이 진화라는 방법을 이용해서 인간을 포함한 모든 생물을 창조했다는 설이려나? 진화론이 나온 당시에는 신에 대한 모독이라고 여겨졌지만, 반면에 생물학 연구가 진행되면서 창세기와 생물학의 융합을 생각한 사람들이 있었던 모양이야."

우주는 약 140억 년 전에 무에서 시작되었다. 신은 우주에 중력과 전자력 등 생명이 탄생할 조건을 정교하게 부여했다. 그 결과 생명이 탄생하였고, 신은 진화라는 형태로 생물이 다양화되는 것을 선택했다. 인간은 신의 뜻대로 진화 속에 탄생했기에 시대와 문화, 인종을 뛰어넘어 항상 신을 찾는 존재가 되었다.

검은 보드에 하얀 글자가 빼곡히 쓰인 유신 진화론자의 설을 정신없이 읽었다. 황당무계하게 보였지만, 거기서 왠지 인간의 지혜가 느껴졌다.

"유신 진화론도 여전히 기독교 신자 사이에서는 비판이 많은 것 같지만. 미국에서는 아직 절반이 진화론을 부정하며 모든 것을 신이 만들었다고 생각한다든가?"

슌타로가 가온의 옆얼굴을 향해 말했다. 확실히 이 세계의 신비함은 신을 이유로 내세우지 않으면 설명할 수 없다. 반면에 신만이 아는 것에 대한 경외심이 인간을 진화시켰을 것이다.

가온이 정해진 순서에 따라 오른쪽으로 돌자, 그곳에는 거대한 티라노사우루스의 화석 표본이 놓여 있었다. 이쪽을 향해 긴 엄니를 드러내고, 날카로운 발톱을 세우고 있다. 가온은 거대한 발밑으로 걸어갔다. 그 강인함에 두려움마저 느꼈다.

"왜 신은 공룡을 멸종시키고 인간을 남겼을까요?"

뒤에서 분명히 슌타로가 따라와 주었을 것을 믿고 물었다.

"생물학적으로는 지구의 환경 변화에 대응하지 못했다고 설명하고 있지."

기대한 대로 뒤에서 슌타로의 대답이 들렸다.

"신이 내린 시련에 버티지 못했구나……."

시련이라는 말로 비극을 이해하는 버릇이 생겼다.

"어쩌려나? 혹시 신은 공룡이 지구에서 계속 살더라도 행복해질 수 없다고 생각했을지도 모르려나?"

슌타로의 어조는 끝까지 의문형이라 무표정한 얼굴로부터는 이것이 농담인지, 진심인지 읽어낼 수 없다.

"……그럼 인간은 행복해질 수 있으려나."

무심코 중얼거리자, 슌타로는 티라노사우루스에게 말을 걸 듯이 조용히 말했다.

"노력에 따라서는."

가온은 슌타로와 약 세 시간에 걸쳐 여덟 개의 전시실을 둘러보았다. 표본을 관찰하고, 해설을 읽는 페이스가 그와 거의 같다는 점에 놀랐다. 동물원이나 미술관을 가면, 미치오와 가나타는 성급하게 앞으로 나아가고, 교코는 빠져들어서 움직이지 않게 되는 것이 보통이었다. 지적 흥미나 미적 감동보다도 시간의 감각을 공유하는 쪽이 훨씬 어렵다.

마지막 전시실에는 무수한 새가 날고 있었다.

"저게 아케오프테리쿠스인가?"

슌타로가 중심에 걸려 있는 모형을 올려다보며 말했다.

"공룡인가요?"

가온은 고개를 거의 직각으로 들며 물었다.

"시조새라는 거?"

공룡이자 새 같기도 한 기묘한 존재가 나는 것 주위로 거기서 진화한 듯한 다양한 새가 보였다. 매와 독수리, 갈매기와 올빼미, 까마귀와 참새 등이 과거에서 현재를 향해 나선형으로 날고 있다.

"아까 너는 공룡이 멸종당했다고 말했지?"

순타로가 새들에게서 가온 쪽으로 시선을 내리며 말했다.

"운석이 떨어져서 멸종되고 말았다고요."

가온은 그 두꺼운 앞머리 사이로 엿보이는 길쭉한 속쌍꺼풀을 가만히 응시했다.

"다른 학설이 나왔거든. 공룡은 멸종하지 않고 새로 진화하여 지금도 살아 있다든가?"

"처음 전시실에서 본 프테라노돈 같은 익룡이 진화하여 새가 되었을까요?"

"아무래도 그렇지도 않은 모양이야."

"무슨 말이죠?"

"아까 본 티라노사우루스 같은 수각류 공룡이 진화해서 새가 되었다고 해."

"의외네."

커다란 육식 공룡이 가온의 집에 있는 작은 새들의 선조라니 좀처럼 믿을 수 없었다. 그러나 새의 모습을 잘 떠올려보면, 그 발톱은 티라노사우루스와 비슷하고 그 눈은 어쩐지 육식 공룡의 눈을 연상시켰다.

새가 날아다니는 홀을 뒤로 한 두 사람은 어두운 터널로 들어가 출구로 향했다. 그곳은 공룡 시대에서 현대로 이어지는 터널과 같았다.

"공룡과 새가 동종이라면 우리는 의외로 같은 것을 좋아하는 것일지도 몰라."

암흑에서 슌타로의 목소리가 들리더니, 그 가늘고 긴 손가락이 가온의 손을 잡았다.

들어왔을 때보다도 강하게 마주 잡았다. 다시 심장 박동이 격렬해졌지만, 이제 죄책감은 사라진 상태였다.

5

　버스에서 내려 완만한 언덕길을 올랐다.

　가로수에 달라붙은 매미의 울음소리를 들으며 잠시 걷자, UFO를 머리에 씌운 듯한 높은 급수탑이 눈에 들어왔다. 그 주변에는 5층 높이의 하얀 공동 주택 단지가 펼쳐져 있다. 단지 안으로 발을 들이자 그곳에는 소리가 없었다. 휴일 낮인데 주민은 대체 어디로 사라졌을까. 베란다에는 드문드문 빨래가 널어져 있고, 공원에도 아이의 모습은 보이지 않는다. 그러고 보니 이 단지는 철거가 정해져 있어서 주민은 가까운 시일 내로 대부분 퇴거할 예정이라는 말을 전에 이웃 전파상 아저씨에게 들은 것이 떠올랐다.

　"13동 502호."

　복창하며 건물 측면에 쓰인 번호를 따라 걸었다. 기억을 되

짚으며 커다란 공원을 가로질렀으나, 매미나 새소리는 들리
지 않는다. 점차 이곳에 있는 생물은 자신뿐인 듯한 기분이 든
다. 목적하던 동에 도달하여 갈라진 콘크리트 계단을 올랐다.
이 단지에는 엘리베이터가 없다. 후텁지근한 건물 속을 한 칸
씩 올라가는 동안 숨이 헐떡이고 땀이 분출하기 시작했다.

502호실의 현관 앞에는 도시락 용기와 빈 맥주캔이 가득
담긴 슈퍼마켓의 봉지가 난잡하게 놓여 있었다. 피하면서 분
홍색 도장이 벗겨진 문으로 다가가 벨을 눌렀다. 딩동 소리가
크게 울리자, 안에서 발소리가 다가왔다. 문을 열고 얼굴을
내민 에구치 루미는 놀란 얼굴로 목소리를 높였다.

"가온이야? 어쩐 일이야, 갑자기."

숨을 헐떡이느라 대답하지 못하자, 루미가 갈라진 목소리로
말을 이었다.

"아니, 땀범벅이네. 수건 가져올 테니까 안으로 들어와서
선풍기 쐬고 있어."

루미는 헬로키티가 그려진 슬리퍼를 신고 타박타박 걸어가
세면대로 향했다. 하이힐과 샌들이 뒤엉켜 놓인 현관에서 가
온은 신발을 벗었다. 구석에 놓인 우산꽂이에는 비닐우산이
넘칠 듯이 꽂혀 있다. 철제 우산살이 하나같이 녹슬어서 적갈
색으로 변해 있다.

햇빛에 바랜 책과 잡지가 쌓인 현관을 지나 좁은 다이닝 키친에 놓인 의자에 앉았다. 식탁 위에는 뜯지 않은 우편물과 전기요금 통지서 등이 어질러져 있고, 싱크대 안에는 더러운 식기가 쌓여 악취를 내뿜고 있었다. 간신히 움직이는 선풍기가 이쪽을 향해 약한 바람을 보내고 있다.

안쪽에 있는 다다미방 창가에는 골판지 상자가 산더미처럼 쌓여 밖에서 들어오는 빛을 차단하고 있다. 전부터 물건이 많은 집이기는 했지만, 그 수가 더욱 늘어나 바닥이 보이지 않을 만큼 널려 있다. 루미가 그것을 신경 쓰는 기색은 없다.

"가온, 정말 오랜만이네. 얼마 만이지?"

루미가 식탁 맞은편에 앉아 거친 수건을 건넸다.

"2년만인가."

가온은 그것을 받아 이마를 닦았지만, 닦자마자 땀이 또 줄줄 흘렀다.

"진짜? 벌써 그렇게 지났나. 전혀 연락하질 않으니까······ 어떻게 지냈어?"

"작년엔 아오모리에 갔었어."

"아오모리? 뭐 하러?"

"사과 농장 아르바이트."

"흐음, 재미있어 보이는 아르바이트네."

제트기가 단지 상공을 날아가는 소리가 대화를 방해했다. 루미는 침을 튀기며 떠들었다.

"혹시 교코 씨도?"

"응, 같이."

"그 사람은?"

"……중간에 왔어."

"아빠면서 잘 안 챙기는 건 여전하네."

"이제 익숙해."

"미안해……. 엄마가 같이 있었으면 널 그렇게 외롭게 놔두지 않았을 텐데."

루미는 미니언즈가 프린트된 노란 티셔츠 소매로 눈가를 닦았다.

루미는 가온과 만날 때마다 항상 눈물을 흘리며 정해진 말을 한다. 그 눈물은 버려진 딸에 대한 미안함에서 온 것일까, 아니면 부모로서 자신의 부족함 때문일까.

가나타가 죽고 난 지 1년이 지날 무렵, 갑자기 루미에게서 편지가 왔다.

미치오나 교코의 눈길이 닿기 전에 가온은 그것을 우편함에서 발견하고 몰래 읽었다. 오래 연락하지 않은 것에 대한 사과로 시작하여 그 사건을 뉴스에서 알게 된 뒤 가온이 무사히 잘 지내는지 계속 걱정하였다고 쓰여 있었다. 너무나 걱정되어 친구에게 미치오의 주소를 알아내 편지를 보낸다고. 그러나 편지의 후반에는 미치오가 얼마나 박정하고 무책임한 남자였는지 원망하는 내용이 줄줄이 쓰여 있었다.

편지에 쓰여 있던 루미의 주소를 보고 가온은 놀랐다. 단노 조류원에서 그리 멀지 않은 장소에 그녀가 살고 있었기 때문이다. 휴일에 집을 빠져나와 15분쯤 버스를 타고 루미의 집을 방문했다. 스산한 단지에서 루미는 혼자 살고 있었다.

딸이 찾아온 것에 루미는 크게 흥분하여 서둘러 차를 준비하고 과자를 내왔다. 미치오와 이혼하고 잠시 오사카의 친정으로 돌아갔으나, 2년 전에 다시 상경하여 술집에서 일한다며 술 때문에 걸걸해진 목소리로 말했다. 기억 속에 있던 어머니보다 훨씬 늙고 만 것에 가온은 당황했다. 눈앞의 여성이 자신을 낳은 부모라는 실감이 도저히 나지 않았다. 가온은 자신과 미치오의 근황이며 조류원의 상황을 전하였지만, 사건의 자세한 내용은 설명할 수가 없었다. 루미가 그것을 바라지 않는 것이 왠지 모르게 느껴졌기 때문이다.

"다음에 또 언제든지 와."

헤어질 때 루미는 눈에 눈물을 담고 말했다. 베란다로 나와

서 모습이 보이지 않을 때까지 계속 손을 흔들었다.

그 뒤로 대여섯 번쯤 미치코와 교코에게는 비밀로 하고 루미의 집을 찾아갔다. 하지만 최근 2년은 다시 소원해져 있었다.

"이거, 몸에 엄청 좋은 거야."

갈라진 목소리로 말을 걸어와 퍼뜩 정신이 들었다. 눈앞에서 루미가 유리잔에 든 흙빛 액체를 섞고 있다.

"그게…… 뭐야?"

"인도의 고원 지대에서 온 향신료와 브라질의 아마존에서만 채집되는 버섯하고 또 홋카이도의 해초를 섞은 좋은 약이야. 이걸 마시기 시작하니까 가려움증이랑 복통 같은 것도 말끔히 없어졌다니까."

"그래…… 잘됐네."

"가온, 너도 마셔볼래? 조금 안색이 나쁜 거 보니까, 내장의 상태가 나쁜 것 같아. 마시면 바로 배출도 좋아져서 내장이 다 깨끗해진다니까."

"비싼 약이라며? 나는 괜찮아."

그 시절 루미는 극심한 복통을 종종 앓았는데, 잠시 가까운 종합병원에 입원한 적도 있었다. 의사가 간이 매우 안 좋아졌다는 말을 했다고 한다. 이대로 가면 암이 될지도 모른다고.

"이제 평생 마실 술은 다 마셨으니 그만 끊을래."

가온이 병문안을 가자, 루미는 링거를 맞으며 말했다. 그런데 퇴원한 후에는 곧장 술집 일에 복귀하여 다시 쏟아붓듯이 술을 마시는 생활을 하였다. 숙취에 시달리는 루미를 걱정할 때마다,

"마시지 않으면 잠을 잘 수가 없어. 못 자고 우울해지는 것보단 낫겠지."

그녀는 자신을 합리화하듯이 말했다.

루미는 종합병원의 의사와 의견이 맞지 않았는지 "그 인간은 너무 잘난 척해서 싫어" 하고 통원하는 것도 그만두었다. 처방받은 약도 제대로 먹지 않고, 직접 들여온 정체불명의 약을 먹기 시작했다. 가온이 방문할 때마다 그녀가 먹는 약이 바뀌었다.

"그래도 다행이야."

가온은 비릿한 액체를 모두 마신 루미를 향해 웃었다.

"뭐가?"

"몸이 좋아 보여서."

"그렇지? 그래, 사실은 얼마 전에 엄청난 게 들어왔거든."

루미가 일어나 창가에 놓인 골판지 상자로 다가갔다. 가까운 상자를 열고, 깡마른 손을 집어넣어 달그락달그락 소리를

냈다. 그 소리를 듣는 동안 왠지 기분이 가라앉아 가온은 선풍기를 향해 얼굴을 돌렸다.

마지막으로 만난 2년 전 여름날, 영원의 소리에 대해 루미에게 말했다.

아빠와 새로운 엄마가 신의 노래를 부르고 있다. 돈을 많이 기부하고 있다. 혹시 속고 있을지도 모른다. 용기를 내어 루미에게 전했다.

루미는 미간을 찡그리면서 가온의 이야기를 들었다. 딸이 좋지 않은 일에 휘말린 것에 가슴이 아픈 듯했다. 가온이 고백을 마치자, 루미는 벌떡 일어나 아무 말 없이 다다미방 구석에 있는 가미다나神棚*에 모셔져 있던 검은 나무 상자를 가져와 테이블에 놓았다.

"……뭐야?"

가온이 상자에 손을 대려고 하자,

"건드리면 안 돼! 저주받을 거야!"

루미의 날카로운 목소리가 날아왔다.

"지금 당장 너의 별자리를 확인할 테니 기다려봐."

루미가 상자 안에서 별자리가 그려진 보드와 수정을 꺼냈다. 그리고 소리굽쇠를 울리며 무언가 외우기 시작했다. 자세

가정이나 사무실 등에 신을 모시기 위한 일종의 제단.

히 보니 손목에는 다양한 원석을 이은 팔찌를 차고 있다.

"역시…… 별자리가 좋지 않아."

루미는 별자리 보드 위로 손가락을 움직이며 말했다.

"너도, 아빠도 지금은 별자리가 좋지 않아. 그러니 이상한 종교 같은 게 간섭하는 거야. 너를 위해 엄마가 액막이 팔찌를 만들어줄게."

가온에게 시선을 보내고, 루미는 상자 바닥에 깔려 있던 구형 원석을 꺼내 늘어놓기 시작했다.

"액막이?"

레드, 퍼플, 터콰이즈 블루에 에메랄드그린. 가온은 여러 가지 색깔의 원석을 눈으로 훑어보며 물었다.

"말하지 않았던가? 요즘 술집 손님과 근처 술집에서 일하는 언니들에게 자주 부탁받아. 원래는 나를 위해 만들기만 했거든? 우리처럼 물장사하는 가게에는 손님의 오드*가 많이 쌓이기 때문에 정화하려고 힘이 깃든 원석을 이어 팔찌를 직접 만들어서 꼈어. 그랬더니 모르는 손님이 들어왔을 때 팔찌가 탁 튕기며 이리저리 흩어진 거야. 그 사람은 놀라서 도망치듯이 돌아갔어. 근데 그 손님이 사실은 사기꾼이고, 이 근처에 사는 지인이 모두 피해를 보았다는 거야. 엄마만 원석이 알려줘

독일의 칼 폰 라이헨바흐가 주장한 미지의 에너지로 일종의 '기'에 해당.

서 괜찮았다니까. 그래서 엄청나게 유명해져서 요즘에는 황도 십이궁을 보고 손님의 별자리에 맞춰 원석을 조합한 팔찌를 팔고 있어. 역시 원석이 지닌 파워가 대단하다니까. 너에게도 원석을 지니게 해줬어야 성가신 일에 휘말리지 않았을 텐데. 너무 늦어서 미안해."

루미는 손 아래로 펼쳐진 별자리를 바라보며 말을 이었다.

"가온, 어떤 것으로 할래?"

차르르 하는 소리와 함께 루미의 목소리가 들렸다. 어느새 주름진 손바닥에 원석이 가득 쌓여 있었다. 그 숫자도 종류도, 2년 전보다 늘어나 있다.

"요즘 엄마는 전시회 선행 판매에도 초대받게 되었어. 엄마의 팔찌가 잔뜩 팔리니까 VIP라는 거지."

가온은 쌓여 있는 구체 중에서 검은색과 오렌지색이 마블링 형태로 뒤섞인 원석을 집었다. 짐승의 눈이 이쪽을 향한 듯한 기분이 들었다.

호안석이야, 루미가 원석의 이름을 알려주었다.

"역시 이끌리는 거야. 이건 사악한 기운으로부터 몸을 지켜주는 원석이거든. 잠시 기다려, 호안석에 천안석을 조합해 새로운 팔찌를 만들게. 강한 안력으로 나쁜 걸 멀리 쫓아낼 거야. 안색도 바로 좋아질 거고."

루미가 원석에 각각 뚫린 구멍에 익숙한 손놀림으로 고무줄을 끼웠다. 가온은 새빨간 매니큐어가 칠해진 어머니의 손이 바쁘게 움직이는 것을 눈으로 좇았다.

"가온, 미안해. 그때는 별자리가 나빴어……. 그래서 엄마는 떠난 거야. 혼자가 되라고 별이 말했거든. 그대로 있었으면 엄마도 너도 저주받아서 큰일 났을 거야. 그러니 정말 미안해. 하지만 모두 널 위해서 그런 거야."

눈물을 흘리며 용서를 구하는 엄마를 보는 것은 몇 번째일까. 나도 언젠가 이렇게 잘못이나 죄를 별자리나 악마 탓으로 돌리는 어른이 되는 것일까. 자신은 아무것도 구원받지 못했으면서 믿는 것을 아이에게 강요하는 어머니가 되는 것일까.

"하지만 아빠는 아무것도 해주지 않는 사람이잖아? 제대로 부모의 보살핌을 받지 못하고 자란 사람이라 어떻게 하면 좋을지 모르는 거야. 정말 너무한 사람이지. 엄마가 슬퍼하든, 괴로워하든 그저 멍하니 보기만 할 뿐 도와주지 않았어. 잔혹하다고 생각하지 않아? 곁에 있으면서 아무것도 해주지 않는다니. 너희 새로운 엄마도 진짜 이상한 걸 믿다니 무섭네. 하지만 너는 원석이 지켜줄 테니까 안심해도 돼."

후덥지근하고 쉰 냄새가 나는 방에서 가온은 원석에서 보이

는 호랑이의 눈이 고리 형태로 겹쳐지는 모습을 지그시 바라
보았다.

집으로 돌아오자 새의 지저귐과 뒤섞여 피아노 소리가 들려
왔다.

가온은 호안석 팔찌를 원피스 주머니에 감추고 그 멜로디에
이끌려 계단을 올라갔다. 2층 아이 방을 들여다보자, 무릎 위
에 가나타의 유골함을 올린 교코가 피아노를 치고 있었다.

가나타가 없어진 지 벌써 4년이 지났지만, 교코는 아직도
그것을 떼어 놓지 못하고 있다. 아이 방에는 이층침대가 놓여
있고, 예정되었던 가온만의 방이 만들어지는 일은 없었다.

좁은 침대에서 자는 것은 답답하지만, 영원님께 기부하기
위해서라면 상관없다. 게다가 엄마는 모든 것을 그날 그대로
놔두고 싶을 테니까. 그렇게 자신을 달랬다.

"가나타가 마지막으로 치던 곡이야."

가온을 발견한 교코가 피아노를 치던 손을 멈췄다.

"그랬던가?"

가온은 일부러 잊은 척했다.

"쇼팽의 '이별의 곡'이야. 그만큼 아침에는 피아노를 치면
안 된다고 말했는데 어쩐지 그날 아침에만 가나타가 이 곡을

연주했어."

"신기하네."

"분명히 가나타가 보낸 메시지였던 거야. 엄마, 안녕. 영원
님께서 마지막으로 남겨준 선물이었어."

"영원님의 기적이네."

익숙한 거짓말이 입에서 술술 나왔다.

그날 가나타에게 피아노를 치게 한 사람은 영원님이 아닌
가온이었다.

아무리 말해도 방을 치우지 않는 가나타의 태도에 신경질이
나서 뭔가 쳐보라고 그를 꼬드겼다. 그러면 당장 엄마가 들어
와서 그를 혼낼 것이다. 그에 편승하여 방을 정리하지 않는
것도 혼나게 할 생각이었다. 하지만 엄마는 열이 나서 누워
있었다. 농간은 실패로 끝났고, 쇼팽의 멜로디만이 집에 울려
퍼졌다. 엄마는 그것이 기적이라고 믿어 의심치 않는다.

엄마는 본래 인간의 지식을 뛰어넘은 것을 동경하는 사람
이었다. 새는 왜 나란히 나는 것일까, 왜 함께 소리를 맞추어
노래하면 마음이 떨리는 것일까. 음악을 계속 접해왔기에 눈
에 보이지 않는 것에 대하여 경외심을 품고 있던 것일지도 모
른다. 따라서 영원의 아이가 집에 온 것이 우연이라고 생각할
수 없었을 것이다.

처음 성가대에 참가했을 때, 옆에서 엄마는 노래하며 울었다.

– 왜 제가 아니라 가나타였나요?

마음속으로 신에게 물었다.

– 엄마, 미안해요. 제가 살아남아서 미안해요.

무섭고 미안해서 눈물이 흘렀다. 엄마를 혼자 놔두어서는 안 된다. 곁에 있어 주어야 한다.

– 신이시여, 부디 저희를 지켜주소서.

기도하며 필사적으로 노래했다.

"우리는 신성 가족이 되는 거야."

아빠도 참여하여 처음으로 세 가족이 노래한 날, 돌아가는 길에 폐교 운동장을 걸으며 엄마는 웃었다. 가나타가 없어지고 난 뒤로 처음 보는 진심 어린 웃음이었다. 영원님이 엄마에게 웃는 얼굴을 되찾아 주었다고 생각했다.

앞에서 걸어가던 나이가 비슷한 아이가 돌아보며 나에게 웃어 보였다. 그 아이와 손을 잡고 걸어가는 부모도 무척 행복하게 보였다. 우리 가족도 영원의 소리에 들어가면 저렇게 될 수 있을지도 모른다.

그때부터 노래하기가 좋아졌다. 전도 활동을 하다 매정하게 거절당해도, 학교에서 친구가 생기지 않아도 노래할 때만은 행복한 기분으로 있을 수 있었다. 영원의 아이들과 함께 노래하면 마음이 떨리고 눈물이 나올 때도 있었다.

그것은 분명히 영원님의 가호가 있기 때문이다.

6

십자가가 내려다보는 광장 잔디밭에서 아이들이 뛰어다니고 있다.

유치원생부터 초등학교 저학년 정도일까. 대여섯 명의 아이가 교회 앞에 펼쳐진 광장에서 술래잡기를 하며 논다.

"슌타로!"

술래가 되어 아이들을 쫓아다니던 통통한 청년과 애쉬브라운색 머리의 자그마한 여성이 이쪽을 발견하고 손을 흔들었다. 가온은 황급하게 슌타로와 잡고 있던 손을 놓았다.

"가나야마 다케시와 미야노 에마였나?"

슌타로는 대학교 철학과 동급생이자 봉사활동 동료라는 두 사람을 가온에게 소개했다.

"이제 이름 좀 외워라."

가나야마 다케시가 뿌연 뿔테 안경을 벗고 땀을 닦았다. 외우지 못한 건 아닌데? 슌타로가 고개를 숙이며 대답하자,

"오늘 같이 온다고 했던 그 아이구나."

미야노 에마가 가온을 바라보았다. 하프일까, 쿼터일까. 눈동자는 옅은 회색이고, 애쉬브라운색 머리는 완만한 커브를 그리고 있다.

"슌타로가 말한 노래를 좋아하는 고등학생이잖아."

가나야마도 벗은 안경을 다시 쓰고 가온을 보았다. 조금 전까지 술래잡기를 하던 아이들이 슌타로가 여자친구를 데려왔어! 하고 소란을 떨며 모여들었다.

"······단노 가온이야."

슌타로가 그제야 가온을 소개했다. 여자친구? 여자친구 맞아? 아이들이 거침없이 질문하며 그의 다리에 매달렸다. 아무렇게나 기른 머리카락 사이로 드러난 슌타로의 귀가 점점 빨개진다.

"······처음 뵙겠습니다."

가온이 기어들어 가는 목소리로 에마와 가나야마에게 인사했다. 슌타로는 그들에게 나를 뭐라고 설명했을까.

"가온, 반가워."

교정기구를 낀 이를 드러내며 에마가 웃는 얼굴로 가온의

손을 잡았다. 피부는 도자기처럼 하얗고, 팔다리는 인형처럼 가늘었다. 이런 예쁜 사람이 슌타로의 동급생이라고 생각하니 왠지 비굴한 마음이 들어 대답할 수가 없었다. 이것이 질투라는 감정일까. 구지 님은 종종 질투를 멀리하라고 말씀하셨다.

가온이 입을 다물고 있자 그 사이를 메우듯이 교회 위에 있는 커다란 종이 드높이 울렸다.

"시간 됐다! 모두 집합!"

가나야마는 그렇게 외치고 싫어, 더 놀래, 하며 도망치는 아이들을 양치기처럼 몰아 한곳으로 모았다.

"먼저 갈게."

슌타로와 가온에게 전하고, 에마는 어린양들을 이끌고 성당으로 들어갔다.

"우리도 갈까?"

십자가를 올려다보며 움직이지 않던 가온에게 슌타로가 말을 걸었다.

성당에 들어가는 건 4년 만이다. 엄마가 영원의 소리에 참여하기 시작할 무렵, 아빠는 우리를 가톨릭교회로 데려갔다.

"진정한 신의 소리를 들으시오."

검은 사제복을 입은 신부가 가온과 교코의 머리 위에서 십자가를 그었다.

"주여, 그들을 악으로부터 구원하소서."

하늘을 향해 두 손을 든 신부의 손목에는 무척 비싸 보이는 손목시계가 채워져 있었다. 그때 가온에게는 그 신부보다 구지 님이 훨씬 더 신성하게 보였다. 분명히 엄마도 같은 생각을 했던 모양이다. 이쪽을 보면서 괜찮다며 미소 지었다. 아빠는 성당의 스테인드글라스를 통해 들어오는 다채로운 빛을 멍하니 보고 있을 뿐이었다.

그 이후 성당에 들어오는 일은 없었다. 엄마는 그런 부정한 장소에 두 번 다시 발을 들여서는 안 된다고 말했다.

"진정한 신은 영원님밖에 없으니까. 나머지는 모두 가짜야."

아빠는 아오모리에서 성가당으로 개축하던 산사도 가짜 신이었기에 아무도 믿지 않게 되었다고 말했다.

"유일하게 영원님만이 올바른 길로 이끌어주실 거야."

순타로의 손에 이끌려 조심스럽게 성당으로 들어갔다.

쥐색 돌벽에 둘러싸인 원형 공간이 눈앞에 펼쳐졌다. 제단 뒤에 있는 벽에는 커다란 십자가에 못 박힌 예수상이 걸려 있고, 십이사도를 새긴 스테인드글라스가 호를 그리듯이 배치되어 있다. 방사선 형태로 늘어선 짙은 갈색의 긴 목제 의자에는 아이들의 부모나 조부모 같은 사람들이 앉아 있었다. 가온과 슌타로는 눈에 띄지 않는 오른쪽 끝 맨 뒷자리에 앉았다.

하얀 베일을 쓴 아이들이 미사복을 입은 에마를 따라 성당으로 들어왔다. 그 모습이 천사가 행진하는 것 같았다.

아이들은 마당에서 뛰어다니던 때와 전혀 다르게 입을 다물고 진지한 얼굴로 제단 앞에 섰다. 마지막으로 들어온 가나야마가 그들의 옆에 서서 성경을 펼치고 엄숙하게 낭독하기 시작했다.

"청하여라, 너희에게 주실 것이다. 찾아라, 너희가 얻을 것이다. 문을 두드려라, 너희에게 열릴 것이다. 누구든지 청하는 이는 받고, 찾는 이는 얻고, 문을 두드리는 이에게는 열릴 것이다."

성경 구절이려나, 슌타로가 가온의 귀로 입을 가까이했다.

"마태오 복음서 7장, 7절과 8절?"

틀림없이 이 말도 저 빨간 수첩에 쓰여 있을 거라고 생각하면서 가온은 고개를 끄덕였다. 성경 구절을 모두 읽은 가나야마가 성경을 덮자,

"함께 기도합시다."

에마가 모두에게 권유했다. 아이들이 눈을 감고 손을 모았다. 자리에 앉은 부모들도 일어나 그것을 따라 했다. 가온과 슌타로는 자리에 앉은 채 그 모습을 뒤에서 가만히 지켜보았다.

"언제나 우리의 마음을 비추어주시는 자비로운 주님. 주님의 사랑으로 가득한 저희가 여기서 노래를 바칩니다. 저희가 함께 노래하는 것으로 한 사람 한 사람이 주님의 사랑을 깊이 느끼고, 그 기쁨을 서로 나눌 수 있도록 해주시옵소서."

에마의 맑은 목소리가 성당에 퍼져 나갔다. 기도하는 말을 듣는 동안 가슴이 답답해졌다. 이것은 부정한 기도고, 영원님께 바치는 성가야말로 신성한 것이다. 그것은 의심해서는 안 되는데.

"저, 돌아갈래요."

지금 당장 이곳에서 떠나지 않으면.

"갑자기 왜?"

"여기에는 있을 수 없어서."

부정한 것에 현혹되어서는 안 된다.

"노래, 안 듣고 가게?"

"역시 안 되겠어."

이런 모습을 영원님께서 보시면 큰일이다.

슌타로를 뿌리치고 일어나 성당에서 나가려는 순간, 오르간

소리가 울리며 아이들이 노래하기 시작했다.

눈에는 보이지 않으나
주께서 여기 임하시니
우리 주를 경배하라
나의 영혼을 맑게 하라
주께서 함께 계시니라

존귀한 성사 속에
주께서 숨어계시니
우리 주를 찬미하라
나의 몸을 축복하라
주야말로 사랑의 극치

노래하는 아이들에게서 눈을 뗄 수가 없었다.

에마의 지휘에 맞춰 새끼 새처럼 작은 입을 힘껏 벌리고 열심히 목소리를 내고 있다.

노랫소리가 성당의 높은 천장까지 울렸다.

가온은 숨을 죽이고 아이들을 가만히 쳐다보았다. 저곳에 자신도 있는 기분이 들었다.

"'눈에는 보이지 않으나'인가?"

슌타로가 곡명을 알려주었다.

"하느님은 눈에 보이지 않지만, 이곳에 있다는 뜻의 노래?"

정말 그는 다양한 것을 알고 있다.

"레오나르도 다빈치는 〈최후의 만찬〉을 그렸을 때, 그리스도의 얼굴을 미완성인 채 남겼다고 해. 이 노래를 듣고 있으면 그렇게 한 이유를 조금은 알 것 같아."

그 말은 나의 세계를 넓혀주었다.

세 곡의 합창이 끝나고 휴식 시간이 되자, 슌타로는 신부에게 양해를 구하고 가온을 2층으로 안내했다. 그곳에는 파이프오르간과 쳄발로 등의 악기가 있었다.

"예뻐……."

손때가 묻은 악기를 보고 저절로 감탄사가 나왔다.

"이곳에는 성가대도 있고, 파이프오르간과 쳄발로 연주를 배울 수도 있다고 해. 우리는 뒤에 있는 대학에서 여기로 와서 아이들을 인솔하는 봉사활동을 하고 있어."

"왜 굳이 성당에서?"

"이유가 뭘까?"

"이제 신이나 그런 것은 싫어진 거 아니었어요?"

"신이나 부처는 솔직히 이제 됐을지도. 하지만 알고 싶은 것일지도 몰라. 신을 믿는 사람들의 마음을."

순타로는 긴 집게손가락으로 쳄발로 건반을 눌렀다. 손가락의 힘이 현으로 전해져 조금 어긋난 소리가 울렸다.

"우리 어머니는 무엇이든 믿는 사람이었어. 이상한 신에게 빠지기 전부터 잘 이해가 안 되는 냄비나 물, 화장품을 사들였지. 밖에서 여자를 만들어 놀아대던 아버지에게도 아무 말도 하지 않았어. 믿는 힘이 강하다고나 할까, 의심하는 힘이 약하다고나 할까?"

쳄발로 소리가 드문드문 울리며 멜로디를 만들었다. 가온은 그것이 구노의 '아베 마리아'라는 것을 깨달았다. 예전에 교코가 집에서 피아노를 치며 부르던 곡이었다.

"결국 나는 12년간 그 이상한 신과 함께 해야 했어. 고등학생이 되어 나는 이제 기도소에 가는 건 그만두겠다고 했지. 그랬더니 너는 저주받아 죽고 만다, 내가 있을 곳도 없어진다면서 어머니가 허둥거리며 호들갑을 떠니까 나도 화가 나더라. 이런 사기에 왜 나를 끌어들였냐고 말한 거야. 나의 12년을 돌려달라고. 어느새 눈물을 흘리며 화내고 있었지."

순타로의 부드러웠던 어미에 분노가 어리며 점점 날카로워졌다. 쳄발로 연주가 중간에 멈췄다. 가온은 순타로의 옆으로 다가가 팔을 잡았다. 지금 그의 곁에 있어 주어야 한다.

"그랬더니 그제야 진정을 되찾은 어머니가 말했어. 나는 너를 제대로 키울 자신이 없었다. 너무 결점투성이인 인간이라 나의 기준으로 아이를 키우면 네가 온전히 자라지 못하겠다고 생각했다. 그래서 신에게 의지했다. 이렇게."

숨이 가빠져 주위를 둘러보았다. 스테인드글라스에 그려진 사도를 마음속으로 세었다. 그러지 않으면 눈물이 흐르고 말 것 같았다.

"믿고 있던 것이 뿌리째 뽑히는 기분이 들었어. 나는 어머니를 믿었으니까. 그래서 열심히 어머니가 믿는 신을 믿으려고 했는데, 그 어머니가 공허했다는 말을 하잖아."

시선을 쭉 움직여 열두 명의 사도를 모두 세자, 가온은 파이프오르간을 올려다보았다. 백 년도 더 전에 독일에서 만들어진 것이라고 아까 슌타로가 가르쳐주었다.

"그 뒤로 나도 쭉 공허했어. 아무것도 믿을 수가 없어졌지. 종교학이나 철학 등 여러 가지로 공부해보았지만, 아직 잘 모르겠어. 하지만 이곳은 마음이 편해. 어린 시절부터 항상 교회 같은 곳을 다녔기 때문이려나."

"……알 것 같은 느낌이에요."

가온은 파이프오르간에서 성당 정면에 있는 커다란 십자가로 시선을 옮겼다. 천장의 장미창을 통과한 햇빛이 십자가 위에 있는 그리스도상을 일곱 빛으로 물들였다.

"그래서 외국을 여행해도 교회를 발견하면 자꾸 들어가게 돼. 왠지 안심하는 걸까. 의자에 앉아 천장화를 계속 보기도 하고. 작년에 혼자 예루살렘에 갔을 때도."

슌타로도 정면 벽에 걸린 커다란 십자가를 바라보았다.

"예루살렘, 이라고요?"

가온은 놀라 크게 물었다. 이 사람의 호기심은 어디까지 뻗어나가는 것일까.

가온이 뒷말을 재촉하려던 그때, 합창의 재개를 알리는 두 번째 종이 천장에서 울려 퍼졌다.

"그러므로 내가 너희에게 말한다. 무엇을 먹을까, 무엇을 마실까, 무엇을 입을까 걱정하지 마라. 목숨이 음식보다 소중하고 몸이 옷보다 소중하지 않으냐?"

가나야마에 의한 성경 구절의 낭독이 시작되었다. 그의 조금 높은 목소리가 고요해진 성당에 울렸다.

"하늘의 새들을 눈여겨보아라. 그것들은 씨를 뿌리지도 않고 거두지도 않을 뿐만 아니라 곳간에 모아들이지도 않는다. 그러나 하늘의 너희 아버지께서는 그것들을 먹여 주신다."

성당 밖에서 응답하듯이 새들이 지저귀는 소리가 들렸다. 새에 대하여 언급하는 구절에 가온은 귀를 기울였다. 그 모습을 보던 슌타로가 옆에서 속삭였다.

"마태오 복음서, 6장 26절? 너를 위해 고른 것 같네."

가나야마의 낭독이 끝나자, 에마가 아이들 앞에 서서 손을 들었다. 하얀 손이 아래로 내려가자, 아이들이 다시 노래하기 시작했다.

　　자비로우신 벗 예수는
　　죄과와 시름을 없애주시고
　　마음의 한탄을 온전히 드려내
　　감당 못 할 짐에서 내려주시네

왠지 그리운 멜로디였다.

그것은 가나타가 태어난 지 얼마 되지 않았을 즈음이다. 맞은편에 있는 세탁소 언니의 결혼식에 갔다. 웨딩드레스를 입은 언니가 입장한 뒤, 오르간 연주가 시작되어 모두 이 노래를 불렀다.

　　자비로우신 벗 예수는

우리의 나약함을 동정하시고
괴로움 슬픔에 빠질 때도
기도에 응하여 위로하시네

갑자기 가온의 볼을 타고 눈물이 흘러내렸다.

교회에서 노래하는 건 부정한 음악. 너는 거기서 멀어지지 않으면 안 돼.

엄마에게 항상 들은 말일 터인데 왠지 마음이 떨리고 눈물이 흘러나왔다. 이런 마음이 든 건 얼마 만일까. 가나타가 죽고 나서 지금까지 만족하는 것과 거리가 먼 삶을 살아왔다. 나만 행복해지는 것은 용납되지 않는다. 무언가를 원하고 바라서는 안 된다. 그렇게 자신을 달래왔는데 도무지 눈물을 그칠 수가 없었다.

옆에서 하얀 손수건이 내밀어졌다.

"고맙습니다……. 이런 걸 들고 다니는 남자, 처음 봤어요."

슌타로의 손에서 그것을 받아 눈가에 대자,

"어머니가 맨날 잔소리했거든. 어릴 때 매일같이 정장을 입고 손수건을 들고 나갔는데……."

슌타로가 겸연쩍게 말했다.

어머니의 손에 이끌려 정장 차림으로 전도를 따라다니는 어린 슌타로의 모습을 떠올리고 오열이 터졌다. 이 사람이라면, 어쩌면. 아이들의 노랫소리가 드높이 울리는 성당 구석에서 가온은 목소리를 억누르며 어깨를 떨었다.

"네가 엄마를 믿는 마음과 엄마가 믿는 신을 믿을 수 없는 마음은 양립한다고 생각해. 사람은 때로 복잡한 신앙심을 지니는 법 아닐까?"

슌타로는 그렇게 속삭이고는 가온의 어깨를 살며시 끌어안았다.

7

어이, 맥 빠지는 소리가 교문 쪽에서 들리더니, 가나야마가 은행나무 가로수가 양쪽으로 깔린 메인 스트리트를 종종걸음으로 오는 모습이 보였다. 그의 옆에서 에마도 손을 흔들고 있다.

"가나데와 도모키에게 잡혀서 완전히 땀범벅이야."

뿌연 안경을 낀 가나야마는 강당 앞에 있는 안뜰까지 오더니, 목제 벤치에 앉아 있던 가온과 슌타로에게 오래 기다리게 한 이유를 설명했다.

"말은 그래도 다케시가 누구보다 진지하게 술래잡기에 빠져 있었잖아."

에마가 교정기구를 낀 이를 드러내며 웃더니, 가나야마에게 작은 꽃무늬 수건을 건넸다.

성당에서 나온 가온과 슌타로는 뒤쪽에 있는 대학에서 에마와 가나야마의 일이 끝나기를 기다렸다. 일요일의 캠퍼스는 사람이 적어서 안뜰은 계속 전세를 낸 상태였다.

"가온, 뭐 마실래?"

에마가 자판기 앞에 서서 이쪽을 돌아보며 가온에게 물었다.

"어, 그럼…… 따뜻한 밀크티로 부탁드려요."

몸 둘 바를 모르면서도 원하는 것을 전하자, 에마가 자신과 같다며 웃었다. 슌타로와 둘이 벤치에 앉은 채, 눈물이 멎은 뒤에도 딱히 대화도 없이 30분이 지난 것을 깨달았다.

"에마는 수족냉증이 진짜 심해서 일 년 내내 따뜻한 밀크티를 마시거든."

옆 자판기 앞에서 음료수를 살펴보던 가나야마가 끼어들었다. 에마는 밀크티를 하나 사더니 벤치에 앉아 있던 가온에게 건넸다.

"고맙……습니다."

고개를 숙이며 인사하고, 밀크티 캔을 양손으로 감싸자 뜨끈뜨끈한 열이 손바닥으로 전해졌다. 에마는 자신을 위해 하나를 더 사고 가온의 옆에 앉았다.

"아, 너무 고민돼! 목은 너무 마르는데!"

가나야마는 아직 자판기 앞에서 살 것을 정하지 못하고 있다. 우유부단하거든, 에마가 가온에게 작은 목소리로 알려주었다.

"내일 첫 시간 강의 뭐였더라?"

커다란 컵 아이스크림을 들고 벤치에 앉은 슌타로가 에마에게 물었다. 어느새 아이스크림을 사 온 걸까. 언제나 그는 소리를 내지 않고 비밀스럽게 움직인다.

"동양철학 사상사."

에마가 대답함과 동시에 덜커덩 둔탁한 소리가 나며 페트병이 상품 투출구로 떨어졌다. 가나야마가 마실 것을 이제야 정한 모양이다.

"에이, 페트로의 수업 진짜 따분한데, 으악!"

거품이 터지는 소리와 함께 가나야마가 든 콜라 페트병의 입구에서 갈색 거품이 마구 분출했다. 망했네, 하며 허둥지둥 꽃무늬 수건으로 손을 닦는다.

"……내 수건."

에마가 쓴웃음을 지으며 지적했다.

"미안해! 새로 사줄 테니까!"

가나야마가 갈색으로 물든 꽃무늬 수건을 흔들며 사과했다. 상황을 지켜보던 가온은 참지 못하고 웃음을 터뜨렸다. 그것을 본 에마는,

"뭐, 가온이 웃어 주었으니 넘어갈게."

하고 웃으며 가온의 팔을 잡았다.

"……그나저나 슌타로 어떡할래? 내일 수업."

반으로 줄어버린 콜라를 입에 대며 가나야마가 물었다.

"으음…… 어떡할까? 에마는?"

"난 갈 거야."

"그럼 에마! 대리 출석해줘!"

가나야마가 손을 모으고 에마에게 부탁했다.

"안 돼, 다케시, 제대로 나가야지. 필수잖아."

"어차피 페트로는 제대로 보지도 않으니까 안 들켜."

"어, 하지만 페트로 교수님, 요즘 출석 깐깐하게 따진다며?"

커다란 컵 아이스크림을 퍼먹던 슌타로가 말하자, 윽? 진짜? 하며 가나야마가 미간을 찡그렸다. 진짜야, 진짜, 슌타로와 에마가 나란히 대답했다. 동급생과 있을 때의 슌타로는 평소보다 아이처럼 보인다.

나에게도 언젠가 이런 시간이 찾아올까. 저들이 서로 웃으며 떠드는 소리를 들으며 가온은 상상했다. 평범하게 대학에 다니고, 좋아하는 노래를 부르고, 친구와 농담을 주고받는 인생. 그것은 영원의 세계에서 사는 것보다도 행복할까?

"두 분은 크리스천이에요?"

계속 소중하게 쥐고 있던 밀크티 캔을 따며 가온이 물었다.

"나는 부모님이 크리스천이라 어릴 때부터 성당에 다녔어."

"싫어질 때는 없었나요?"

"으음, 글쎄. 중학생 때는 미사가 귀찮아져 가지 않던 시기도 있었어. 하지만 지금은 아이들과 함께 성당에 가는 게 즐거워."

"나도 일단 크리스천이야."

슌타로의 옆에서 부연 안경을 티셔츠 소매로 닦던 가나야마가 말을 이었다.

"일단이라니 다케시도 유아 세례받았잖아."

에마가 어이가 없다는 듯 가나야마를 보았다.

"하지만 아기였다고. 아무것도 모를 때잖아."

"가나야마 오빠는…… 신을 믿지 않나요?"

가온의 진지한 시선을 피하듯이 가나야마가 거의 다 마신 페트병을 거꾸로 들어 나머지 몇 방울을 입에 떨어뜨리고 말했다.

"믿어. 그쪽이 더 이득이니까."

"이득?"

"확률의 문제. 파스칼의 내기야."

"파스칼 가나야마가 나서려고?"

슌타로가 중얼거리며 아이스크림을 입에 넣었다. 시끄러워, 가나야마가 슌타로를 쿡 찔렀다.

"이 녀석 생긴 거랑 안 어울리게 단 걸 좋아하거든."

등을 굽히고 아이스크림을 먹는 슌타로를 놀리고 가나야마는 말을 이었다.

"내가 믿는 신이 정말 있으면 천국에 갈 수 있어. 하지만 만약 믿지 않지만, 신은 존재한다면 지옥행이지. 그건 최악이잖아?"

"하긴……."

"행여 믿는 신이 사실은 없더라도 그냥 평범하게 죽을 뿐이고. 그러니 신을 믿어두면 손해 볼 일은 없지."

"그런 식으로 생각하는 사람이 있었네요……."

"어느 쪽인지 고민할 정도라면, 신이 있는 쪽에 걸어두라는 게 일찍이 파스칼 선생님이 한 말이고."

"재미있는 사고방식이에요."

크리스천인데 신의 존재로 내기를 할 뿐이라니. 신기한 사람이 다 있다. 그러나 그것은 가나야마에게 신앙심을 유지하기 위한 지혜일지도 모른다.

"슌타로는 크리스천도 아닌데 매주 성당에 와. 정말 여긴 특이한 사람만 있다니까."

에마가 쓴웃음을 지으며 가온을 보았다.

"슌타로 오빠도 파스칼파인가요?"

가온은 마침 아이스크림을 다 먹은 슌타로에게 물었다. 그는 나무 스푼을 문 채 나직하게 대답했다.

"그런 건 이제 생각하지 않으려나? 눈에 보이지 않고, 있는 곳을 모른다면 그대로도 괜찮다고 생각해. 왜냐하면 이 세상을 우리는 대부분 모르니까. 신이 본다면 우리 인간만큼 이해할 수 없는 생물은 없다고 생각하고. 오히려 하늘에서 보면 조금 재미있을지도 몰라."

가온은 신을 믿어? 에마가 가온의 얼굴을 들여다보았다. 회색 눈동자가 가만히 이쪽을 응시한다.

"저는…… 믿고 싶어요. 하지만 믿은 것에 완전히 속아온 기분도 들어요. 그래서 믿는 것과 속는 것은 세트인가 해서."

그 회색을 마주 보며 가온은 토로했다. 여기서만은 진정한 마음을 말해도 괜찮은 느낌이 들었다.

"가온, 속이는 것보다 속는 쪽이 훨씬 나아. 나는 필사적으로 속지 않겠다고 살아온 사람은 도무지 좋아지지 않아. 그런 사람은 무언가를 믿는 사람을 우습게 보거나, 자칫하면 아주 쉽게 남을 속이는 쪽으로 넘어가거든."

에마가 가온의 어깨를 감싸 안았다.

"그러니까 가온은 믿고 싶은 것을 믿으면 돼."

에마의 손은 몹시 차가웠지만, 온기 같은 것이 전해졌다. 이 것이 신이 말하는 사랑의 온도일지도 모르겠다. 조금 전까지 그녀를 질투하던 것을 사과하고 싶은 기분이었다.

"어이쿠, 좀 추워졌네! 이만 돌아가자!"

가나야마가 과장되게 몸을 떨며 일어났다. 서둘러 교문으로 걸어간다.

"제대로 땀도 안 닦고 콜라를 단숨에 들이켜니까 그렇지."

에마가 한심해하며 말하더니, 손때를 탄 가죽 가방을 손에 들고, 그럼 다음에 또 보자, 하고 가온에게 미소를 지은 뒤 가 나야마의 뒤를 쫓았다.

"……사이가 좋네요. 저 두 사람."

교문을 지나는 두 사람의 뒷모습을 바라보며 가온이 말하자,

"벌써 사귄 지 2년인가? 마치 부부 같지."

슌타로가 쓴웃음을 지었다.

"네? 에마 언니가 가나야마 오빠와 사귄다고요?"

"몰랐어?"

"네…… 전혀 어울리지…… 않아요."

가온이 솔직하게 말하자, 너도 신랄한 말을 할 때가 있구나, 하며 슌타로가 크게 웃었다. 그의 입에서 드물게 드러나는 덧

니가 보인다. 가슴이 크게 뛰었다.

"그야…… 사실이잖아요."

계속 웃어대는 슌타로의 얼굴을 보며 대꾸했다. 그러자 슌타로는 입을 다물고 가온의 볼을 어루만졌다. 순식간에 볼이 뜨거워졌다. 상기된 얼굴을 보이고 싶지 않아 옆으로 돌렸지만, 그가 다시 부드럽게 되돌렸다. 긴 앞머리 사이로 슌타로의 속쌍꺼풀 진 눈이 이쪽을 보고 있었다. 심장 박동이 빨라지며 격렬하게 고막을 때렸다. 슌타로의 팔을 강하게 잡았다. 이 사람을 원해, 몸이 달아올랐다. 영원님, 마음속으로 속삭였다. 걷잡을 수 없이 안달이 나 분위기에 휩쓸릴 것 같아서 어떻게 하면 좋을지 모르겠다.

슌타로가 입술을 댄 순간, 가온은 눈을 감았다.

은행나무 사이를 오가는 새의 지저귐이 귀에 닿았다. 순간 머릿속에 단노 조류원이 떠올랐다. 어두운 가게 속에서 엄마가 의자에 앉아 혼자 울고 있었다. 눈물을 흘리며 이쪽을 보며 저주하듯이 중얼거렸다.

"더러워."

짧은 비명을 지르며 몸을 뗐다. 갑자기 거절당한 슌타로가 눈앞에서 고개를 숙이고 있다.

"미안……."

슌타로가 사과하게 만들고 말았다. 미안해요. 먼저 말하고 싶었는데 목소리가 나오지 않았다. 전하고 싶은 말은 언제나 말로 나오지 않는다.

- 슌타로를 믿고 싶습니다. 간신히 찾았습니다. 그를 믿을 수 없으면 저는 이제 끝입니다.

어느새 가온은 마음속으로 외치고 있었다. 누구에게? 나는 누구에게 외치고 있는가.

- 하지만 믿으려고 하면 할수록 어떻게 하면 좋을지 모르겠습니다. 무언가를 믿으려고 했을 때, 그것을 잃는 날을 생각하게 돼요.

마음의 소리에 호응하는 것처럼 성당에서 종이 울렸다. 뗑그렁뗑그렁뗑그렁. 오렌지색으로 물든 하늘에 커다란 종소리가 폭력적일 만큼 울려 퍼졌다. 다시 눈앞이 새까매졌다. 아오야마의 영산. 영원의 소리굽쇠 소리가 암흑 속에서 울린다. 성가당의 지붕 위에서 까만 인영이 꿈틀거리고 있었다. 그 손에는 커다란 망치가 들려 있다. 그림자는 녹슨 철인 그것을 지붕을 향해 몇 번이나 내리쳤다. 뗑그렁뗑그렁뗑그렁. 성당의 종이 울리고, 망치로 지붕을 두드리고, 영원의 소리굽쇠가 울린다. 그것들이 뒤섞여 땅울림 같은 굉음이 되어 뇌에 도달했다.

가온은 귀를 막고 그 소리로부터 도망쳤다.

"가온!"

슌타로가 부르는 목소리가 들렸으나, 뿌리치고 교문 밖으로 달려갔다.

– 영원님, 혹시 계신다면 가르쳐 주십시오.

그대로 강을 따라 길을 달렸다. 굉음이 따라온다. 멀리 가야 한다. 그 소리가 닿지 않는 곳까지 도망쳐야 한다. 달리고, 달리고, 또 달려서 길 너머에 있는 역이 눈에 들어온 순간, 가온은 발이 엉켜 아스팔트 길에 굴렀다. 무릎이 까지고 피가 배어 나왔다. 폐가 타는 것처럼 뜨겁고, 구토감과 함께 몇 번이나 기침이 나왔다.

– 저는 누구를 믿으면 좋습니까? 아빠? 엄마? 아니면 슌타로입니까? 영원님, 부디, 부디 저에게 길을 가르쳐 주십시오.

가온은 웅크리며 하늘을 보았다. 새빨갛게 물든 하늘에, 그 끝에 있을 터인 신을 향해 온 마음을 다해 계속해서 외쳤다.

그때 가온은 처음으로 신에게 진정한 기도를 바쳤다.

8

갈라진 크림색 벽, 싸구려 스틸 테이블, 꼬질꼬질한 리놀륨 바닥, 그곳에 늘어진 구불구불한 전화선. 덜컹거리는 파이프 의자에 앉아 가온은 좁은 방을 둘러보았다. 등 뒤에 있는 창문으로 시선을 옮기자, 철장 너머로 새파란 하늘에 적란운이 떠 있다. 그 흰색 속으로 솔개 세 마리가 빙빙 돌고 있었다.

솔개의 눈에는 내가 새장 속에 있는 작은 새처럼 보일지도 모른다. 의자에서 일어나 철창으로 다가가 하늘을 올려다보았다.

낯선 동네의 낯선 하늘을 솔개가 날고 있다. 피리처럼 울며 기분 좋게 여름 하늘을 떠다니고 있다. 그들은 어디로든 갈 수 있다. 세로로 설치된 철제봉을 가온이 건드린 순간, 문이 딸깍 열리는 소리가 나며 짙은 회색 정장을 입은 몸집이 큰 여자와 비슷한 색의 정장을 입은 젊은 남자가 동시에 안으로 들어왔다.

오늘 아침, 미치오와 교코는 가온에게 가게를 맡기고 전도활동에 나섰다. 직후에 단노 조류원에서 빠져나온 가온은 혼자 노선버스를 탔다.

버스는 자잘한 정차와 출발을 반복하여 승객을 삼키기도 하고 토해내기도 하면서 간선도로를 똑바로 쭉 달렸다. 열세 번째 정류장에서 내려 잠시 걷자, 커다란 교차로 앞에 회색 빌딩이 햇빛을 차단하듯이 서 있었다.

옥상에는 국기가 걸려 있고, 입구에는 램프가 돌아가며 빨간빛을 내뿜고 있다. 신호가 바뀌기를 기다렸다가 도장이 벗겨진 횡단보도를 건넜다. 빨간 램프 밑의 간판에는 어제 이 도시에서 아홉 건, 도내에서 서른여덟 건의 교통사고가 일어난 것이 게시되어 있다. 모두 사망자는 없다. 남의 일일 텐데 어쩐지 안도하게 된다. 문 앞까지 걸어갔으나, 긴 나무봉을 들고 서 있는 거대한 경찰관이 눈에 들어오자 발이 움츠러들어 움직이지 않았다. 역시 안 되겠다. 그냥 돌아가려고 몸을 돌린 순간, 굵은 목소리가 뒤에서 불렀다.

"무슨 일이시죠?"

봉을 손에 든 경찰관이 두툼한 눈꺼풀에 뒤덮인 눈동자로 이쪽을 지그시 보고 있었다.

"아니, 저기."

당황하여 시선을 이리저리 굴렸다.

"무언가 용건이 있으십니까?"

천천히 다가오는 짙은 남색 제복이 시야 끝에 비쳤다.

"……하고 싶은 말이 있어서."

경찰관에게서 눈을 돌린 채, 갈라진 목소리로 전달했다.

"저…… 사람을 죽이려고 한 남자를 보았어요."

이른 아침, 가온은 아오모리 영산의 도리이에서 성가당으로 이어지는 길에 있었다.

"낙엽 때문에 많이 더러워졌으니까 내일은 일찍 일어나 청소하고 와. 영원님께 너의 신성함을 보여드려야지."

전날 밤 교코에게 청소하라는 지시를 받아 혼자 먼저 기상하여 참배길 입구부터 쌓이고 쌓인 낙엽을 쓸고 있었다. 나에게는 자발성이 없다며 매번 혼난다. 전도 활동도, 빨래와 청소도 엄마가 시키니까 하는 것을 영원님은 신성한 것으로 인정해 주실까. 머릿속으로 항상 같은 질문을 반복하며 묵묵히 빗자루를 움직여 도리이가 이어지는 언덕길을 올랐다.

겨우 성가당이 시야에 들어왔을 때, 지붕 위에 인영이 보였다. 아직 해가 뜨기 전이라 주위는 어두컴컴한 데다 짙은 아침 안개가 끼어 있었다. 이런 이른 아침에 대체 누가? 얼른 도리이 뒤에 숨어 눈에 힘을 주었다. 그곳에 있던 사람은 모가미였다.

모가미는 이른 아침임에도 성가당 수리를 시작한 모양이다. 역시 신성한 영원의 아이라고 불리는 사람은 나와 다르다. 한숨을 쉬고 그 모습을 바라보는데 그가 무언가를 들고 지붕 가장자리로 내려갔다. 무엇을 하는 걸까. 고개를 갸웃하고 있는데 오른쪽에서 미닫이문이 열리는 소리가 나더니, 기요미야 씨가 집회장에서 나와 성가당을 향해 걸어갔다. 아침부터 성가 연습을 하는 걸까. 다시 성가당 지붕으로 시선을 옮기자, 모가미가 오른손을 쳐들고 있었다. 그 손에는 짙은 회색의 망치가 쥐어져 있다. 기요미야 씨는 머리 위의 이변을 눈치채지 못했다. 그만둬! 불길한 예감이 듦과 동시에 모가미가 그녀의 머리를 노리고 지붕에서 망치를 떨어뜨렸다. 퍽, 하는 둔탁한 소리가 나서 명중한 것을 알 수 있었다. 기요미야 씨는 그대로 성가당 앞에 쓰러졌다. 그녀가 마네킹처럼 사지를 움직이지 않고 있는 것을 한동안 바라본 뒤, 모가미는 지붕에 걸어둔 사다리를 타고 단숨에 내려왔다. 그리고 기요미야 씨를 끌어안고는 집회장을 향해 외쳤다.

"큰일이야! 당장 나와 주세요!"

어떡하지. 누군가에게 알려야 한다. 아빠나 엄마는 믿어 줄까? 어느 쪽이든 엿본 사실을 모가미에게 들켜서는 안 된다. 어쨌든 지금은 여기서 도망쳐야 한다. 가능한 한 소리를 내지 않고 빗자루를 두고 산길을 내려가 영산 기슭까지 달렸다. 어떡하지, 어떡하지, 어떡하지. 머릿속이 새하얘져, 어느새 똑바로 뻗은 논두렁길을 달려 사과밭을 가로지르는 길을 지나고 있었다. 누가 구해 줄 것이다. 이치노혜 사과 농장의 언덕길을 올라가 그 중턱에 있는 오두막으로 뛰어 들어갔다.

"슌타로 오빠!"

"가온…… 무슨 일이야?"

오두막 2층에서 아직 자고 있던 슌타로는 숨을 헐떡이며 계단을 올라온 가온을 보고 졸린 눈을 비비며 물었다. 모가미 씨가, 성가당 위에서, 망치를 떨어뜨려서, 기요미야 씨가……. 모가미의 끔찍한 짓을 전해야 한다. 하지만 말을 꺼낼 수가 없었다. 그처럼 모범적인 영원의 아이가 대체 왜.

"내가 해줄 수 있는 일이 있을까?"

갑자기 뛰어 들어왔지만 아무 말도 하지 않는 가온에게 슌타로는 온화한 어조로 말했다. 그 낮은 목소리에 가온은 간신히 침착함을 되찾았다.

"미안해요…… 돌아가서 부모님과 이야기할게요."

바래다주겠다는 슌타로의 자전거 짐칸에 올라 방금 달려온 길을 되돌아갔다. 포장된 길이 끊어진 곳에서 자전거를 세우고, 슌타로의 손에 이끌려 영산 경사로에 펼쳐진 사과가 방치된 농장으로 올라갔다. 멀리서 가온을 부르는 소리가 들려왔다. 미치오의 목소리다. 가온은 서둘러 손을 놓았다.

"어디 갔었어, 가온……. 큰일이 벌어졌단 말이야……. 걱정했잖아."

황급히 내려온 미치오는 숨을 헐떡이며 목소리도 갈라져 있었다. 이어서 그제야 발견했는지 가온의 옆에 가만히 서 있던 슌타로에게 시선을 옮기고,

"누구냐, 넌?"

혀를 차며 말했다. 목소리에는 두려움과 분노가 뒤섞여 있었다.

갑자기 낯선 남자가 적의를 드러내자, 슌타로는 천천히 가온을 보았다. 가온은 작은 목소리로 우리 아빠, 하고 전한 뒤 미치오에게도 그를 소개했다.

"이리에 슌타로. 이치노헤 사과 농장에서 일해."

미치오는 슌타로를 힐끗 보고, 가온에게 물었다.

"왜 이 녀석과 같이 있어?"

아빠에게 모두 털어놓아야 할까. 망설이며 슌타로에게 시선을 보냈다. 그는 긴 앞머리 사이로 품평하듯이 미치오를 지그시 바라보고 있다.

"아빠…… 모가미 씨가."

가온은 바짝 마른 입을 벌려 작은 목소리로 말했다.

"모가미 씨가 어쨌는데?"

"내가 봤어, 모가미 씨가 성가당 지붕에서……."

그 이상 말을 이을 수가 없었으나, 말하려는 바를 눈치챈 미치오의 얼굴이 점점 창백해지는 것이 보였다. 미치오는 신경질적으로 볼을 긁었다. 불편한 일이 벌어졌을 때 항상 나오는 버릇이다.

"……여기는 네가 있어도 될 곳이 아니야."

빨개질 정도로 볼을 긁으며 미치오가 슌타로를 노려보았다.

"가온의 이야기를 진지하게 들어 주십시오."

"너와는 상관없잖아!"

호통을 들은 슌타로가 미치오로부터 가온에게로 시선을 옮겼다. 미안해, 이제 괜찮으니까, 하고 전달하기 위해 가온은 천천히 고개를 끄덕였다. 슌타로는 롱코트 주머니에서 빨간 수첩을 꺼내 부적을 전달하는 것처럼 가온의 손에 쥐여 주었다.

"따님을…… 도와주실 거죠?"

슌타로는 미치오를 시험하는 듯한 시선을 보내고 몸을 돌려 비탈길을 내려갔다.

키가 큰 뒷모습이 회색 나무들 사이를 지나 시야에서 사라질 때를 노려 가온은 다시 입을 열었다.

"아빠…… 나 봤어."

"무엇을?"

"모가미 씨가 지붕 위에서 기요미야 씨 머리 쪽으로 망치를 떨어뜨렸어."

"말도 안 되는 소리 하지 마. 모가미 씨가 그런 짓을 할 리가 없잖아?"

"아빠, 믿어줘. 모가미 씨가 저질렀어. 진짜야."

가온의 진지함에 밀려, 미치오의 표정이 더욱 험악해졌다. 무슨 일이 일어나고 있는지 어떻게든 이해하려고 하는 듯했다. 그리고 단어를 신중하게 고르며 가온에게 물었다.

"……엄마에게도 그 얘기 했어?"

가온은 고개를 강하게 가로저었다. 무서워서 바로 도망쳤다고 전했다. 꽁꽁 언 발밑에서 한기가 기어 올라와 몸을 부르르 떨리게 했다.

"가온…… 엄마에겐 말하면 안 돼."

"어째서……."

"그야 엄마가 걱정할 테니까. 기요미야 씨는 목숨에는 딱히 지장이 없어. 어두웠고, 안개도 꼈잖아? 가온이 잘못 봤을지 도 몰라."

"아니야. 내가 똑똑히……."

가온, 말을 가로막고 미치오가 거칠게 불렀다. 그 눈빛은 마 른나무에 열린 황토색 사과 열매에 꽂혀 있다.

"……이건 영원님의 뜻이야."

미치오의 말을 기다렸다는 듯 함박눈이 하늘에서 떨어졌다. 온기를 찾아 가온은 빨간 수첩을 가슴에 품었다. 자전거 짐칸 에서 느낀 슌타로의 냄새가 났다.

"가온!"

차가운 공기를 가르며 커다란 소리가 들렸다. 시야를 뒤덮을 만큼 내리는 눈 속에서 교코가 뛰어 내려오는 모습이 보였다.

"아, 그 차는 마셔도 괜찮아."

철제 책상을 끼고 눈앞에 앉은 정장 차림의 여성 형사가 미 소를 지었다. 가온은 계속 눈앞에 놓여 있던 페트병에 그제 야 손을 대고 열려고 했다. 하지만 손이 떨려 제대로 힘이 들 어가지 않았다. 여성 형사는 가온의 손에서 부드럽게 페트병을 가져가더니 뚜껑을 열고 돌려주었다. 목을 울리며 단숨에 들이키자, 미지근한 액체가 식도를 지나는 것이 느껴졌다. 맛도, 향도, 아무것도 나지 않는다. 철창 끝에 있는 하늘이 노란빛을 띠었다. 솔개의 모습은 더는 그곳에 없었다.

경찰서 2층 안쪽에 있는 이 '상담실'로 안내받은 건 마침 정오 무렵이었을 것이다. 나는 얼마만큼의 시간 동안 혼자 말을 하였을까.

"혹시 학생이 괜찮다면."

가온이 차를 다 마시는 것을 지켜보면서 여성 형사가 물었다.

"부모님을 여기로 불러도 될까?"

가온이 고개를 끄덕이고 단노 조류원의 전화번호를 알려주자, 여성 형사는 노트북으로 대화를 기록하던 젊은 형사에게 눈짓을 보냈다. 타이핑 소리가 멈추고, 그가 방 밖으로 나갔다.

아빠와 엄마는 어떤 얼굴을 할까? 부모님의 실망한 얼굴을 상상하니 어찌할 바를 모르겠다는 마음과 혼자 끌어안고 있던 죄에서 이제야 해방된다는 안도감이 뒤섞이며 힘이 빠져 파이프 의자의 등받이에 몸을 기댔다. 기울어진 철제 다리가 흔들리며 덜컹덜컹 소리를 냈다.

"내가 몇 가지 질문을 해도 되겠니?"

엄마와 비슷한 나이대의 여성 형사가 정장의 단추를 풀고 아까처럼 미소를 지었다.

보도도 된 일인데, 하고 운을 뗀 여성 형사가 물었다. 친족이 거액을 기부하지 않았나? 그 밖에도 다친 신자는 없었나?

가온은 기부했다고 밝히고 성가당에서 일어난 하세베의 수상한 사고에 대해서도 말하자, 여성 형사는 딱히 놀라는 기색도 없이 이어서 질문했다. 그 뒤에서 어느새 돌아와 있던 젊은 형사가 가온의 말을 하나도 놓치지 않으려는 듯 빠르게 타이핑했다.

영원의 소리를 탈퇴한 신자 몇 명이 누군가에게 공격받았다고 호소하고 있다. 그 사실을 아는가? 용의자로 니시다 마나부라는 남자를 쫓고 있는데 그의 행방에 짐작 가는 곳은 없나? 여성 형사의 질문이 이어졌다.

"니시다 마나부?"

낯선 이름이 나와 되묻자, 그녀는 작은 목소리로 대답했다.

"아까 학생이 말해준 모가미 다쿠미의 본명이야."

탈퇴한 신자 몇 명의 고발이 들어와 아오모리 산으로 조사원이 직접 찾아가 주변 주사에 나선 순간, 한 남자가 도주했다. 현재 용의자로 모가미 다쿠미, 즉 니시다 마나부를 쫓고 있다.

여성 형사는 다른 상해 피해자가 있는 것 같다고 말했다. 비숫한 영원의 아이 케이스가 전국에서 여럿 보고되었고, 조직적인 범행일 가능성도 있다고 한다.

가온이 상상했던 것보다 더 영원의 소리에 경찰 조사가 미치고 있는 것을 깨달을 즈음, 교코가 제복 차림의 경관의 안내를 받아 상담실로 들어왔다.

"가온…… 괜찮았어?"

"엄마, 죄송해요."

"아까 경찰에게 들었어. 힘들었겠구나, 가온."

교코가 다정하게 안자, 가온은 당황했다. 교코에 이어 상담실로 들어온 미치오는 가온과 눈이 마주치자 어색하게 볼을 붉었다.

"가온……. 분명히…… 무서운 꿈을 꾼 거야."

어? 놀란 소리를 내자, 교코는 가온의 두 뺨을 양손으로 감싸고 눈을 가만히 들여다보았다.

"역시 그 산에는 부정한 귀신이 있었어……. 현혹되었구나."

교코의 손에 점차 힘이 들어가 두 뺨을 짓눌렀다. 길게 자란 손톱이 피부로 파고든다. 아파, 하며 그 손을 뿌리쳤다.

"엄마, 진지하게 들어줘……. 나, 똑똑히 봤어. 모가미 씨가 기요미야 씨에게 망치를 떨어뜨리는걸. 그리고 사다리를 타고 내려오더니 다른 사람들을 불렀어."

"그런 일이 있을 리가 없잖아. 기요미야 부인은 죄가 깊어서 영원님께서 그렇게 하신 거야. 신성하지 않아서 사고를 당한 거야."

"엄마, 나 지금까지 괴로웠어. 이제 겨우 말할 수 있었는데."

"아아…… 영원님……. 부디 죄 많은 딸을 용서하여 주소서……. 저희를 부정한 것으로부터 지켜주소서……."

교코가 철창 너머에 있는 하늘을 향해 기도하기 시작했다. 형사들은 그 모습을 가만히 관찰하고 있다. 어느새 하늘은 쥐색 구름으로 뒤덮여 당장이라도 비가 내릴 듯했다. 열대저기압이 관동지방으로 다가오고 있습니다. 오늘 아침 텔레비전에서 기상 캐스터가 전하던 것이 떠올랐다. 밤에는 태풍으로 발달할지도 모릅니다.

미치오는 그저 입을 다물고 기도하는 교코의 뒤통수를 응시하고 있었다. 아빠는 언제나 이럴 때 아무 말도 해주지 않는다.

"가온…… 네가 그렇게 부정한 말을 하면, 우리는 이제 영원의 소리에 있을 수 없게 돼……."

어느새 이쪽을 바라보던 교코가 호소하는 눈길을 보냈다. 눈물이 고인 눈동자가 흔들리고 있다.

"가온, 약속했잖아? 우리는 신성 가족이 되어서 가나타와 함께 영원의 세계에서 살아야지?"

가나타의 이름을 꺼내면 아무 말도 할 수 없게 된다. 하지만,

"엄마……. 인간이 영원에서 사는 세계 같은 건 이상해……."

계속 생각했지만 말하지 못했던 것이 언어가 되어 흘러나왔다.

"가온……, 대체 왜 이러는 거야? 너는……, 가나타를 버릴 셈이야?"

추궁당하자 도움을 요청하는 눈으로 아버지를 보았다.

미치오는 대사를 받지 못한 무대 배우처럼 우뚝 서서 철창 밑으로 펼쳐진 간선도로를 내려다보고 있었다. 이쪽으로 시선을 보낼 기미가 없다. 가온은 잠시 그 옆얼굴을 바라보다 크게 숨을 내뱉고, 그리고 깊이 들이마신 뒤 교코의 젖은 눈을 마주 보았다.

"엄마……. 가나타는 죽었어. 죽은 사람과는 이제 만나지 못해."

절규가 울렸다.

교코가 가온을 붙들고 무언가를 외쳤다. 여성 형사는 이런 상황에 익숙한지 당황한 기색도 없이 교코를 가온에게서 떼어놓고 바닥에 짓눌렀다. 더러운 리놀륨 바닥에서 몸부림치며 교코는 끊임없이 외쳐댔다. 딸을 향한 저주인가, 신에게 바치는 기도인가. 더는 언어조차 아닌 알아들을 수 없는 소리

가 되었다.

짐승처럼 울부짖는 교코를 보며, 가온은 경직된 채로 있던 미치오의 소매를 당겼다. 혈색을 잃은 딸의 어깨를 안는 아버지의 손은 나약하게 떨리고 있어서 그것이 가온을 더욱 불안하게 했다. 어째서 이럴 때 꽉 안아주지 않을까.

목이 쉴 때까지 외치다 끝내 움직이지 않게 된 교코는 여성 형사와 젊은 형사에게 양팔을 잡혀 일으켜졌다. 입가에서 길게 늘어진 타액을 흘리며 교코는 무언가를 중얼중얼 계속 읊조리고 있다. 마지막 한마디만이 가온의 귀에 또렷하게 닿았다.

"역시 너는……, 내 아이가 아니었어."

교코의 무릎이 경련하고 있었다. 그 꿰뚫는 듯한 저주의 말에 가온은 자신의 신앙이 완전히 깨진 것을 깨달았다.

영원의 소리 영원의 사랑 영원의 생명
우리가 사는 것은 영원
언제 태어나고 죽더라도 당신은 나의 영원

좁은 방에서 비브라토를 넣은 힘없는 노랫소리가 울렸다.
양팔을 잡혀 고개를 푹 숙이면서도 교코는 떨리는 목소리로 노래했다.

"교코…… 돌아가자……."

그제야 목소리를 낸 미치오의 제지가 들리지 않는지, 새장 속에서 교코의 지저귐은 언제까지고 이어졌다.

누구를 위해 태어나 죽음으로 되살아나나

설령 이 몸이 스러지더라도

영원의 땅에서 우리는 살리

9

얼룩무늬 문조가 집게손가락 위에서 지저귀고 있다. 완전히 성조가 되었으나, 날개의 무늬는 어릴 때 그대로다. 마다라*, 오늘도 활기차구나. 작은 소리로 이름을 불렀다. 이름을 붙인 것은 비밀로 하고 있다.

"파는 거니까 이름을 붙이면 안 돼."

아빠가 손에 올린 문조를 길들이는 법을 가르쳐 주었을 때 말했다.

"정들면 이별이 힘들어지니까."

그렇게 충고하였지만, 아직 마다라를 사 갈 사람은 나타나지 않고 있다. 같이 자란 다른 문조들은 모두 빠르게 팔렸다. 그러나 마다라만은 아직도 팔리지 않고 남아 있다. 특징적인

일본어로 얼룩이라는 뜻.

무늬가 빈말로라도 예쁘다고 할 수 없고, 다른 새들이 손님을 향해 아름다운 소리를 선보일 때도 마다라만은 전혀 울지 않고 새장 구석에서 가만히 웅크리고 있었다.

마다라는 가온의 손 위에 올라올 때만 소리를 들려주었다. 지금, 눈앞에서 아름다운 소리로 우는 마다라를 보면 조금이나마 위안을 받는 기분이 들었다. 나에게 들려줘 봐야 소용없잖아, 하고 한숨을 쉬면서도 사랑스러워서 머리를 쓰다듬었다.

반쯤 열린 가게 셔터를 밀어 올리며 미치오가 들어왔다.

"다녀오셨어요."

가온은 마다라와 눈을 마주친 채 말했다.

"비가 내리기 시작해 흠뻑 젖었어."

다녀왔다고 대답하는 대신 미치오가 투정했다. 혼자 경찰서에 남아 꽤 오랜 시간, 사정을 말해야 했나 보다. 목소리에 패기가 없다.

"온갖 걸 다 묻더라⋯⋯. 마치 범죄자처럼 취급했어."

"모가미 씨에 대해 말한 거⋯⋯. 나뿐만이 아니었잖아."

미치오는 그 말에는 대답하지 않고 영차, 하고 셔터를 닫았다. 오래된 셔터에 자물쇠가 잠기지 않게 된 지 좀 되었지만, 도둑도 이런 가게에는 굳이 안 들어오겠지, 하며 미치오는 고치려고 하지 않았다.

"교코는?"

"2층에서 자."

가온와 교코는 한발 앞서 경찰서에서 나와 집으로 돌아왔다. 맥이 빠진 듯한 교코는 돌아가는 버스 안에서 한마디도 꺼내지 않고, 귀가하자마자 2층 침실로 들어가 잠들어버렸다.

"피곤하겠네."

미치오는 교코인지 가온인지 누구에게 하는 말인지 모를 말을 하고는 계산대 밑에 쌓아둔 신문지를 들고, 하다 말았다며 십자매 새장 앞에 쪼그려 앉아 청소를 시작했다. 2층으로 올라가고 싶지 않다고 그 등이 말하고 있었다. 가온은 말없이 동의하고, 옆 새장에 있는 왕관앵무의 모이를 갈아주었다.

비가 얇은 셔터를 톡톡 두드리는 소리가 울렸다. 비가 내려도 눈이 내려도 태풍이 불어도, 아빠가 아프더라도 엄마가 울더라도, 새들은 거침없이 모이를 먹고, 지저귀고, 매일 똥을 싼다. 그것만은 확실하다.

"가온…… 기억나?"

가온의 옆에서 새장에 깔린 신문지를 꺼낸 미치오가 물었다. 새똥이 인쇄된 문자를 하얗고 끈적하게 뒤덮고 있다.

"옛날에 부적 아주머니가 있었잖아?"

있었잖아? 가온의 눈앞에서 왕관앵무가 복창했다. 아빠의 말만 따라 하게 된 이 아이도 지금까지 팔리지 않고 남아 있다.

"구미코 아주머니 맞지? 엄마에게 일본 전국의 부적을 사다 준 손님."

그 사람이야, 미치오는 고개를 끄덕이며 새로운 신문지를 깔았다.

"부적을 그렇게 많이 갖고 있었는데 남편이 사고로 죽었잖아."

"결국 전부 버려버렸지⋯⋯."

"그래⋯⋯. 그 뒤로 그 부적 아주머니가 어떻게 되었을 것 같아?"

짐작이 가지 않아 가온이 가만히 있자, 어깨에 올라와 있던 마다라가 대신 쨱쨱 울었다.

"절의 비구니가 되었대. 게다가 거기서 출세해서 지금은 엄청 유명하대. 책 같은 것도 썼다더라."

"어떻게? 부적을 버렸는데."

"믿을 수 없는 것을⋯⋯ 깊이 생각해보고 싶었겠지. 누구보다도 의심하는 동안 대단한 사람이 된 거 아닐까? 뭐, 가짜 신이나 부처님을 생각해봐야 아무 쓸모도 없겠지만."

구미코 아주머니의 아름답고 긴 머리카락을 떠올렸다. 그 탐스러운 검은 머리가 부러워서 나도 머리를 기르고 싶다고 엄마에게 조르기도 했다. 얼마간 머리를 자르지 않고 노력했지만, 2년 뒤 여름이 오자 너무 거추장스러워서 쇼트커트로 돌아갔다. 머리를 그만큼 기르려면 집념 같은 것이 필요하다는 것을 절실하게 깨달았다.

"……아빠는 앞으로 어떻게 할 거야?"

질문한 순간, 강풍이 일어 셔터가 덜컹덜컹 흔들렸다. 일기예보대로 열대저기압이 태풍으로 바뀌어 관동지방으로 다가오는 모양이다.

"……어떻게 하면 좋으려나."

십자매 새장 청소를 마친 미치오가 어이쿠, 하고 허리를 짚으며 일어나 계산대 뒤에 놓인 골판지 상자에서 사과를 하나 꺼냈다.

"왜 그때……, 아빠도 같이 들어왔어?"

가온은 2층에 있는 교코에게 들리지 않도록 목소리를 죽이고 물었다. 아빠가 처음으로 영원의 소리 합창 연습에 참여했을 때, 포기하지 않고 엄마를 데리고 돌아갔다면 나도 이런 꼴이 되진 않았을 텐데. 좀 더 평범하게 살아갈 수 있었을 텐데. 이런 엉망진창인 가족이 되지 않았을 텐데.

"그야…… 교코와 가온과 같이 있기 위해서지. 그럴 수밖에 없었어……."

미치오는 새빨간 사과로 잠시 장난치더니, 계산대 옆에 놓인 과일칼로 빙글빙글 껍질을 깎았다. 빨간 껍질이 그리는 나선을 가온은 눈으로 좇았다.

"아빠…… 영원님을 진심으로 믿은 적, 한 번도 없지?"

"글쎄……, 확실히 처음에는 별로 믿지 않았을지도. 하지만 믿는 척을 하다 보니 정말 그렇게 되더라. 신기하게도 교코와 가온과 같이 노래하는 동안 영원의 소리에 있는 게 편안해지기 시작했어. 뭐, 하지만 회사나 가족도 그런 법이잖아?"

사과가 회전하며 껍질이 벗겨짐에 따라 군데군데 갈색으로 변색된 과육이 드러났다. 아오모리에 있는 영원의 아이들이 보낸 사과는 다 먹지 못해 상하기 시작했다.

"뭐야, 그게? 애매하게"

아빠는 언제나 무책임하다. 엄마가 아무리 슬퍼해도, 내가 눈앞에서 괴로워해도 마치 남의 일처럼 말한다.

"그래……, 확실히 신심이 깊진 않으니까 신사며 절을 싸게 살 수 있는 것을 알아차렸을지도 몰라. 원래 있는 신앙의 베이스에 올라타는 쪽이 빠르잖아? 전에 네 엄마가 하던 걸 보고 수정으로 영원의 소리굽쇠도 만들어봤거든. 그거…… 안에 건전지가 들었어. 그냥 구지 님이나 다른 사람들이 기뻐할 것 같아서 의욕적으로 나섰는데."

미치오는 사과 껍질을 모두 깎고 계산대 위에 얇은 직사각형 모양으로 잘라나갔다. 사과의 달콤한 냄새가 가게 안에 충만해져 새들이 지저귀기 시작했다.

"지금 생각하면…… 아주 천벌 받을 짓을 해댔어. 그렇다고 딱히 돈을 받는 것도 아니고……. 기부만 하느라 여전히 조류원에서 가난하게 살고. 바보 같지?"

셔터 너머로 멀리서 천둥이 치는 소리가 들렸다. 얇게 자른 사과를 든 미치오가 새장을 돌아다녔다. 과실을 원하는 새들이 미친 듯이 울부짖었다. 그것이 썩기 시작한 것인지도 모르고.

"아빠는…… 역시 아무것도 믿지 못하는구나."

나도, 엄마도, 신도. 어쩌면 본인마저 믿지 않을지도 모른다. 구지 님은 그것을 간파하였기에 아빠에게 그런 일을 맡겼을 것이다.

"지금 와서는 모르겠어. 하지만 나는 교코와 가온과 함께 있고 싶었어. 이상한 신을 믿더라도, 묘한 노래를 부르더라도…… 엄마를 정말 좋아하니까."

거짓말쟁이. 같이 있어도 보고도 못 본 척을 해온 주제에. 나도, 엄마도 제대로 보려고도 하지 않았던 주제에. 그런데 사랑을 언급하여 전부 얼버무리려고 하다니. 어쩌면 이렇게 교활한 사람일까. 마치 그 녀석 같다.

새들의 외침을 떨쳐내고 가온은 셔터를 밀어 올렸다. 가온? 어디 가려는 거야? 미치오의 목소리가 힘없이 등에 닿았다. 억수로 쏟아지는 비가 가게 안으로 들이치는 바람에 입구 바닥이 순식간에 물바다가 되었다. 가온은 회색 커튼처럼 나부끼는 거센 빗속으로 뛰어들었다. 빗소리가 우렁차서 미치오가 불러 세웠는지도 알 수 없었다. 지나치게 익은 사과의 달콤한 향기만이 희미하게 비강에 남아 있었다.

노래방의 노랫소리가 복도에 울린다.

들어본 적 있는 서정적인 멜로디였다. 머리부터 목욕수건을 뒤집어쓴 가온은 그 선율을 흥얼거렸다. 노래가 사비 부분으로 접어들자, 그것이 프랭크 시나트라의 '마이 웨이'라는 것을 알았다.

가나타가 없어지기 전까지는 자주 노래방에 데려가 주었다. 엄마는 늘 프랭크 시나트라의 오리지널 버전을 불렀고, 아빠는 시드 비셔스가 커버한 것을 열창했다. 취한 것처럼 노래하는 미치오의 모습에 모두 크게 웃으며 합창했다.

"노래방 좋아해?"

좁은 부엌에서 주전자를 불에 올리던 슌타로가 물었다.

"어?"

"아니, 노래하길래."

"굳이 따지자면⋯⋯ 싫어해요."

"그래, 그럼 같을지도."

슌타로는 덧니를 드러내며 웃고는 홍차 티백이 든 컵에 뜨거운 물을 따랐다.

호우 속으로 뛰쳐나왔으나, 금세 망연자실했다. 어디로 가면 좋을까. 머리부터 발끝까지 흠뻑 젖은 채 정처 없이 걸었다. 갑자기 눈앞이 섬광으로 뒤덮이더니, 이어서 귀청을 찢을 듯한 천둥소리가 울렸다. 다리에 힘이 풀려 물웅덩이에 엉덩방아를 찧었다. 영원님께서 분노하셨을까. 아직도 그런 식으로 생각하게 된다. 가온의 바로 옆으로 노선버스가 달려가 조금 앞에 있는 정류장에 멈췄다. 가온은 일어나 달리면서 버스로 손을 흔들어 올라탔다. 어디든지 좋았다. 어딘가 먼 곳으로. 호흡이 진정되고 행선지를 확인하자 버스의 종점은 몇 개의 노선이 겹치는 큰 역이었다. 그중 한 노선이 슌타로가 사는 동네와 이어지는 것을 떠올렸다. 스마트폰을 꺼내 그에게 메시지를 보냈다.

– 돌아갈 곳이 없어졌어.

조금 시간을 두고 답장이 왔다.

– 지금 어디야?

슌타로는 전철을 타고 버스 종점인 역까지 마중을 나와 주었다. 거기서 그의 집 근처 역까지 함께 전철을 타고, 5분쯤 걸어간 곳에 있는 이 독특한 건물에 도착했다.

1층에 허름한 노래방 겸 술집이 입점한 작은 빌딩으로, 옥상에 세워진 작은 옥탑방이 그가 사는 곳이다. 그는 원래는 술집 종업원이 살던 곳을 빌린 것이라고 말했다. 혼자 살면 외로우니까 떠들썩한 편이 좋겠다고 생각했는데, 생활에 익숙해지니 너무 시끄럽다며 쓴웃음을 지었다.

"우유 넣을 거지?"

냉장고에서 우유팩을 꺼내며 슌타로가 물었다. 가온은 작게 고개를 끄덕였다. 무슨 일이 있었는지 그는 묻지 않았다. 아래층에서는 아직도 마이 웨이를 열창하고 있다.

슌타로에게 머그컵을 받아 가온은 조심스럽게 입을 댔다. 뜨거운 밀크티가 위로 흘러 들어가 몸 전체를 데워주었다. 그제야 한숨 돌리며 세 평쯤 되는 좁은 방을 둘러보았다. 벽이 모두 책장으로 메워져 있다. 소설, 만화, 여행지, 철학서, 시집, 화집에 성서와 불경, 쿠란 등도 꽂혀 있다.

"좋은 방이네요, 펜트하우스."

"펜트하우스가 아니라 판잣집 아닐까? 여름엔 사우나고 겨울엔 냉장고?"

"그리고 밤에는 라이브하우스."

"하긴 그러네."

슌타로는 웃으며 노래에 귀를 기울이는 시늉을 하더니,

"제대로 닦아야지."

하며 목욕수건으로 가온의 머리를 마구 문질렀다. 수건에서도 그의 몸과 같은 곡물과 비슷한 냄새가 났다. 머리를 닦던 슌타로의 손이 멈춰 가온이 수건에서 얼굴을 내밀자, 눈앞에 속쌍꺼풀이 진 눈이 보였다. 빤히 쳐다보는 바람에 심장 박동이 빨라진다.

스스로 입술을 가까이하여 키스했다.

그의 머리를 감싸 안으며 입술을 탐했다. 대체 나는 무엇을 하는 걸까. 이런 더러운 짓을 용서받을 리가 없다. 죄송해요, 죄송해요, 죄송해요. 속으로 반복하는 참회와는 달리 마치 자신의 것이 아닌 것처럼 몸이 멋대로 움직였다. 슌타로의 커다란 손이 어색하게 허리를 감았다. 손에 닿은 곳이 타는 것처럼 뜨겁다. 그때처럼 다시 욕망이 일었다. 그를, 원한다.

"안아줘."

숨을 헐떡이며 애원했다. 슌타로의 커다란 몸에 매달려 그의 울대뼈에 입을 맞췄다. 지금까지 쭉 원한다는 말을 하지 않고 살아왔는데. 원하는 것조차 알지 못하게 되었을 텐데.

"아무 말도 하지 마."

그의 목덜미에 속삭였다. 나는 이것을 원했다고 몸이 외치고 있다. 숨어 있던 자신의 본성을, 본능이 파헤치고 있는 듯했다. 그것은 어딘가 부끄럽고, 두렵기도 했다.

슌타로가 가온의 허리를 안고 목에 입술을 댔다. 한숨처럼 신음이 흘렀다. 몸 안쪽에 가두어두었을 터인 부정한 영혼이 녹아내려 흘러나왔다. 부디, 저를 용서하여 주십시오. 아직 보지 못한 신에게 용서를 구하며 몸을 겹쳤다.

눈을 뜨자, 알몸으로 슌타로의 품에 안겨 있었다.

싱글 침대에서 몸을 붙이고 얇은 이불을 덮었다. 노래방의 소리는 이제 들리지 않는다. 눈앞에 있는 잠든 얼굴을 가만히 쳐다본다. 길고 짙은 속눈썹, 오뚝한 코 옆에 있는 점, 군데군데 난 수염. 지금까지 알아차리지 못했던 부분을 발견한다. 움찔, 슌타로의 팔이 움직였다. 악몽이라도 꾸는 것일까. 그러나 곧 편안한 숨소리로 돌아왔다. 창밖은 어렴풋이 밝아졌고, 약해진 빗줄기가 창을 타고 흘러내린다.

몸을 일으켜 방을 둘러보았다. 빨간 문에 코르크 보드가 걸려 있다. 어둠에 점점 눈이 익숙해지자 메모 등에 섞여 한 장의 사진이 꽂혀 있는 것이 보였다. 슌타로가 찍은 것일까?

눈을 부릅뜨고 확인했다. 베이지색 벽 앞에 검은 모자를 쓰고 검은 롱코트를 걸친 남자들이 서 있다. 어디서 찍은 사진일까.

"예루살렘일까?"

귓가로 나지막한 목소리가 들렸다. 어느새 슌타로가 눈을 뜨고 이쪽을 보고 있었다.

"······예루살렘."

들은 적이 있는 토지의 이름을 복창했다. 대체 얼마나 멀리 있는지 상상도 되지 않는다.

"그리스도가 십자가에 못 박힌 곳."

"학교에서 배웠어요. 유대교와 이슬람교, 기독교의 성지라고요."

응, 하며 슌타로가 가온의 손을 잡았다. 그 손은 아직 따뜻하다. 때때로 돌풍이 불어 빗방울이 창문을 후드득 치는 소리가 들렸다.

"유일하고 절대적인 신을 믿는 40억 명에게 성지인 곳. 우리 어머니가 믿는 신도 거기 있다고 했어. 그래서 언젠가 이 눈으로 예루살렘을 보고 싶었을지도 몰라."

"어땠어요? 가보니까."

"놀라웠어."

슌타로의 손에 힘이 들어갔다.

"거기서 나는 신의 정체를 봤거든."

10

이스탄불을 경유한 비행기가 텔아비브 공항에 도착한 건 심야였다.

슌타로는 공항에서 승객으로 꽉꽉 들어찬 버스를 타고 예루살렘으로 들어갔다. 빛에 비친 성벽이 눈에 들어왔을 때, 그 아름다움에 숨을 죽였다. 이 도시는 예루살렘 스톤이라 불리는 베이지색 석회암으로 만들어졌다고 가이드북에 쓰여 있던 것을 떠올렸다. 성지라 불리기에 마땅한 신성함이 확실히 그곳에 있었다.

버스에서 내려 다마스쿠스 문을 지나 성벽으로 둘러싸인 구시가지로 들어갔다. 황금 돔을 기준으로 삼아 미로와 같은 이슬람교도 지구의 골목을 걸었다. 목적지인 호스텔은 기독교도 지구에 있는 오래된 교회와 인접하고 있을 터였다. 사방이 각각 1킬로미터인 성벽으로 둘러싸인 좁은 지역 안에는 이슬람교도, 기독교도, 유대인, 그리고 아르메니아인의 거주구로 4등분 되어 있어서 길을 하나 지날 때마다 전혀 다른 풍경이 펼쳐졌다.

너무 골목이 복잡한 탓인가, 아니면 신비한 자기장이 있기 때문인가. 스마트폰 지도가 가리키는 현재 위치가 좀처럼 고정되지 않는다. 어느새 길을 잃어 몇 번이나 같은 곳을 걷는 처지가 되었다.

해가 졌음에도 기온이 높아서 무거운 백팩을 멘 등이 땀으로 흠뻑 젖었다. 공기가 건조하여 순식간에 목이 바짝 말랐다. 마실 것을 구하려고 하였으나, 자판기는 물론이고 가게조차 보이지 않았다. 너무 지친 끝에 슌타로는 광장 벤치에 털썩 앉았다. 어찌할 바를 모르고 하늘을 올려다보자, 예루살렘 스톤으로 지은 벽으로 둘러싸인 하늘에 커다란 달이 떠서 창백한 빛이 검은 십자가를 비추고 있었다.

문득 떠올라 슌타로는 가이드북을 펼쳤다. 호스텔에 인접한 교회 사진을 보니 탑 끝에 그 검은 십자가가 있었다.

가방을 다시 메고 일어나 검은 십자가를 향해 좁은 골목을 나아갔다. 길을 빠져나간 광장에 돌로 지은 교회가 나타났다. 그 옆에 있는 작은 호스텔의 문을 두드리자, 노령의 수녀가

나타나 안으로 안내해주었다.

프런트에서 숙박 명부를 기입하는 슌타로에게 물이 든 페트병을 건네며 그녀는 피곤하죠? 라고 물었다. 일본어도 아니고, 영어도 아닌 말이었으나, 신기하게도 그녀가 무슨 말을 하는지 알 것 같았다.

슌타로가 안내받은 곳은 네 개의 이층침대가 놓인 방이었다. 이미 방의 불이 꺼져 있고, 사방에서 잠든 숨소리와 코를 고는 소리가 들렸다. 먼저 샤워를 하고 짐을 정리한 다음 옷을 갈아입어야지. 그렇게 생각하고 아래층 침대에 앉아 그대로 쓰러지듯이 잠이 들었다.

다음 날 아침, 닭이 우는 소리에 잠이 깬 슌타로는 샤워를 하고 옷을 갈아입었다. 식당에서 빵과 콩 수프로 구성된 간단한 아침 식사를 마치고, 호스텔에서 나와 시온문으로 향했다. 어젯밤에는 미로처럼 보인 구시가지의 길이 강한 햇빛 아래에서는 모두 정돈되어 보였다. 어제는 전혀 도움이 되지 않았던 스마트폰 지도도 명확하게 갈 길을 가리켰다.

문을 나와 버스 정류장을 찾는데, 어디로 가? 하며 금세 몇 명의 남자가 둘러싸고 말을 걸었다.

택시 어때? 시온 언덕? 올리브산? 겟세마네의 정원? 홀로코

스트 기념관? 택시는 이쪽이야. 내 차에 타. 아니, 내가 더 나아. 어설픈 일본어와 영어에 잘 알 수 없는 언어로 차례차례 말을 건다.

그들에게 애매하게 응답하며 버스를 타고 가겠다고 전하자, 남자들이 미리 짠 듯이 동시에 고개를 가로저었다. 시간이 너무 걸린다, 다 둘러볼 수 없다, 돈이 더 든다, 가는 건 괜찮지만 돌아올 수 없다.

그럼 얼마면 다 구경할 수 있어? 슌타로가 묻자, 3백 셰켈, 2백 셰켈, 아니 나라면 1백 셰켈에 가줄게 하며 택시 기사들이 경쟁하기 시작했다. 슌타로는 계산했다. 1셰켈이 약 30엔. 3천 엔의 지출은 타격이 크지만, 시간을 산다고 생각하면 좋은 선택일지도 모른다. 그들의 말대로 버스로 돌아다니기에는 보고 싶은 것이 너무 많아서 시간이 부족하다는 건 어렴풋이 알고 있었다.

슌타로는 처음에 1백 셰켈을 제시한 택시 기사의 차에 올라탔다. 뒤에서 다른 기사들이 욕하는 소리가 들렸다. 비겁해! 거짓말쟁이 자식! 지옥에나 떨어져라! 어젯밤의 수녀와 마찬가지로 들어본 적이 없는 언어일 터인데 그들이 뭐라고 말하는지 의미를 이해했다.

택시가 거칠게 달리기 시작하자마자 기사는 셔츠 안에 넣어

둔 로사리오를 꺼내 슌타로에게 십자가를 내밀었다.

"나는 크리스천이야!"

어색한 영어로 흥분하여 떠드는 택시 기사의 기세에 압도되어, 슌타로가 할 말을 잃자 기사는 침을 튀기며 계속 말했다.

"저 녀석들 같은 유대교 택시에 타지 않은 넌 현명해. 저 사기꾼들에게 대체 얼마를 뜯겼을지 생각만 해도 무서워. 믿어 줘. 나는 예수 그리스도에게 맹세할 만큼 절대로 너를 속이지 않아."

그 박력에 밀려 슌타로가 고맙다고 영어로 대답하자, 택시 기사는 나도 고마워! 하고 일본어로 인사하더니 햇볕에 그을린 얼굴에서 하얀 이를 드러내며 요세프! 라고 소개했다.

요세프는 무척 친절한 남자였다.

원뿔형 지붕이 달린 '마리아 영면교회', 그 남쪽에 있는 '다윗왕의 무덤', 그 위층에 있는 '최후의 만찬 방', 예언대로 베드로가 그리스도를 세 번 부정한 '베드로 통곡교회', 각각의 장소에 도착할 때마다 택시에서 내려 가이드까지 해주었다.

"괜찮아, 혼자 보고 올게."

슌타로가 사양해도,

"너는 손님이야, 신경 쓰지 않아도 돼."

웃으면서 따라왔다.

점심시간에는 현지인이 이용한다는 식당에서 팔라펠이라는 이름의 병아리콩 크로켓을 사주었다. 막 튀긴 그것은 놀랄 만큼 맛있어서 슌타로는 순식간에 먹어 치우고 말았다. 대금을 지급하려고 하자, 여기는 내 단골집이니 손님에게 내게 하면 체면이 안 선다며 선심을 썼다.

오후에는 올리브산을 돌아다녔다.

그리스도가 최후의 만찬을 끝낸 뒤, 피땀을 흘리며 신에게 기도한 '겟세마네 정원', 그리스도가 예루살렘의 멸망을 예언한 '눈물교회', 팔각형 예배당이 있는 '승천교회'. 성경에서 복음을 전한 사람처럼 그 장소에 얽힌 이야기를 알려주며 요세프는 슌타로를 안내했다.

해가 기울어질 무렵, 슌타로는 '유대인 묘지'를 방문했다. 올리브산 경사면에 히브리어로 이름이 새겨진 묘비가 늘어서 있다. 그 앞으로 성벽으로 둘러싸인 구시가지가 보였다.

"최후의 심판 날에 구세주가 올리브산 위에 서고 죽은 자가 되살아난다."

요세프가 혼잣말처럼 중얼거렸다. 그 녀석들 유대인은 그렇게 믿으니까 여기에 묘를 만들려는 거야.

선명한 오렌지색에 비친 하얀 묘비가 늘어선 모습이 성스러워서 슌타로는 천천히 묘지로 발을 들였다. 시선 끝에 검은 코트를 입은 유대교도 남자들이 있었다. 각자 꽃다발을 들고 기도를 올리고 있다.

"많은 사람이 죽었어."

어느새 옆에 서 있던 요세프가 어색한 영어로 속삭였다.

"여기는 신의 나라인데?"

슌타로 역시 어색한 영어로 대꾸했다.

"그래, 신이 너무 모여들면 전쟁이 일어나."

"어려운 일이네요."

"맞아, 어려워. 사후 세계가 아니라 우리가 사는 세계야말로 천국과 연옥이 있어. 물론 지옥도."

거무스름한 얼굴에 저녁놀이 비쳐 요세프가 눈을 가늘게 뜨고 말했다.

슌타로는 그 옆에서 예루살렘 스톤 성벽 너머로 점점 가라앉는 태양을 가만히 쳐다보았다. 비스듬하게 비치는 빛은 인간에게 못을 박으면서도 축복하는 듯 보였다.

슌타로와 요세프가 택시로 돌아올 즈음에는 주변이 완전히 어두웠다.

산길 중간에 있는 주차장에는 요세프의 차밖에 세워져 있지 않았다.

"그럼 구시가지로 돌아가 주실래요?"

뒷좌석에 올라타 안전벨트를 멘 슌타로가 요세프에게 부탁하자, 그는 핸들을 잡은 채 깊은 한숨을 쉬었다.

"왜 그러시죠?"

"피곤해⋯⋯."

"네?"

"온종일 운전하면서 네 가이드까지 하느라 너무 피곤해."

"정말 많은 도움이 됐습니다⋯⋯. 고마워요."

"8백 셰켈이야."

"뭐라고요?"

1백 셰켈로 약속했을 터였다. 여덟 배가 되면 2만 4천 엔이다. 그런 돈을 낼 수 있을 리가 없다. 이야기가 다르다고 입을 연 슌타로의 말을 묵살하는 듯 요세프가 거칠게 외쳤다.

"8백 셰켈이야!"

"⋯⋯1백 셰켈이잖아요?"

"너 때문이야! 나는! 하루를 완전히 날렸어!"

"그야⋯⋯ 그런 약속이었지 않습니까?"

"시끄러워, 시끄러워, 시끄러워!"

요세프는 외치며 굵은 팔로 몇 번이나 핸들을 두드렸다. 아무도 없는 주차장에 경적 소리가 연달아 울렸다.

"어서…… 출발해주세요."

갈라진 목소리가 나왔다. 안전벨트를 풀고 차에서 도망치려고 했으나, 손이 떨려 힘이 들어가지 않았다.

"8백 셰켈이야……."

아까와는 전혀 다른 사람처럼 표정이 사라진 얼굴로 요세프가 말했다. 그의 가슴에서 작은 로사리오가 흔들리고 있었다.

"이봐, 일본인. 너 바보냐? 1백 셰켈로는 산에 올라가면 끝이야. 나는 가이드도 하고, 네 점심값도 내줬어. 이건 정당한 금액이야. 만약 낼 수 없다면 널 여기에 두고 가겠어. 이런 시간이면 차도 다니지 않아. 너는 묘지를 지나 밤새 산에서 내려갈 수밖에 없어. 그게 싫으면 순순히 8백 셰켈을 내."

비겁해! 거짓말쟁이 자식! 지옥에나 떨어져! 시온문에서 택시 기사들이 외치던 욕설이 귓가에 다시 재생되었다. 그중에 어느 기사를 선택하는 것이 정답이었을까. 슌타로는 여러모로 생각해보았으나, 어디에도 정답은 없는 듯 보였다.

8백 셰켈을 내고 호스텔로 돌아온 그날 밤부터 슌타로는 고열에 시달렸다.

같은 방을 쓰는 숙박객들의 체취로 가득하고, 코를 고는 소리가 울려 퍼지는 좁은 방의 침대에서 침낭 안에 들어가 땀범

벽이 되어 몸을 떨면서 자꾸만 가위에 눌렸다.

미로 같은 길, 검은 십자가, 그리스도의 벽화, 타오르는 양초, 녹아내린 붉은 밀랍, 미소 짓는 마리아, 늘어선 하얀 묘비, 기도하는 검은 옷의 남자들, 그 손에 들린 다양한 색의 꽃다발. 예루살렘의 다양한 모습이 흐릿한 시야 속에서 만다라처럼 서로 겹쳐 빙글빙글 회전하였다.

"사후 세계에서 나는 1백 셰켈의 크리스천이다. 삶 속에서 8백 셰켈의 시끄러운 천국, 너를 가이드하는 연옥, 그리고 하루를 날린 지옥이 있다."

요세프가 표정을 지운 채 말했다. 쾅쾅 핸들을 치고, 경적 소리가 리듬을 만들고, 작은 로사리오가 흔들린다.

"신이 모이면 차도 다니지 않는다. 사기꾼들의 전쟁은 시끄러워, 시끄러워. 1백 셰켈의 천국과 연옥은, 산을 오르면 믿어 줘."

요세프의 주문이 노래처럼 이어졌다. 몇 번이고, 몇 번이고 같은 구절을 반복한다. 택시에서 내리고 싶지만, 언제까지고 차에서 내릴 수가 없다.

내리 이틀간 열이 내리지 않아서 같은 악몽에 계속 시달렸다. 그런데 사흘째 아침에 슌타로가 눈을 뜨자, 열이 말끔히 내려가 있었다.

호스텔 옆에 있는 시장까지 걸어가 방금 짠 석류 주스를 마셨다. 상큼한 산미와 함께 진한 철분이 몸으로 흘러들어왔다. 선명한 적자색을 단숨에 들이켜고 크게 숨을 내쉬자, 마치 날개가 돋은 것처럼 몸이 가벼워졌다.

그 김에 시장을 돌아다니며 콩 수프와 과일을 게걸스럽게 먹었다. 그러자 어디선가 동물의 울음소리를 본뜬 신기한 노랫소리가 들려왔다. 슌타로가 목소리의 주인을 따라 뒷골목으로 들어가자, 그곳에는 갈색 피부에 하얀 옷을 입은 스무 명 정도의 집단이 젬베와 쉐케레 등 아프리카 악기를 연주하며 짖는 것처럼 노래하며 대열을 이루고 걷고 있었다.

그들이 입은 하얀 옷의 등에는 빨간 십자가가 크게 자수되어 있고, 목소리를 맞추어 노래하며 맨발로 스텝을 밟고 있다. 그들은 어디로 향하는 것일까? 그들에게 이끌려 빨간 십자가의 뒤를 쫓았다.

선물 가게가 늘어선 이슬람교도 지구의 좁은 골목을 대열을 이루어 걸으며 하얀 옷 집단은 '비아 돌로로사' 간판이 걸린 길로 들어갔다. 예수 그리스도가 십자가를 지고 골고다 언덕까지 걸어간 1킬로미터의 길이다. 영화의 무대도 된 세계에서 가장 유명한 거리를 갈색 가수들이 춤추며 나아갔다.

이곳은 슬픔의 길
비아 돌로로사
예수는 채찍을 맞고
가시관을 써야 했노라
십자가의 무게에 세 번 쓰러져
죄 많은 인간에 의해
못 박혔노라

흐느껴 우는 듯한 노랫소리가 석회암 벽으로 둘러싸인 길에 울렸다. 가장 뒤에서 걷는 키가 큰 남자가 확성기를 입에 대고 영어로 가사의 의미를 전하였다. 이것이 그들 나름의 포교 방식일지도 모른다.

비아 돌로로사에는 오리엔탈 바자가 줄줄이 늘어서 장신구를 팔고 있다. 노래하며 춤추는 독특한 집단을 향해 단체 여행을 온 관광객들이 카메라를 들었다.

"도둑이야!"

하얀 옷 집단이 골고다 언덕으로 진입할 즈음, 언덕 위에서 누군가가 영어로 외치는 소리가 들렸다. 도둑! 도둑이야! 하는 외침을 등 뒤로 하고, 자그마한 소년이 사람들 사이를 헤치고 언덕에서 내려왔다. 순간 슌타로는 소년의 눈앞에 서서 가로막는 형태가 되었다. 소년의 손에는 커다란 카메라와 루이뷔통 지갑이 쥐어져 있다.

"붙잡아줘!"

외치는 소리에 시선을 들자 백인 거한이 하얀 옷 집단을 가르며 소년을 쫓아왔다. 그들은 노래하는 것도 춤추는 것도 중단하지 않고 골고다 언덕을 계속 오르고 있다.

슌타로는 눈앞의 소년에게 시선을 돌렸다.

소년이 검은 고양이 같은 눈으로 노려보았다. 당신은 나에게 죄를 묻는 것인가? 날카로운 시선이 슌타로에게 향했다. 한 걸음도 움직이지 못하는 사이 소년은 슌타로의 옆을 바람처럼 빠져나가 달려가 버렸다.

"아아, 신이시여!"

언덕 위에서는 쫓기를 포기한 남자가 하늘을 향해 외치고 있었다.

그 남자에게는 눈길도 주지 않고 빨간 십자가를 짊어진 집단은 골고다 언덕 끝에 있는 성묘교회로 들어갔다. 슌타로는 뒤를 따라 교회로 들어갔다. 검은 샹들리에가 걸린 돔 형태의 성당 안에서 그들은 원형으로 서서 손을 잡고 발을 굴러 바닥을 울리며 노래를 이어갔다.

이곳은 슬픔의 길
비아 돌로로사
예수는 살해당했노라
허나 사흘째 부활하여
신의 아이로서
영원히 축복받았노라

슌타로는 잠시 합창에 귀를 기울였으나, 누군가에게 불린 기분이 들어 성묘교회에서 나왔다. 그러자 눈앞에 아까 그 소년이 있었다.

그 손에는 카메라도 지갑도 없이, 곧바로 다음 소매치기 타깃을 찾는 듯했다. 소년은 잠깐 눈을 부릅뜨고 오가는 사람을 쳐다보았으나, 노리기에 적합한 사냥감이 없었는지 그 자리를 떠나 걸어갔다.

슌타로는 무언가에 이끌린 것처럼 소년을 따라갔다.

소년은 종종걸음으로 비아 돌로로사를 지나 유대인 구역으로 들어갔다. 키가 슌타로의 반 토막밖에 되지 않는데도 소년이 걷는 속도를 따라가는 것이 고작이었다. 좁은 골목을 좌로 우로 몇 번이나 꺾어 걸었다. 그러자 갑자기 시야가 트였다. 슌타로의 눈앞에 거대한 벽이 펼쳐져 있었다.

"통곡의 벽……."

무의식중에 소리가 새어 나왔다. 예루살렘 여행의 마지막에 방문할 예정이었던 성지에 어느새 도달하였다. 일찍이 신전이 있던 장소의 흔적으로 크고 작은 다양한 예루살렘 스톤이 쌓여서 약 5백 미터에 걸쳐 가로막고 있다.

슌타로를 이곳으로 인도한 소년은 대체 어디로 사라졌을까. 벽 주위를 아무리 둘러보아도 모습이 보이지 않는다. 마치 증발한 것처럼 홀연히 사라지고 말았다.

여성은 벽 우측에서 남성은 벽 좌측에서 기도하는 것으로 정해져 있다. 슌타로는 앞서가는 관광객들을 따라 배부되는 종이 모자를 썼다. 빨려 들어가는 듯 베이지색 벽으로 다가갔다.

수많은 사람이 어루만져온 벽면은 반질반질 윤이 났다. 쌓여 있던 돌과 돌 사이에는 소원이 쓰인 종잇조각이 빼곡하게 꽂혀 있어서 2천 년 가까운 기도의 집적을 느끼게 했다.

길이가 긴 새까만 코트로 온몸을 감싸고, 검은 모자를 쓴 유대교도 남자들이 벽을 향해 몸을 흔들며 기도서를 읽고 있다. 24시간 동안 끊이는 일 없이 누군가가 여기서 기도하고 있다고 옆에서 가이드가 단체 관광객에게 설명하였다. '18기도문'이 있어서 신에게 찬미를 드리고 있다고.

슌타로는 벽을 따라 천천히 걸었다. 벽 앞에는 심하게 몸을 떨며 땀투성이로 기도서를 읽는 젊은 신자도 있거니와 눈물을 줄줄 흘리며 기도를 올리는 늙은 유대교도도 있었다.

신의 도시의 종착점에 있는 벽 앞에서 인간은 계속해서 이렇게 통곡하고, 슬퍼하고, 한탄하며 기도해왔다.

그 기도에는 결코 끝이 없는 듯 보였다.

11

샤워실에서 나오자 슌타로의 모습이 보이지 않았다.

가온은 침대 위에 놓여 있던 슌타로의 티셔츠를 입었다. 그가 아까 빌려준 커다란 사이즈의 그 옷은 가온이 입자 원피스처럼 되었다. 현관문이 반쯤 열려 있는 것을 발견하고 맨발로 나가 보았다.

방 밖에 펼쳐진 빌딩 옥상에서 슌타로는 펜스에 기대어 이를 닦고 있었다.

"가온, 여기."

슌타로가 입꼬리로 거품을 드러내며 칫솔을 들지 않은 쪽 손으로 불렀다. 그의 뒤로 펼쳐진 남색 하늘에 조각난 구름이 차례로 흘러간다.

가온이 물웅덩이를 맨발로 밟으며 펜스로 다가가 슌타로의 옆에 서서 그곳에 기댔다.

"잘 잤어?"

"미안해요……. 듣다가 잠들어버려서……."

해가 뜨기 전에 눈을 떠 슌타로가 해주는 예루살렘 여행담에 귀를 기울였다. 그러나 꿈 같은 그 이야기에 이끌려 어느새 다시 잠들고 말았다.

"어디까지 들었으려나?"

"통곡의 벽 언저리까지는……."

"신의 정체까지 이제 얼마 안 남았을 때였는데."

슌타로는 웃으며 칫솔을 빠르게 움직였다.

"이어서…… 말해줘요."

"어, 잠만 기다려, 입이."

슌타로가 거품투성이가 된 입을 손으로 막고 허둥지둥 안으로 들어갔다. 입을 헹구고 얼굴을 씻는 소리가 문 너머에서 들려왔다. 잠시 뒤 목에 수건을 건 슌타로가 옥상으로 돌아왔다. 그대로 펜스에 한 손을 걸고 멀리 있는 고층 빌딩들을 가리켰다.

"머지않았을지도?"

"머지않았다고?"

가온이 돌아본 순간, 빌딩 사이에서 태양이 얼굴을 드러내며 강렬한 아침 햇빛이 정면으로 쏟아졌다.

"그때…… 통곡의 벽에서 봤어."

백금빛을 응시하며 슌타로가 말했다. 그 목소리는 작았지만, 확신으로 가득 차 있다.

"신을…… 보았군요."

가온은 숨을 죽이고 상상했다. 예루살렘 스톤 벽을 어루만지며 검은 옷을 입은 여자들에게 둘러싸여 내가 기도하고 있다. 그때 나는 대체 무엇을 믿고 있을까. 거기서 신을 볼 수가 있을까.

"그래……. 그건 빛나거나, 하늘에 떠 있지 않았어."

갑자기 해가 가려지며 슌타로의 얼굴에 그림자를 드리웠다. 가온이 앞으로 시선을 옮기자, 슬금슬금 떠오르는 태양이 조각난 구름에 가려지는 것이 보였다.

"……그럼 어떤 거였나요?"

"거기에는 그냥 벽이 있을 뿐이었어."

"벽……."

"그래, 벽이야. 신앙심이 도달한 끝에 있는 것은 높이 세워진 벽이었어."

눈앞이 새하얘졌다. 연기로 휘감긴 세계에서 영원의 아이들과 함께 엄마, 아빠와 노래했다. 세뇌를 풀려고 설교하는 신부와 액막이를 하는 궁사의 모습도 보였다. 신의 말을 빨간 수첩에 적는 슌타로, 성경 구절을 읽는 에마와 가나야마, 성가를 부르는 아이들, 여러 색깔의 돌을 늘어놓는 루미. 지금까지 가온이 접해온 신앙 그 모든 것이 연기로 휘감긴 하얀 벽으로 둘러싸여 있었다.

슌타로는 흔들리면서 이글거리는 태양의 가장자리를 원망하듯이 바라보며 말했다.

"어째서 사는 것이 이렇게 괴로운가, 왜 이렇게 힘든 일을 겪는가. 인간은 불합리함을 벽을 향해 한탄하며 거기서 신을 느낄 수밖에 없어."

분명히 슌타로의 어머니가 그랬을 것이다. 우리 엄마도 마찬가지다. 어쩌면 아빠조차. 하지만 신의 정체가 벽이라면 우리 가족이 믿어온 것은 대체 무엇이었을까.

"나의 4년간은……."

무의미했을까요? 그런 일을 받아들일 수 있을 리가 없다. 조류원 앞에서 사야가 어머니에게 손을 잡혀 떠나가는 모습이 떠올랐다. 전도 활동을 하며 영원의 소리 악보를 건네려고 하면 싸늘한 눈을 한 남자가 난폭하게 문을 닫았다. 매일 밤 좁은 이층침대 아래층에서 무릎을 굽히고 누워야 했다. 지금까지 희생해 온 감정과 시간, 사람과의 관계. 되돌릴 수 없는 것이 너무나 많다. 다리의 힘이 풀려 쓰러질 뻔한 가온의 등을 슌타로가 손으로 부축했다.

"적어도…… 너는 음악을 좋아하게 됐어. 노래하는 게 좋아졌어. 그리고 지금, 믿는 것을 찾으려고 하고 있어."

그의 몸에서 나는 달콤한 냄새에, 그 목소리에 가슴이 먹먹했다. 기침을 하는 것처럼 몸을 떨며 오열을 터뜨렸다.

슌타로가 긴 팔로 가온을 힘껏 끌어안았다. 구름에 가려져 있던 태양이 다시 모습을 완전히 드러냈다. 아까의 찌르는 듯한 빛과는 다른, 부드러운 호박색으로 두 사람의 윤곽을 그렸다.

태양이 하얗게 될 때까지 지켜본 뒤, 가온은 침대로 돌아가 슌타로의 팔에 안겨 세 번째로 잠이 들었다. 몸도 마음도 너덜너덜해져 아무리 자도 졸음에서 해방될 수 없었다. 다음에 눈을 뜨자 정오가 지났을 때로, 테이블 위에는 슌타로가 내린 커피, 방금 구운 빵과 달걀프라이가 준비된 참이었다.

"맛있겠다."

침대에 누운 채 말하자, 배가 꼬르륵거렸다.

"배가…… 고파요."

"아침밥 먹을까, 벌써 낮이지만?"

슌타로가 덧니를 보이며 작은 다이닝 테이블로 가온을 불렀다.

달걀프라이에 소스와 간장 중 어느 것을 뿌리는지, 커피에 우유를 넣을지 말지, 빵에 바를 잼은 마멀레이드인지 딸기인지, 그런 것을 둘이 의논하며 한낮의 아침을 먹었다. 작은 창문 너머에 있는 새파란 하늘을 보며 가온은 생각했다. 이 둥실둥실한, 잡을 곳 없는, 작은 새가 처음으로 날아오를 때와 같은 불안한 행복을 아빠는 놓치고 싶지 않았을지도 모른다.

역까지 슌타로의 배웅을 받아 전철과 버스를 갈아타고 단노 조류원으로 돌아갔다.

버스 정류장에서 걸어가자 저녁놀에 비쳐 흐릿하게 빛나는 가게 간판이 눈에 들어왔다. 반쯤 열린 셔터 안쪽에서 새들이 지저귀는 소리가 들려왔다. 아빠와 엄마에게 어떻게 말하면 좋을까. 영원의 소리를 그만둘 것을 지금 당장 전해야 할까. 그보다 먼저 슌타로와의 일을 털어놓아야 할까. 망설이면서도 셔터 아래로 통과하여 안으로 들어갔다.

깃털이 눈처럼 날리고 있었다.

새장이 몇 개나 쓰러졌고, 열린 문으로 탈출한 앵무새와 잉꼬, 핀치와 금화조 등이 시끄럽게 울며 가게 안을 날아다니고 있다. 무슨 일이 일어난 것일까? 쓰러진 새장을 피하며 조심스럽게 가게 안쪽으로 나아갔다.

"아빠?"

미치오를 불렀지만 모습이 보이지 않는다. 태풍 속으로 뛰쳐나간 채 메시지도, 전화도 응하지 않던 나를 찾으러 나갔는지도 모른다.

"엄마!"

위층에 있을 터인 교코를 불렀지만, 대답이 없다.

블록이 무너진 것처럼 흩어진 새장 뒤에서 검은 그림자가 움직였다. 가온 쪽으로 천천히 그림자가 다가온다.

"가온…… 오랜만이네."

부드럽고 달콤한 목소리로 이름을 부른다. 꼬질꼬질한 흰색 셔츠를 입은 모가미가 그곳에 있었다. 아오모리에 있던 시절보다 머리가 많이 길었고, 핼쑥한 볼은 덥수룩한 수염으로 덮여 있었다. 성가당 지붕에서 망치를 떨어뜨리는 모습이 떠올랐다. 등줄기가 오싹해지며 가온은 몸을 굳혔다.

"……여기서 뭐 하는 거예요?"

"뭘 하냐니?"

"……우리 가게를 엉망으로 만들고."

"아아, 이거…….."

그제야 지금 이 상황을 깨달은 것처럼 모가미가 중얼거렸다. 고개를 천천히 돌려 새장이 쓰러지고 깃털이 흩날린 가게 안을 둘러본다.

"그야…… 불쌍했으니까. 좁은 곳에 갇혀서."

"하지만 당신 것이 아니잖아요."

"아…… 그렇지. 미안."

모가미는 온화하게 말하면서 발밑에 있던 새장을 난폭하게 걷어찼다. 철제 새장이 쓰러지며 둔탁한 소리를 냈다. 플라스틱 토대에서 격자가 빠졌다. 레몬색 카나리아 두 마리가 새장에서 나와 서로를 쫓아 실내를 날아다녔다.

"교코 씨, 없어?"

모가미가 얇은 입술을 벌리고 미소 지었다. 누렇게 변한 이 때문인가 사과 농장에서 종종 보던 웃음과는 전혀 다른 사람 같았다.

"엄마는…… 없어요."

딱 잘라 말했다.

"없어? 기껏 교코 씨를 맞이하러 왔는데."

억양이 없는 모가미의 어투에 압도되어 뒷걸음질을 쳤다. 새장의 모이통에서 바닥으로 흩어진 조가 오도독 소리를 냈다. 지금 도망치면 공격당한다. 동물적인 본능이 경고하여 그 자리에서 버텼다.

"엄마를…… 맞이하러?"

2층으로 시선이 가려는 것을 애써 참으며 물었다.

"영원님께서 말씀하셨어, 구하라, 구하라, 구하라. 자꾸만 머릿속에서 목소리가 들린다고요."

"구하라니…… 엄마를요?"

"드디어 영원님의 마지막 선별이 시작된 거야. 쓸모없는 녀석들을 배제하고 신성한 영원의 아이만을 구하라고 나에게 명하신 겁니다."

모가미가 새장을 걷어차며 계산대 뒤에 있는 미닫이문으로 걸어가 손으로 열려고 했다. 안 돼! 순간적으로 목소리가 나가려고 하였으나, 문이 잠겨 있어서 열리지 않았다.

"아아아아아아!!!!!!"

갑자기 고함을 지르며 모가미가 문을 때려댔다. 몇 번이나, 몇 번이나 커다란 주먹으로 내리친다. 새들이 겁에 질려 귀청이 찢어지도록 울었다.

"정말…… 엄마는 여기 없어요."

그를 진정시켜야 한다. 되도록 천천히 조용한 목소리로 전했다.

"자꾸 거짓말하지 마. 아까 불렀으면서."

"거짓말…… 아니에요."

"너, 완전히 더럽혀졌구나. 구지 님이 말씀하셨잖아? 더러운 영혼에서 거짓말이 나온다고."

"모가미 씨…… 제발 들어주세요."

약간의 양심을 기대하고 물었다.

"지금이라면 아직 늦지 않았어요. 출두하지 않으실래요?"

양심이 아니라 개심. 아니면 체념을 시켜야 할까.

"다행히 하세베 씨도, 기요미야 씨도 무사했고."

주먹질을 멈춘 모가미가 이쪽을 보았다. 숨을 헐떡이며 오른손에서 피를 흘리고 있다.

"가온은…… 무엇이 신성한지도 모르게 됐어? 하세베도 기요미야도 쓸모없는 인간이었잖아. 맨날 피곤하다는 둥, 춥다는 둥 불평만 하며 제대로 일도 안 하고, 노래도 진지하게 하지 않고. 왠지 나, 영원님이 무시당한 것 같아서 너무 열 받았거든. 별로 신성하지 않으면 없어져도 된다고 영원님도 말씀하신 기분이 들어서 말이야."

"……살인미수잖아요."

"너도…… 쓸데없는 말을 하는구나."

모가미가 무표정한 얼굴로 성큼성큼 다가왔다. 사박사박 조를 밟는 소리가 들린다. 가온은 몸을 돌려 반쯤 열린 셔터를 향해 달렸다. 두 걸음, 세 걸음, 네 걸음. 하지만 발이 제대로 움직여지지 않는다. 새소리가 멀어지며 날아다니는 형형색색 새들의 모습이 슬로모션으로 망막에 비쳤다. 무언가에 발이 걸려 넘어졌다. 눈앞에 깃털투성이가 된 콘크리트 바닥이 있었다.

"영원님의 뜻에 투정 부리지 마."

모가미가 위에 올라타 가온의 몸을 짓눌렀다. 질척하게 피로 얼룩진 손이 목에 닿았다. 큭, 목이 기묘한 소리를 냈다.

"아아, 너무 짜증 나!!!!!!"

손에 힘을 준 모가미의 목소리가 흥분으로 떨렸다. 저항할 수도 없는 완력에 공포를 체념이 상회하여 힘이 빠져나갔다. 예전에 미치오와 텔레비전으로 본 다큐멘터리 방송이 눈앞에 떠올랐다. 아프리카 사반나에서 사자가 가젤을 사냥했다. 필사적으로 도망치던 가젤은 목덜미를 물린 순간 모든 것을 포기한 듯이 움직이지 않게 되었다. 가온은 시선을 허공으로 이리저리 돌렸다. 푸른 하늘에 규칙적으로 구름이 그려진 벽지 앞을 하얀 깃털이 떠다닌다. 벽지 오른쪽 끝이 벗겨지고 있다. 저것을 제대로 다시 붙여야 하는데.

"너희는 정말 하잘것없어!"

모가미의 절규와 겹치듯이 미닫이문이 열리는 소리가 났다. 시야 끝에 교코가 비쳤다. 2층에서 내려온 건가. 계산대 뒤에서 창백한 얼굴로 이쪽을 보고 있다. 가온의 시선을 따라 교코를 발견한 모가미의 손이 떨어졌다. 엄마, 도망쳐! 목소리 대신 숨이 막힌 듯한 기침이 계속해서 나왔다. 후각이 단숨에 돌아와 곡물과 새똥과 비릿한 피가 뒤섞인 냄새가 난다.

"교코 씨……."

모가미가 피투성이인 손을 하얀 셔츠 자락에 닦고 일어났다. 상황을 이해할 수 없는 모양인지 교코는 얼어붙은 채 움직이지 않았다. 모가미가 교코를 향해 오른발을 내민 순간, 가온은 무의식중에 손을 뻗어 그의 왼발을 잡았다. 모가미가 앞으로 넘어지며 무릎을 찧었다.

"자꾸 허튼짓하지 마!!"

몸을 돌린 모가미에게 두 번, 세 번 뺨을 맞았다. 입속에서 물컹하고 뜨거운 것이 흘러나오며 쇠맛이 났다. 다시 가온의 목에 손이 닿았다.

"구하라! 구하라! 구하라!"

모가미가 반복하며 가온의 목을 조르는 손에 힘을 주었다. 빨간 액체가 가온의 입꼬리로 흘렀다. 의식이 멀어지며 눈앞이 점점 캄캄해졌다. 구하라, 구하라, 구하라. 목소리가 귓속에서 메아리친다. 이 앞에 영원의 세계가 있을까. 몸에 밴 습성이 그런 것을 상상하게 하였으나, 언뜻 본 것은 그저 어둠

이었다. 새의 울음소리만이 어둠 속에 울리고 있다.

어둠으로 떨어져 가는 시야 속에서 교코가 이쪽으로 다가오는 것이 보였다. 교코는 휘청거리는 발걸음으로 모가미에게 다가가 몸통 박치기를 하는 것처럼 부딪쳤다.

"아야! 아야야야!"

모가미가 억눌린 비명을 질렀다. 교코가 몸을 떼자 모가미의 등에 과일칼이 깊숙이 박혀 있었다.

"이게 뭐야? 아파, 아파, 아파! 이러지 마, 교코 씨! 기껏 내가 구하러 왔는데!"

모가미가 일어나 자신의 등에 박힌 과일칼로 손을 뻗었다. 그러나 손끝이 허공을 잡았다. 등으로 손을 뻗으며 비명을 지르면서 돌아다니는 그 모습은 광대 그 자체였다.

가온에게 달려온 교코가 아무 말 없이 가온을 끌어안았다. 어머니의 체온이 전해진다. 교코도 떨고 있었다. 거친 호흡이 들려 눈을 들자, 모가미가 등에 꽂힌 칼자루에 손을 대고 있었다. 모가미는 그대로 크게 숨을 들이마시더니 단숨에 과일칼을 뽑아냈다.

"아파아아아아아아!!!!!!"

괴로워하며 피로 얼룩진 과일칼을 아무렇게나 휘두른다. 칼에 묻은 피가 튀어 바닥에 떨어진 깃털을 붉게 물들였다. 등의 상처에서 피가 뚝뚝 떨어진다.

"이거 진짜야? 완전 큰일 났네, 죽겠어 나. 어떡하지, 어떡하지. 저기, 교코 씨, 나 좀 구해줘. 날 좋아하잖아? 안아주었잖아?"

몸부림을 치며 모가미가 왼손을 뻗어 등의 상처를 만졌다.

"좋아, 괜찮아. 이걸로 괜찮아. 살아난다, 살아난다, 살아난다. 영원님이 살려주실 거야. 그렇지, 교코 씨?"

모가미가 과일칼을 들고 다가온다. 피 냄새에 흥분했는지 새들이 절규하며 가게 안을 어지럽게 날아다녔다.

"우리 함께 많은 기적을 봤잖아, 교코 씨!"

순간 교코가 일어났다.

"가온, 도망쳐!"

새장을 방패처럼 들고 모가미의 앞을 가로막으며 외친다.

"어서!"

가온은 떨리는 다리로 일어나 셔터로 향했다. 뒤에서 교코와 모가미가 몸싸움을 벌이며 새장이 무너지는 소리가 울렸다. 도망쳐! 다시 교코의 목소리가 들렸다. 그 목소리에 떠밀려 셔터를 밀어 올리고 조류원 밖으로 나왔다. 주황색 저녁놀이 일제히 쏟아져 가게 안을 비췄다. 열린 셔터로 작은 새들이 차례차례 날아갔다.

새들과 함께 가온은 달렸다. 타닥타닥 발소리를 내며 빛을 향해 똑바로 나아갔다. 금세 숨이 차오르고 발이 뒤엉켜 넘어졌다. 바닥을 기며 어떻게든 앞으로 갔다.

"가온! 무슨 일이야!"

길 너머에서 태양을 등진 미치오가 다가왔다. 장을 보고 돌아오는 길인지 양손에 슈퍼마켓의 봉지를 들고 있다.

"엄마가……."

가온은 조류원을 돌아보았다. 아직도 새들이 셔터를 지나 밖으로 나오고 있다. 가온의 볼에 맞은 흔적을 보고, 미치오는 봉지를 내던지고 달려간다.

"엄마를 구해줘!"

있는 힘껏 외친 뒤, 가온은 그 자리에 누워 쓰러졌다.

흐릿해진 시야 끝에 분홍색 하늘이 보였다. 그 한가운데를 얼룩무늬 문조가 날고 있다. 바람에 밀려 휘청거리면서도 열심히 날갯짓을 한다.

– 마다라…… 날아가.

기도하듯이 그 연약한 비행을 눈으로 좇았다. 허술하게 날개를 퍼덕거리던 마다라는 이윽고 바람을 타고 속도를 올렸다.

– 마다라, 날아가. 멀리, 더 멀리.

분홍색 하늘로 날아오르는 마다라를 지켜보는 동안 점차 의식이 멀어지기 시작했고, 결국 모든 것이 하얗게 물들었다.

12

활짝 핀 벚꽃 가로수길을 가온을 태운 버스가 달린다. 평일 오전이기 때문일까, 다른 승객은 없다. 하얀 꽃잎이 바닥에 깔린 직선 길 끝을 바라보았다.

"……있잖아, 가온."

옆자리에서 말을 걸어왔다. 교코가 스마트폰에 시선을 고정하고 어깨를 떨며 웃고 있다.

"절규하는 비버 알아?"

"그게 뭐야?"

갑작스러운 질문에 놀란 소리가 나왔다.

"전에 아빠가 알려줬는데…… 비버가 일어서서 외치는 거야. 아저씨 같은 소리로."

교코가 화면을 이쪽으로 보여주었다. 침엽수림을 배경으로 비버가 우뚝 서서 절규하고 있다. 굵은 외침이 스마트폰에서 흘러나온다. 확실히 아저씨가 외치는 것 같아서 무심코 웃음을 터뜨렸다.

"믿을 수 없지?"

눈꼬리에 눈물을 담고, 교코가 동의를 구했다.

"응. 이거 진짜야?"

"아빠는 진짜일 거라고 말했지만, 아무래도 페이크 영상 같아."

"역시나."

"이게 원래 영상이야. 요전에 발견했어."

교코가 스마트폰을 탭하여 다른 동영상을 재생했다. 같은 비버가 반대 방향으로 서서 울고 있다. 그 소리가 가늘어서 마치 아기가 우는 듯했다.

"소리가 전혀 다르지?"

교코가 손으로 입을 가리고 웃었다. 이상한 소리지, 정말 웃겨, 하며 몇 번이나 재생을 반복한다.

"역시 아빠는 쉽게 속는다니까. 찾아보면 바로 알 수 있는데."

가온은 애타게 울어대는 비버를 보며 말했다.

"그러니까 안 찾아보는 거야."

"무슨 말이야?"

"아빠는 믿고 싶은 사람이니까."

그렇게 말하고 교코는 창밖으로 눈길을 돌렸다. 봄바람이 강하게 불어 떨어지는 벚꽃잎을 나선 형태로 흩날리게 했다. 꽃잎이 발레를 추는 듯했다.

그 뒤 모가미는 병원으로 실려 가 생사의 기로를 헤매었다고 들었다. 영원의 소리에는 본격적인 조사가 들어가 모가미가 전국 각지에서 신자를 습격한 것이 판명되었다. 또한 아오모리의 성가당 안쪽에서 미이라가 된 구지의 사체가 발견되어 대대적인 뉴스로 보도되었고, 영원의 소리는 사실상 활동이 중지되었다. 한 달 뒤에 의식을 되찾아 체포된 모가미는 범행에 대해서는 아무것도 기억하지 못한다고 말했다. 사이비 종교에 세뇌되어 심신을 상실했다고 주장하여 정신 감정이 이어지고 있다.

미치오가 뛰어 들어간 뒤, 조류원에서 무슨 일이 있었는지는 모른다. 다만 모가미의 몸에는 여러 개의 상처가 있었고, 미치오는 자신이 찌른 것을 인정했다. 교코는 경찰에서 모두 영원님의 뜻이었다고 반복했을 뿐이었다.

벚꽃 가로수길을 지나간 버스가 크게 커브하자, 정면에 아치 형태로 돌출된 창문이 달린 커다란 건물이 나타났다. 그 앞에 설치된 정류장에 버스가 섰다. 내리는 가온과 교코를 운전기사가 곁눈질로 힐끔 보는 것을 알 수 있었다.

교코가 입구에 있던 경비원에게 이름을 전하자, 검은 철창문이 옆으로 밀리며 열렸다. 엄마와 나란히 문을 통과하여 돌출창 바로 밑에 있는 접수대로 향했다.

"나는 여기서 기다릴게."

이름을 적고 접수를 마치자 교코가 말했다.

이곳에 오는 것은 네 번째지만, 매번 면회하려고 하지 않는다. 접수대 옆에 있는 매점 셔터가 20센티미터쯤 열려 있다. 안에 과자나 의류품이 든 골판지 상자가 쌓여 있는 것이 보인다. 주문서에 감자칩과 콜라를 적어 그 틈으로 밀어 넣는데, 담당 직원이 이름을 불렀다.

하늘색 벤치에 앉은 교코에게 손을 흔들고 금속탐지기 게이트를 지났다. 창살이 박힌 창문이 늘어선 어두컴컴한 복도를 지나 가온은 혼자 면회실로 들어갔다. 베이지색 벽으로 둘러싸인 좁은 방에 파이프 의자 하나만 놓여 있다. 자리에 앉아 기다리자 투명한 아크릴판 너머에 있는 문이 열리고 교도관과 함께 미치오가 들어왔다.

"가온, 오느라 고생 많았네. 잘 지내지?"

덥수룩하게 자란 수염을 매만지며 미치오가 웃었다. 구치소에 들어간 뒤가 혈색이 더 좋아 보인다.

"응."

"입시 공부는 잘되고?"

"노력하고 있어."

"내년에 대학에 들어갈 수 있으면 좋겠네. 열심히 해봐."

잠옷 같은 옷을 입고 아크릴판 너머에 있는 것 외에는 조류원에 있을 때와 아무것도 변한 것이 없다. 내년에 아빠는 나의 입학식에 참석할 수 있을까.

"엄마도 잘 지내."

항상 미치오는 먼저 교코에 대해 말을 꺼내지 않으므로, 가온이 나서서 말해주고 있다.

"그거 다행이네."

"……요전에 같이 가나타의 봉안도 하고 왔어."

"그래."

"다음에 내 침대도 사준대."

"잘됐네, 가온. 아빠의 비상금, 가게 계산대 밑에 숨겨두었으니 써도 돼."

"고마워."

"등잔 밑이 어둡다는 말이 딱 맞는 장소지?"

혼자 이런 곳에 있는데 아빠는 전혀 외로워 보이지 않고, 어딘가 이 세상을 야유하는 듯한 어조로 말한다.

"그러고 보니 아까 엄마가 보여줬어."

"뭐를?"

"절규하는 비버 영상."

"왜 그런 걸."

미치오가 코웃음을 치듯이 말했다.

"그거 가짜지? 엄마가 원본 영상도 보여줬어. 아기 같은 소리로 울던데."

"아아, 그거구나."

"뭐가?"

두 사람의 대화를 가로막듯이 희미하게 교코의 노랫소리가 들려왔다. 복도 끝에 있는 대기실 벤치에 앉아 혼자 노래하고 있는 모양이다. 비브라토가 들어간 맑은 노랫소리가 콘크리트 벽에 반향이 되어 면회실까지 도달했다. 그것이 영원의 소리 노래인지 귀를 기울였지만, 멜로디는 정확히 알 수 없었다.

"여전히 좋은 소리야."

그 노래에 귀를 기울이며 미치오가 웃었다. 아빠는 언제나 엄마의 노랫소리를 칭찬한다.

"그때…… 왜 나를 구해주었을까?"

미치오의 뒤에 앉아 있는 교도관을 신경 쓰며 목멘 소리로 물었다. 아직도 모르겠다. 왜 엄마는 모가미를 찌르고 나를 구하려고 했을까.

"그야…… 엄마니까 그렇지."

"하지만 난 이제 영원의 아이가 아니잖아."

"너무 괴로웠겠지만…… 교코는 가온을 선택한 거겠지."

미치오의 말이 끊어질 때를 노리고, 교도관이 잠시 뒤 면회 시간이 끝나는 것을 알렸다. 아이러니하게도 시간의 제한이 있는 지금이 매일 같이 있던 때보다 더 제대로 이야기할 수 있다.

"감자칩하고 콜라 넣어뒀으니까."

"김소금맛이야?"

"응, 그거. 그리고 콜라는 설탕이 잔뜩 들어간 거고."

"고마워, 잘 먹을게."

미치오가 허리를 붙잡고 앓는 소리를 내며 일어났다. 그에 맞춰 교도관도 일어나 미치오의 뒤에 바짝 붙었다. 심판 결과가 나오는 것은 다다음 달이라고 들었다. 거기서도 미치오는 자신이 찔렸다고 계속 주장할 것이다. 아빠는 옛날부터 그랬다. 분명히 언제까지고 거짓말을 할 거다. 나는 그 거짓말을 믿기로 했다.

"아, 참."

"뭔데?"

"아까 비버 말인데."

"아직도 그 얘기야?"

가온은 어이가 없어 물었다. 마지막에 이런 대화라니, 교도 관도 그렇게 생각할 것이다.

"그거 아기처럼 우는 쪽이 가짜라는 설도 있거든."

미치오가 의기양양하게 웃었다.

"그래?"

"그렇다니까. 어느 쪽이 진짜인지는 신만이 아시겠지."

어느 쪽을 믿어야 할까. 가온은 생각에 잠겼다. 아저씨 같은 절규와 아기 같은 울음소리가 교대로 귓속에 메아리쳤다.

"……나는 정말로 신이 싫어."

어느새 소리 내어 말하고 있었다. 교도관의 눈이 신경 쓰였 지만, 멈출 수가 없었다. 교코의 노랫소리가 아직도 들려온다.

"신만이 아신다니 뭐야 그게? 좋은 일은 신의 가호, 나쁜 일 은 신의 시련. 무사안일한 태도도 적당히 좀 해. 우리가 얼마 나 괴로워하는지 보고도 못 본 척하면서 아무것도 하지 않는 주제에."

"하긴 그러네……. 신이란 너무 가혹해."

미치오가 조금 자란 스포츠머리를 겸연쩍게 긁으며 수줍게 미소를 지었다.

아크릴판 너머에 있는 미치오의 웃는 얼굴을 불투명 유리창으로 들어오는 햇살이 후광처럼 비추고 있었다.

"그래도…… 가끔은…… 사랑하는 사람을 구하기도 해."

강변로를 잠시 걷다 오른쪽으로 꺾자 커다란 십자가가 나타났다.

성당 앞에 타원형으로 펼쳐진 잔디밭에서 아이들이 뛰어다니고 있다. 에마와 가나야마는 둘이 봄방학을 맞아 여행을 떠나는 바람에 오늘은 슌타로가 혼자 목양견 역할을 맡았다고 들었다. 가온의 모습을 발견하자 슌타로는 아이들을 쫓던 발을 멈췄다.

"오늘은 늦었네."

혼자 일곱 명을 상대하던 슌타로가 숨을 헐떡이며 말했다.

"응……. 신과 만나고 왔어."

"신?"

의아한 표정을 짓는 슌타로를 보자, 참지 못하고 웃음이 새어 나왔다. 뭔가 이상한 말을 했나? 슌타로가 고개를 갸웃함과 동시에 성당의 종이 뎅그렁뎅그렁 울리며 미사 시작을 알렸다.

"자! 성당으로 들어가자!"

슌타로가 아이들을 부르며 안쪽으로 몰았다. 가온은 두 팔을 벌리고 그의 흉내를 내어 도왔다. 간신히 아이들을 한곳에 모아 성당 입구로 걸어가려는 순간, 빛을 발하던 태양에 비구름이 스치며 여우비가 내리기 시작했다. 얼른 들어가자! 슌타로가 억지로 들어가게 하려고 했지만, 푸른 하늘에서 내리는 비에 흥분한 아이들이 소란을 떨며 이리저리 도망쳤다.

아이들의 환성과 함께 하늘에서 새소리가 들려왔다.

가온은 하늘을 올려다보았으나, 새의 모습은 보이지 않았다. 황금색으로 빛나며 내리는 비가 가온의 얼굴을 적셔나갔다. 봄의 푸른 하늘을 덮은 검은 비구름 너머로 태양이 강하게 빛을 발하고 있었다. 지옥과 연옥과 천국, 모든 것이 이곳에 있다고 전하듯이.

눈에 보이지 않는 새소리가 여전히 하늘에서 울려 퍼졌다.

그것은 마치 신이 노래하는 것처럼 들렸다.

끝.

역자 후기

　나의 괴로움은 내 마음먹기에 달렸다. 나를 구원하는 것은 오직 나뿐이다. 하지만 그 괴로움이 내가 감당하기에 너무 벅차다면 어떻게 해야 할까? 인간은 그럴 때 신을 찾곤 한다. 이 작품은 갑작스러운 사건으로 소중한 가족을 잃은 범죄 피해자 유족이 흔히 사이비 종교라고 부르는 세상에서 인정받지 못하는 종교를 믿는 과정을 그리고 있다. 믿음이 강한 엄마, 믿을 수 없는 아빠, 그리고 그 사이에서 흔들리는 딸. 남은 가족 구성원의 시점을 통해 믿음을 통한 진정한 구원에 대해 말한다.

　작품에 등장하는 종교 '영원의 소리'는 말 그대로 영원님을 믿으며 그 신앙심을 노래로 표현한다. 본래 음악을 하던 교코와 미치오, 그리고 노래하는 것을 좋아하는 가온을 위해 만들어진 종교라고 해도 과언이 아니다. 심지어 교코와 미치오는 이 종교를 통해 과거에 이루지 못한 꿈마저 이루고 있어서 많은 재산을 기부해야 하고 사회적인 인간관계가 단절된 점만 제외하면 더 나은 삶처럼 보이기까지 한다. 그러나 점차 이것은 표면적이고 실제로는 애써 자신을 괜찮다고 속여온 것이 드러난다. 의존하는 것은 괴로움을 일시적으로 완화해주지만, 완전히 해결해주지는 못한다. 작품 내에서 말하듯이 인간이 괴로움도, 슬픔도 없는 영원에서 사는 것은 불가능하기 때문이다.

그럼 부모의 영향을 받을 수밖에 없는 가온은 어떨까. 작품 내에서 가온에게 새로운 관점을 제시하는 슌타로를 비롯한 그의 친구들까지 모두 모태신앙이다. 여기서 눈에 띄는 것은 슌타로의 친구인 가나야마다. 인정받지 못하는 사이비 종교에 비하면 천주교 신자인 가나야마는 좀 더 안정적으로 보인다. 그런 그는 가온에게 '신을 믿는 것이 이득'이라고 말하며 어떤 종교일지라도 믿는 사람의 태도가 더 중요하다는 것을 보여준다. 가온은 처음에 자신을 사랑하는 엄마를 믿고 영원님을 믿지만, 슌타로와 교류하며 스스로 고민한 끝에 자신의 행동에 믿음을 갖고 가족 중 가장 먼저 불합리한 일을 경찰에 신고하러 나선다.

여기서 작품의 반전 요소라 할 수 있는 모가미를 언급하지 않을 수 없다. 그는 교코가 성장한 가나타라고 투영할 만큼 성실한 교인이었으나, 그 실상은 매우 자기중심적이며 반사회적인 인물이다. 그가 처음으로 정체를 드러내고 끔찍한 살인마가 부르던 노래를 불러 교코의 믿음을 시험하는 장면은 가히 '악마'라고 할 수 있다. 그 모습에 오히려 교코는 지금까지 털어놓지 못하던 속마음을 토해내는데 엄마를 믿으면서도 증오하는 가온처럼 교코 역시 맹목적인 믿음과 세상을 향한 불신이 공존하는 그저 상처받은 인간임을 보여준다.

이 작품의 특징 중 하나는 대비되는 장면이 많다는 것이다. 카나리아로 비유되는 가나타의 죽음으로 시작되지만, 교코가 성장한 가나타로 투영하던 모가미의 습격으로 가온이 돌보던 연약한 문조가 날아가는 것으로 끝난다. 또한 이 장면은 가나타를 지키지 못하고 자신을 책망하던 교코가 자신이 선언한 대로 가온을 지키기 위해 나서는 것으로 이어진다. 그리고 미치오 역시 처음에는 아무것도 하지 못했으나, 마지막에는 가족을 위해 자신이 희생하는 모습을 보여주며 가나타의 죽음으로 마음이 흩어졌던 가족이 점차 회복되는 모습을 보인다. 마찬가지로 외도를 저지를 뻔한 미치오가 교코의 환상을 본 것처럼 가온 역시 엄마가 바라지 않는 인물인 슌타로와 관계가 진전되면서 교코의 환상을 본다. 이렇게 대비되는 장면을 찾는 것도 작품을 즐기는 방법 중 하나일 것이다. 내가 믿을 수 있는 것은 무엇일까. 그 믿음은 과연 영원히 지속되는 것일까. 가와무라 겐키의 소설 《신곡》을 통해 자신만의 답을 찾았기를 바란다.

이진아

신곡 神曲

2025년 3월 28일 1판 1쇄 발행

저   자 가와무라 겐키
옮 긴 이 이진아
발 행 인 유재욱

이   사 조병권
출판본부장 박광운
편 집 1 팀 박광운
편 집 2 팀 정영길 조찬희 박치우
편 집 3 팀 오준영 이소의 권진영 정지원
디자인랩팀 김보라
콘텐츠기획팀 박상섭 강선화
디지털사업팀 김경태 김지연 윤희진
라이츠사업팀 김정미 유아현
영업마케팅팀 최원석 윤아림
물 류 팀 허석용 백철기
경영지원팀 최정연
발 행 처 (주)소미미디어
인쇄제작처 코리아피앤피
등   록 제2015-000008호
주   소 서울시 마포구 토정로 222, 502호(신수동, 한국출판콘텐츠센터)
판   매 (주)소미미디어
전   화 편집부 (02)567-3388
               판매 및 마케팅 (070)8822-2301, Fax (02)322-7665

ISBN 979-11-384-8618-7 (03830)

*책값은 뒤표지에 있습니다.
*파본은 구입하신 서점에서 교환해드립니다.